ハヤカワ文庫JA

〈JA749〉

ススキノ探偵シリーズ

探偵は吹雪の果てに

東　直己

早川書房

5327

ハミへ

探偵は吹雪の果てに

登 場 人 物

俺……………………………ススキノの便利屋
高田…………………………ミニＦＭ局のＤＪ
松尾…………………………北海道日報記者
大畑…………………………〈ケラー・オオハタ〉のマスター
桐原満夫……………………桐原組の組長
池谷…………………………医者
純子…………………………〈俺〉の元恋人。病院の付添婦
奥寺雄一……………………斗己誕町の元町長
山中…………………………民宿〈山の中〉の主人
坪内洋蔵……………………タクシー運転手
梨元壽朗……………………斗己誕町の交通安全指導員
森剛介………………………モリ興産副代表専務取締役
ミドリサワ…………………斗己誕警察署の刑事
センザキ……………………廃品回収業者
タケモトサユリ……………センザキの愛人

1

ドアは少し開いていた。その前に、この六階のあちらこちらのスナックやバーのママやマスターが四人ほどかたまって、中の様子を気にしている。近付くと、俺に気付いたママが、体を引いた。ほかの三人もつられたように退がる。俺はその間を進んだ。まず、ドアの前で立ち止まった。

少しは、心の準備というものが必要なのだ、俺も。

ズボンの右ポケットに手を入れて、ライターを握り締めた。知り合いのシンガポールみやげで、マーライオンの形をしている。火を点けるために頭をはね上げると、いきなり電子音の「ランバダ」がノンキに流れ出す。そのあたりはバカバカしいオモチャだが、手に握り込むのにいかにも手頃な大きさ、形で、しかも固い。桐原は「バカバカしいマジナイだ」と笑うが、まぁ気休め程度にはなるさ。

よし。

心は決まった。

行こう。

俺は、我ながらほれぼれするほど美しい、淀みなく滑らかな流れでドアを押し、店の中に一歩踏み込んだ。

よく知っている店だ。いつものように、綾戸智絵が流れている。「伊勢佐木町ブルース」。俺は、散乱するグラスや皿の破片、ピーナッツなどを踏みつけながら、店の奥に進んだ。マスターがこっちを見る。どんな表情をしているか、それを見極める余裕は、俺にはなかった。なにしろ今年で四十五だ。腹筋が、この十年でめっきり柔らかくなっているのは知っている。ただまぁ、脂肪層が分厚くなっているのが利点ではあるが。

マスターの視線を追って、ひとりがこっちを見た。俺は素早く間合いを詰めて踏み込み、右の正拳でそいつの鼻を砕いた。中指の付け根が痛い。横に座っていたやつが驚いた顔をして、飛び上がった。こいつはまだいい。問題は、多真美の脇腹に腕を回している男だ。まずこいつの頭頂に拳を振り下ろしてから、飛び上がった男に足を絡めて倒した。

「おい」

倒れた男が、床から俺の顔を見上げて呟いたが、もう事ここに至っては、もたもたしてもしょうがない。俺は『フェリーニのローマ』をなんとなく思い出しながら、その男の顔を蹴った。真正面から。あの映画の中で、ルビコン川は本当に小さな川だった。あれと同じだ。俺と、ルビコン川を渡ったシーザーとは、同じことをしている。川幅は狭い。簡単に飛び越せるじゃないか。

俺は無意識のうちに、右の拳を開いたり握ったりしていた。鈍痛がある。みっともない仕種だ。気付いてやめた。ライターは、いつの間にかポケットに戻っていた。

「おい、……ちょっと、ちょっと待てよ」

多真美の脇で尻餅をついた男が頭を抱えながら立ち上がった。そいつの襟首を摑んで額をカウンターに叩き付け、そのままネクタイを握って後頭部を壁に打ち付けた。最後の仕上げだ。

それでまぁ、現場は終わった。

あとは事後処理で、それは政治家の仕事だ。だが、やや厄介なことにこの場合、俺はたったひとりの兵隊で、そのうえに将軍で、そして政治家なのだった。全ては俺の責任だ。てめぇらが悪い、と言っても、それは通用しない。

本当は通用する、と思うんだよ。

だが、俺はこいつらを怒らせたい、と思ったし、そして怒らせたら、もう理屈は通用しない。それはわかっていたけれど、こっちも理屈じゃないんだ。理屈で物事が解決するなら、あたりまえのことだが警察も法務省も弁護士も要らない。いや、こいつらがいたって、物事は解決しないいんだ。

「大丈夫か？」

多真美は答えずに、立って竦み上がっている。可愛らしい唇を嚙みしめて、ちょっと震えている。この場を立ち去りたいのだが、倒れている男をまたぐことができないのだ。俺は、ひとりを引きずって両手で立たせ、壁に押しつけた。俺の後ろを多真美が早足で通り過ぎる。

「帰れ」

俺は、わりと優しく言った。大声を上げる余裕は、実はなかった。息が切れていた。

相手は、憎しみのこもった目つきで、俺を睨む。俺はにっこりと笑って見せた。

「マスターとは、友だちなんだ」

「えらく威勢がいいじゃないか」

「いつもそうさ」

「のさばってられんのも、これで終わりだぞ」

「よく言われるよ」

「刺されりゃ、痛ぇぞ」

「知ってるさ」

「初耳だ。放せ」

言われた通り、俺は腕を放した。相手はよろめくように一歩前に出て、立ったまま上体を折り曲げ、両手を自分の膝に置いて、呼吸を整えた。それから、努力してしゃんと背筋を伸ばし、ややあやふやな足取りでふたりの仲間に近寄った。ふたりは、のろのろと体を起こしたところだった。ふたりとも、手で鼻のあたりを覆っている。だが、人間の血液ってやつは聞き分けが悪いから、彼らの努力とは無関係にしたたり落ちて、着ているものを汚している。

シミになると、なかなか落ちない。いいことだ。俺と出会ったことの記念になるだろう。

「行くか。バカが来たんでな。空気が悪い」

「可哀想なバカだな」

「まったくな。もう、こいつとも二度と会えねぇ」

威しのつもりらしい、ぎこちない言葉を投げ合っている。こういうのはもう、聞き飽きた。

こいつらは、オリジナリティというものに恵まれていない。

「ぐだぐだ抜かしてないで、さっさと消えろ」

三人はゆっくりとドアに向かう。大切なことを忘れていた。

「おい、その前に、そこらを掃除しろ」

俺が言うと、マスターがしゃがれ声で言った。

「いいよ、そんなこと。早く出てってくれ」

「だそうだ。消えろ」

のろのろと出て行く。ひとりが、ドアに挟まっていた多真美のハイヒールをポン、と蹴った。

「待て」

「わかったよ」

そいつは腰を屈めてハイヒールを手に取り、脇にあったストゥールに載せた。そして俺の方を見て、陰険で愚鈍な怒りに目を光らせて、ふてくされたように頷いた。俺は、行け、と手を振ってやった。三人は出て行った。通路の人々は、すでに自分の店に消えていた。ドアが閉まった。

綾戸智絵の歌声に、多真美の静かな嗚咽が混じった。

「すまんかった」

マスターが、多真美に向かって言った。それから俺に言う。

「あの……〈ケラー〉の電話番号、忘れちまってなぁ。……っていうか、すぐに思い出せなかったんだ。ちょっと慌ててなぁ」

「まぁ、なんとか間に合った……のかな？」

俺が言うと、多真美が、べそをかきながら、うんうんと頷いた。

「大丈夫。ごめんね。別に、泣くほどのことでもないのに」

「あんたらは適当に座っててくれ」

マスターが箒とチリトリを手に出て来る。そして、「マスターは元気だったか？」と尋ねる。もちろん、自分の健康状態を俺に聞かなければならないほどに耄碌しているわけではない。この場合の「マスター」とは、〈ケラー〉の大畑マスターのことだ。

「うん。元気そうだったよ」

俺はそう答えながら、マスターと一緒にしゃがみ込み、グラスや皿の破片を集めた。

＊

マスターは、事情を説明する、と言ったが、それは必要ない、と断った。事情を知っても、別に意味はない。俺の友だちの店で、ヤクザが暴れた。そうなれば当然、そのヤクザは怪我をするのだ。それだけのことだ。それにまた、ようすから見ると、説明される事情の中には、多真美にとって思い出すのもイヤだ、という出来事も混じりそうだ。それを、彼女のいるところで再現しても始まらない。無駄なことだ。ヤクザが、俺の友だちの店で理不尽に騒いで、暴れて、店の客にもイヤな思いをさせた。だから、怪我をした。出来事は充分にシンプルだ。シンプルに美しく説明できる現象には、わざわざほかの前提条件を持ち出す必要はない。オッカムの剃刀だな。

ジャック・ダニエルのストレートをダブルで呑んで、店を出た。多真美に送ろうか、と尋ねたが、「心配しないで」という返事。だから、心配しないことにした。

心配と言えば、マスターも、俺がこれからどうなる、ということについては心配の素振りを見せなかった。そういう心配については、俺が自分でなんとかできる、と考えているわけだ。心配するのは、俺に対する侮辱である。そのことを、ちゃんとわかっている。また、そのことを信じていなかったら、俺を呼びはしなかった。さすがに、日本占領下の上海でバーテンダーとしての経歴をスタートさせたジイサンは腰が据わっているもんだ。

五大馬路の小さなバーで、上海一幼いバーテンダーだったんだ、と話していたことがある。その頃は趣味でクラリネットを吹いていたが、今はもう吹き方をすっかり忘れてしまったそうだ。

ビルから出たら、暗がりに、男が五人立っていた。うんざりした。そして同時に、ちょっと恥ずかしいことだが、多真美を無理にでも送ることにすればよかった、と思った。もしそうしていたら、ここに多真美がいるわけだ。頭と体の動きは機敏な娘で、高校の頃には百メートルの選手としてインターハイに出たことがある、と話していたから、通路を反対の方に突っ走って、公衆電話から一一〇番しただろう。いや、今は携帯からか。

ほんの一瞬でも、そんなことを考えてしまった自分が恥ずかしい。やはり、ここには多真美はいない方がよかった。雪が激しく降っている午前二時で、もちろんビルの中には雪は降ってはいないが、客たちの靴にくっついてビルの中に入って来た雪が溶けて、床は濡れている。いくら元インターハイの百メートル走者でも、転ぶ可能性はある。そうなったら、もう、さっき俺がやったことは無駄になる。俺は、自分がやったことを無駄にはしたくない。

「情けねぇ連中だな」

俺が言うと、芳野がニヤリと笑った。北栄会花岡組の中堅、桜庭組の若頭補佐だ。こいつらはバカだから、たくさんの漢字が並ぶ肩書きを嬉しがる。暇なジジィと同じだ。

「相変わらずだな」

「俺は変わらないよ」

芳野はちょっと考えた。こいつにとっては、なかなか苦労の多い芸当だ。読み書きができるようになって、すでに四十年以上経過しているはずだが、まだ日本語をマスターできないのだ。言葉を使わなければ、きちんと考えられないからな。

「なにとんがってんだよ」

不自然な笑顔で言う。こいつは、不自然な笑顔が好きだ。不自然な笑顔で穏やかに脅すと、誰でも言うことを聞いてくれる、と思っている。不自然なやつだ。子供の頃から、苦労したんだろうな。

そしてまた芳野は、本気で桜庭を尊敬している。桜庭そっくりのお洒落な格好だ。オーダー・メイドの艶のあるスーツと、白いカシミアのコート。合わせて三百万はするだろう。少なくとも、値札はな。桜庭と同じ仕立て屋を使っているのかもしれないが、お下がりの可能性もある。

「俺が？　別に、俺は相変わらずだよ。あんたもさっきそう言ったろ？」

芳野はまた、ほんの少し考えた。これで、一分も経たないうちに二度も考えたわけだ。ヘトヘトだろうな、と俺は思った。

「事情がわかってんのか？」

「事情？　驚いたな。お前らにも事情があんのか。一人前に」

芳野はひっそりと溜息をついた。ちょっと困っているような素振りを見せる。ほんの一瞬、こいつは俺のことが嫌いじゃないのかもしれない、と思った。その点では、うまい芝居だ。堂に入っている。同時に、どうやら俺は心細い気分でいるらしい。

「オヤジは、あんたのことが嫌いだ」

「知ってるよ。それを知ってるから、俺はなんとかススキノで胸を張って生きていられるんだ。桜庭に礼を言っといてくれ」

芳野はまた考えた。これで三度目だ。そろそろ頭を抱えて叫び出すだろうか。仲良くしているトムとジェリーを目撃した、ブルさんのように。

「俺はな。別に、あんたのことが嫌いでも好きでもない。無理して事を構えよう、とも思わない。だがな、あんたがそんな出方をして、でもってオヤジがあんたのことを嫌いなんだから、俺としてはもう、どうしようもねぇ」

「そんなもんだろ、組織って。サラリーマンとか警察とかと同じだ」

「……てめぇがなんでこの街でのんびり生きていられんのか、そのことを考えてみろ。別に、桐原と仲が良いからじゃないぞ。オヤジが、あんたを大目に見てるからなんだぞ」

「俺にはなんの関係もないことだ」

「こっちは最大限の……」

「てめぇの事情をこっちに押しつけんなやめな」

「オヤジは、榊原の一件は、死ぬまで忘れねぇぞ」

「そりゃそうだろ。死んだ後までは覚えてられないからな」

考えることにすっかり疲労困憊したらしい。芳野はいきなり俺の金的を狙って蹴りを飛ばした。そんなことくらい、予想していた。俺は左足を上げ、腿で芳野の爪先を受けた。こういう時、最初の一撃が一番応える。痛みはそれほどではなくても、体がびっくりするのだ。

俺は本来穏和な男だから。芳野は即座に右の拳を打ち込んで来た。これもまた、予想していた。俺は左の内受けでその攻撃を逸らした。その時にはすでに残りの四人が俺を取り囲んでいて、後ろから羽交い締めにされた。これもまた、予想していた。右足を後ろに絡め、腰を入れて右前に捻り倒した。四方八方から攻撃が襲いかかって来た。これもまた予想していたが、いくら予想していても、もう、事ここに至っては、どうしようもなかった。

できる限り踏ん張ったが、俺は凍った雪の歩道に崩れ落ちた。できる限り頑張りはしたが、それは俺の主観的な時間で、端から見たら、ものの数秒しか持ちこたえなかったのだろう。それはわかる。だが、俺としてはそれで満足だった。俺は頭を抱え、体を丸めてじっとした。こういう時には、それしかできないのだ。

俺は、黙って耐えた。閉じた目の中に、細かな光の渦が色々な方向から飛び散る。黙って耐えているうちに、顔の下に血が溜まってきた。鼻から流れ落ちている。雪が固く凍っているので、しみ込まないらしい。攻撃は一向に収まらない。頭の芯に、いやな苦みが広がり始めた。こいつら、殺す気かな、と思った。その時、腎臓に激痛がヒットした。俺は思わず両足を伸ばしてしまった。笑い声が聞こえる。誰かの爪先が俺の首筋を蹴った。そのまま爪先をこじ入れ、別な爪先が左胸にめり込んだ。俺を、ひっくり返そうとしている。

その時、俺は突然、立てるな、と思った。苦しいし痛いが、立とうと思ったら、立てる。じゃ、やってみよう。俺は力をふりしぼって、首筋の爪先を左手で握り締め、素早く右手でもう片方の足を摑み、渾身の力をふりしぼって立ち上がった。「うわっ」と叫ぶ声が聞こえた。立ち上がったとたん、ミゾオチに前蹴りを喰らって、俺は膝をついた。男が倒れているのが目に入った。動かない。ささやかに、嬉しい。うつぶせに這いつくばろう、としたが、一瞬遅く、膝が俺の顔にめり込んだ。際どいところで顔を背けたので、鼻は無事だった。左側の頬骨に、顔が砕けそうな痛み。俺は仰向けに倒れた。両手で顔を守ったが、打撃は所構わず襲ってくる。左の肋を思い切り踏みつけられた。思わず左腕を下げて庇った。顔面に、打撃が連続して襲ってくる。顔に、細かな雪が叩き付ける。今夜は、相当冷え込んでいるらしい。俺はなんとかうつぶせになった。もう、これでオシマイだ。体を動かす体力も気力も残っていない。

その時、なぜだか、まだ立てるな、と思った。とりあえず、立ってみよう、と決めた。膝をつき、両手を突っ張って、四つん這いになった。脇腹を蹴り上げられた。まぁ、そういうもんだろう。俺も、逆の立場だったら、そうする。しかし、それに引き続いての一斉の殴打と蹴りは、やはり違うだろう。俺は、確かに不意打ちではあったが、ひとりで三人を倒したのだ。四十五にもなって。だから、ここでこの五人に殺されても、俺の勝ちだ。これは、ささやかに嬉しい。俺はまた、いつの間にか、うつぶせになって体を伸ばしている。痛みは、もうどうでもいいことになっていた。このまま倒れていれば、それで済む。

だがまたその時、まだ立てるな、と思った。とりあえず立ってみる。膝をついて、四つん這いになった。足に力を込めて中腰になったところで、胸を蹴られて俺は横ざまに倒れた。だが、蹴られなくても、倒れただろう。足に力が入らない。でも、まだ立てるな、と思った。立ってみることにした。ゆっくりと四つん這いになり、中腰になる。今度は、蹴られなかった。ゆっくりと足に力を入れ、雪の地面から手を離した。その時、こめかみのちょっと下を蹴られたか殴られたかして、俺はまた横ざまに倒れた。吹雪の中でこういうことをしているのは、なかなかカッコイイな、とチラリと思った。

まだ立てる。

そう思って、俺はおかしかった。人間が、こんなにも立つことができるとは思っていなかった。直立歩行をするようになって、数十万年。立ち上がるのは、人間にとってとても自然なことだ。ヤンバルクイナは飛ばなくなって、どれくらいになるんだろう。怠けもんだな。

また四つん這いになり、目に入った手近の雪山に手を突っ張って、腰を持ち上げ、それから一度雪山に倒れ込み、体勢を整えて、両手を突っ張って雪山から体を引き離した。今回は、両足を伸ばして、ちゃんと立つことができた。後頭部とみぞおちが、同時に破裂した。息ができない。俺は体を丸めて喘いだ。喘ぎながら、まだ立てるな、と思った。腹を抱えて体を丸めて横ざまに倒れていると、むしろ苦しみが増す。四つん這いの方がいい。俺は、頑張って四つん這いになった。この体勢で呼吸を整え、息ができるようになったら、また立てる。

どれくらい時間が経ったのか、わからない。だが、なんとか息ができるようになったので、俺は立ち上がった。立てた。

周りには、誰もいなかった。

俺はいったん横になった。それから、四つん這いになって、ビルに近付いた。ビルの壁に背中を預けて、俺は座り込んだ。

どうしてこんなことになったんだろう、と考えた。前後の事情を忘れていた。すぐに思い出した。芳野たちに、袋叩きにされたんだ。袋叩き。これは、俺には絶対に不可能なことだ。ひとりで誰かを袋叩きにできる男なんて、世界のどこにもいない。

　俺はしばらくぼんやりして座っていたが、ゆっくりもしていられない、と気付いた。徐々に記憶が戻って来たのだ。もう、すぐにでも、多真美とマスターがここを通るに違いない。あのふたりに、こんな姿を見せるわけにはいかない。

　俺は頑張って、壁の助けを借りて立ち上がった。壁にもたれたまま、少しずつ前に進んだ。オーバーの肩がコンクリートの壁に擦れる。これはちょっと残念だ。最近、トレンチコート風のデザインは流行らないのか、手に入れるのに苦労した。黒い、カシミア百パーセント、丈の長い、正統的なトレンチコートのデザインのオーバーだ。カシミアでできたトレンチコートなんてお笑いだ、という意見はあるだろう。だが、他人がなんと言っても、俺はこのオーバーが気に入っている。その肩が擦れている。

　イヤだな。

　だが、この際だから、しかたがない。

　俺は、ぼんやりと呟いた。

「この際だから、しかたがない」

　俺の住んでいる部屋は、ススキノのはずれのビルの八階にある。ここから、通りを二本横切ればいい。だが、部屋に帰るのは、今の俺には無理だな、とわかった。部屋まで辿り着けない。

　でも、部屋に向かう途中の〈カタノビルA館〉に、高田の店がある。あいつに迷惑をかけるのは、ちょっと気が進まないが、この際だから、しかたがない。俺はぼんやりと呟いた。

「この際だから、しかたがない」

2

「この際だから、しかたがない」

　俺が言うと、「ああ、そうだな」と答える。

「関東大震災の後の焼け野原で、〈この際だから〉っつー言葉が流行ったんだそうだ。ボロボロの格好でも、とにかく〈この際だから〉しかたがない、と。被災地の人たちは、着の身着のままで焼け出されたわけだからよ」

「そうか」

「地震の後の火事で、たくさんの人が死んだわけだ」

「そうだな」

「で、内田百閒は陸軍士官学校の教官だから、とにかく、勤務先である陸軍士官学校に行かなけりゃならない、と。で、行く時、百閒の周りは焼けなかったんだけど、〈この際だから》ってわけで、よれよれの服を着て行ったんだそうだ」

「そうか。ちょっと痛いぞ」

「でも、学校に着いたら、学校の周囲は全く被害がなくてな。すっかり元通りで、学校は掃除も行き届いていて、しんとしてた。で、職員室に行ってみると、教授たちはみんな、フロックだのモーニングだの、きちんとした服装で、ずらり粛然と座ってたわけだ。いてててて。痛ぇな。で、百閒先生のよれよれの姿を見て、『おや』と言ったんだってよ。『内田教官のお住まいのあたりは、焼けなかった、と承っておりますが』とかなんとか」

俺は爆笑した。そして続けた。「俺は、内田百閒が好きだな」

「いいから、少し黙れ」

あれ？　と思って目を開けると、高田だった。その横で、見覚えのある顔が、難しそうな表情で、俺を見ている。

「よう」

そう声をかけたのは覚えているが、その後どうなったのかはまたわからない。

＊

別にずっと気を失っていたわけじゃない。むしろ、意識を失っていた時間は短いと思う。だが、ぼんやりとしていたのは事実だ。俺の記憶としては、高田の店に静かに入って行って、「どうした？」と尋ねる高田に、「バカやっちまった」と答えて渋く微笑んだはずなのだが、高田に言わせると、俺は店のドアにもたれて、開くドアと一緒に店の中に倒れ込んだ、ということになっている。言われてみるとそんな気もするが、そのあたりは定かではない。まぁ、とにかく高田の店のドアの合い鍵を持っていたのはよかった。高田は午前二時に店を閉めて、ミニFMのDJに変身するのだ。「仕事に集中するために」などと一人前のことを抜かして、ドアに鍵を掛けてしまうので、合い鍵がないとやや困っただろう。

で、店の中に高田が引きずり込んでくれて、それからソファに寝そべったのは確かだ。それから、誰かに何かされたり、体を支えられてよろよろ歩いたりしたのも覚えている。車に乗って、延々と走ったのも覚えている。そんなこんなの結果、俺は冬の曇りの日中の、力弱い日差しの中で、ぼんやりと目を開けた。改めて詳しく説明されたわけではないが、きれぎれの記憶で、自然と事情はわかっていた。高田が、ミニFMの放送の中で「業務連絡、業務連絡」とふざけて、「お聞きの皆さんの中に、誰かお医者さんはいらっしゃいませんか?」というようなことをやったらしい。でも、別にそれで見知らぬ医者が駆け付けたわけじゃなくて、池谷が半ば酔っ払って姿を現したらしい。こいつは、札幌郊外の……清田かどこかでホスピスを併設している中規模の病院の整形外科次長だかなんだかで、ワインとシャンソンと若い娘が好きな四十代半ばの医者だ。学生時代、ミルトンの『失楽園』のゼミで、高田と一緒になり、それ以来の付き合いらしい。俺はあまり話をしたことはないが、シャーロット・ランプリングのファンだ、ということは聞いている。だから、親近感を持っている。こいつがざっと診てくれて、それから誰かの車なのか、池谷の病院の救急車を使ったのか、そこはよく覚えていないが、俺はその病院に入院することになったらしい。

だからつまり、俺は今、清田かどこかにいるわけだ。

目を覚まして、とりあえずそういうようなことはすぐに思い出したので、別に不安は感じなかったが、とりあえず状況を把握するために、頭を持ち上げたら吐き気がした。世界がグルン、と回る。これは二日酔いの比じゃない。後頭部がそのままどこかに吸い込まれそうな感触で、俺はいきなり千年の孤独を感じながら、横を向いて……そして……、思わず吐いた。

だが、口からはなにも噴き出さず、喉からこみ上げてきた苦いものが、口の中に広がっただけだ。俺は、思わず口を開けて舌を出し、同時に目を固くつぶって、呻いた。目を閉じる直前、顔の横にナース・コールが見えたので、目を閉じたまま、手探りで手を伸ばし、ボタンを押した。ややあって、女の、金属的な声が俺の名を呼ぶ。

「どうしました？」

「吐き気がするんですが」

「あ、はいはい。すぐに行きますよ」

俺は、荒れ狂う海に浮かんだ筏にしがみついている気分だった。地面も、病院も、ベッドも、動いていない、というのはわかっているのだが、そんなことがいくら頭でわかっていても、眩暈という事実の前では無力だ。

「う〜〜」

みっともない、とは思いながら、俺はもう一度、呻いてしまった。二日酔いよりも苦しいもの、というのはあまりないが、激しい眩暈ってのは、結構いい線いくな、と思った。

少なくとも、二年間風呂に入っていない森首相に抱かれるのと、今のこの眩暈と、どっちを選ぶか、と二者択一で迫られたら、相当悩むだろうが、やっぱり森首相に抱かれる方を選ぶだろう。二年間風呂に入っていない森首相は、殴り倒せば動かなくなるだろうが、眩暈を黙らせるには、自分が気絶するしかない。

必死になってそんなことを考えているうちに、とうとう看護婦がやって来た。苦しんでいる時には、看護婦がキレイに見える、と聞いたことがある。これは事実だ、と痛感した。

看護婦は、にっこりと天使のような笑顔を見せてくれて、「目が覚めたんですね」と穏やかな声で優しく言って、白魚のような華奢な指で、慈悲深く、手際よく、うっとりとするほどに美しい仕種で、小さな注射器から黄色い液体を、俺の静脈に注入した。ほとんど瞬時に、眩暈は収まった。俺は、心から感動して、お礼を言おうと思ったんだが、次の瞬間には、また眠ったらしい。

＊

カーテンの向こうが暗くなって、病室の照明が明るく感じられるころには、俺はほとんど回復していた。池谷がのんびりとした口調で、あれこれと説明してくれたが、要するに脳には損傷がない、ということだった。だが、わりときつい脳震盪を起こしたらしく、こんなことを続けてると、そのうちにモハメッド・アリみたいになるぞ、と脅かされた。そのほかには、肋骨二本にひびが入っている。放っときゃつながるんだろ、と言うと、そうだ、と答えるので、放っておくことにした。あとは数カ所の打撲と、そして顔が腫れ上がっているくらいで、まぁ、たいしたことはない、ということだった。だが、鏡を見て、人前に出るには少なくともあと二日は無理だな、と悟った。

「で、金はいくら払えばいいんだ？」

俺は、健康保険には入っていない。そして俺が寝ころんでいるのは、設備の整った個室のフカフカのベッドの真新しいシーツの上だ。テレビも見られるし、看護婦はみんな美人だ。いくら請求されるのか、考えただけでもうんざりする。

「いいんだ、別に」

「なに？」

「金はいいよ」

「だってあんた……いろいろと検査もしたんだろ？」

自覚はないが、さっき池谷の部屋で、自分の脳味噌の断面図を何十枚も見せられた。あれだけでも相当な金額だろう。

「いいんだ。今、園部正樹ってのが入院してるんだ。知ってるか？」

「……ああ、道議だったっけ？」

確か道議会議員として四期目に入ったベテランだ。自民党道連の幹部で、……そうだ、どっかの過疎地に道立の在宅介護支援センターを建設した時に、業者から金をもらったってことで、逮捕されることになったんじゃないか。

「ここに入院してるの？」

「そうだ。逮捕状が出る二時間前に、都合よく心筋梗塞の発作を起こしてな。で、ここに来た。俺はよく知らないけど、五百万払う、と言ってるらしい。正規の治療費のほかにな。寄付だとさ。それと、診断書に二百万な。ま、一週間くらい、園部サイドがいろいろと根回しをする時間を稼いでやる、というわけだ。これで、ホスピスのロビーのカーペットを新品に張り替えることができるし、DVDデッキも何台か増やせる。カーペットが擦り切れてるってのは、やっぱり辛気くさいもんだし、昔の映画が今、DVDになって安くたくさん出てるから、これは助かる。患者は喜ぶんだ。昔の映画をな」

「で？　それが、俺となんの関係がある？」

「気にするな。ただ、あんたの検査やなんかのは、全部園部にツケてある。保険に入ってないって言うし、まぁ、これが一番だ」

「……わりと大胆なことを考える医者だな」

「いいんだよ、別に」

「いいよ。自分で払うよ」

「……ざっと計算すると、全額自己負担だと、二百万円を軽く超えるぞ」

「……」

　それでもいい、と思った。なんとか払える。

「園部に払わせろよ。それが一番いい。二百万、あの男が持ってても、どうせ汚くまき散らすか、さもなきゃため込んで腐らすだけだ。それなら、その金をあんたが持ってて、楽しく酒を呑んだ方がいい」

「……どうも、すっきりしないな」

「そうだ、多真美って可愛い女の子、知ってるな？」

　俺は黙って頷いた。

「彼女から、事情は聞いた。話さないでくれ、と言われたんだが、秘密にすることもないだろう。昨日の夜、あんたに礼を言おうと思ったんだそうだ。あんたの住んでるビルの一階には、二十四時間喫茶があるのか？」

「ある」

「そこで、朝の五時まで待った、と。でも、あんたは帰って来ないから、心配になって、高田の店に行ったらしい。ところがあいつもいない。珍しいことに、やつの放送も、やってなかった。で、心配したけど、どうしようもないから、高田の店のドアにメモを書いて、家に帰ったんだそうだ。で、高田が店に戻って、そのメモを読んで、電話で事情を簡単に説明してやったらしい。とりあえず、昼前にここに来たよ」

「……気に食わねぇな」

「だろうな。見付かったら叱られる、と言って、すぐに帰ったよ。ケーキは、みんなで食った。だって、ヘンだろ？　来たことは内緒にしてくれ、と言われたんだから。それでケーキを『見舞いだ』と渡すのは、いかにも矛盾してる」

「そうだな」

別にいいさ。俺は、甘いものはあまり好きじゃない。

「別に大した怪我じゃないと説明したから、その点は安心したようだ。ま、そんなこんなで、事情も聞いたし、一件落着だ。で、こういう怪我は、薄汚い、クズの金で治すべきだ、と俺が判断した。そうでもしないとあんた、ほとんど自分を英雄視しちまうだろ。つけあがりやすい性格だから」

「高田が言ったのか」

「見りゃわかるよ」

「……」

「全てをきちんとカッコヨク片を付けるのは、場合によっちゃカッコワルイんだよ。少しは、スキを残さないとな。薄っぺらな人間になっちまうぜ。てなわけで、正義の味方は、そのダメージを、ネコババ政治家の金で癒すわけだ。その、〈すっきりしない〉って感覚が、とっても大切なんだよ。知恵の足りない正義の味方ってやつになっちまったら、最悪だろ」

たかが医者の分際で、なにを偉そうに。と思ったが、そう言えば思い出した。こいつは……

「高田と知り合ったきっかけって、『失楽園』のゼミだったっけ？」

「そうだ。ミルトンのだぞ。渡辺淳一のじゃなくて。そこんとこ、間違えないでくれ」

「間違えないよ。あんたはクリスチャンなのか？」

「親がな。だから、正義の陣営に入っちまった人間が、どれほどバカんなるか、それは知ってる」

「……」

「もう一日、寝てろ。明後日の午前中に退院だ」

「わかった」

「消灯時間は九時だ。その後、顔を出す」

「なんで？」

「もしあんたが起きてたら、ちょっと呑もう。沖縄の知り合いが、古酒《くーすー》を送ってくれた。あと、高田が、ティオ・ペペとジャック・ダニエルを持って来てる」

俺は頷いた。

「高田自身は、来られないそうだ。なにしろあいつ、店と、そして放送があるから」

俺は頷いた。池谷はクスッと笑って、椅子から立ち上がり、「寝てろ」と言って出て行った。

*

確かに特別室は違ったもので、消灯時間を過ぎても、灯りは暗くはならなかった。だからいくらでも本が読める。だが、日中はベッドからほとんど出なかったから、売店にも行けなくて、読む物がなにもない。新聞や雑誌すらない。俺は、なにもすることがない時になにか読まないとアタマがおかしくなるタチなのだが、これじゃどうしようもない。で、しかたなく、薄っぺらな、作務衣のようなパジャマのような、お仕着せの病人服で横になったまま、ぼんやりとテレビを眺めた。ほかになにもすることがない。これじゃすぐにバカになるな、と心配していたら、池谷が酒を三本持ってやって来た。

沖縄の北谷の古酒がやたらうまくて、酔っ払った。北谷でアメリカの海兵隊員が屋台村に放火して逮捕された、という事件があったので、その話でいろいろと池谷と語り合った。そのうちに、ふと気が付いたら池谷がソファで寝ていた。俺も、眠っていたらしい。池谷をそのままにして、俺は病室の灯りを消し、本格的に眠った。

＊

翌朝目が覚めたら、池谷はいなくなっていた。適当なところで目を覚まして、自分の部屋か家に戻ったんだろう。俺は、気のせいかまだなんとなくフラフラする頭を首の上に載せて、ぼんやりと朝食を摂った。看護婦が運んでくれた料理は、品数の多い豪華なもので、特別室の待遇は相当なもんだな、と感心した。とても食べ切れなかった。だいたい、こんな早い時間に物を食うなんて、まるでサラリーマンみたいで野蛮だ。それに、左目や右の頬骨のあたりなど、あちこちにガーゼや絆創膏がくっついていて、落ち着かない。食事を楽しむ気にはなれなかった。

看護婦が「あら、こんなに残して」などと呟いてトレイを持って行った。それから俺は、ベッドから降りて、病室の中を動き回った。

歩いたり、首を回したりすると、世界が一瞬遅れて体に重なる、というような感覚がある。これは、頭を殴られたせいか、二日酔いの相乗効果か、判断は難しいところだ。それ以外には、ほとんど元に戻ったと思う。リハビリも兼ねて病室の中を動き回った。

俺の着ていたものは下着の類まで全部まとめてクロゼットの中にあった。マネー・クリップでまとめた紙幣やバラの小銭、そして銀行のキャッシュ・カードや映画の前売り券が入っている名刺入れが、病院の封筒の中に入っている。キー・ホルダーもあった。こうして見ると、持ち物がほとんどないのに気付く。息子を連れて出て行った春子が、よく気にしていたのを思い出した。俺がいつもほとんど手ぶらで、金を財布にも入れないで剝き出しでポケットに入れて出歩くので、それが気に入らなかったらしい。

なぜ春子は、そんなどうでもいいことを、あんなにしつこく気にしたんだろう。

……そして俺は、なぜ今になっても、こんなことを思い出すんだろう。もう、十年以上も前の話なのに。息子は確か、今年中学三年になるはずだ。

……二年か。……少なくとも、高校入試は今年ではないはずだが。今年入試なら、受験料とか入学金とか、いつもよりも余分に金を送らなければならないはずだ。そういう手紙は来なかったから、今年は入試ではないだろう。息子を連れてキャンプに行ったのは、去年……

いや、一昨年の夏だ。あの時、いくつだっただろうか。ヘソが痒くなるようなキャンプだった。あんな馬鹿馬鹿しいことは、もうこりごりだ。

……なんで、こんなことを、今、わざわざ思い出すんだ。

俺は、クロゼットから黒いオーバーを取り出した。よく見ると右肩のあたりが毛羽立っているが、そんなに目立たない。まぁまぁ、よかった。それをきちんと着て、素足に靴をはいて、病室から出た。

＊

病院の、配膳車のニオイが漂っている。そして、パジャマ姿の病人たち、看護婦たち。不景気な気分でその間を抜けて、やけにゆっくりと動くエレベーターで二階に降りた。頼りなくフワフワする床を踏みしめて、俺は売店に向かった。

それなりに品数が揃っている、わりと本格的な売店だった。田舎の雑貨屋のような感じだ。そこで俺は歯ブラシ歯磨き、下着と靴下、雑誌などを買った。ありがたいことにピースがあった。五箱買った。ワイシャツもあったが、黒や紺色のシャツはないし、だいたい俺に合うようなでかいサイズのシャツはない。誰かに頼んで買って来てもらおう、と決めた。洗濯していないシャツを着るのはまっぴらだ。

売店のレジでは、中年のオバチャンふたりが「よねぇ」「あらぁ」という調子で語り合っていた。片方はレジのオバチャンで、もう片方は長く入院している病人の付き添いらしい。

話の感じでは、入院しているのは、オバチャンの姑らしい。

「ま、どっちにしても、もうしばらくの辛抱だからさ」

「ほんとねぇ」

付き添いのオバチャンが溜息をつき、力無く微笑んだ。レジのオバチャンが、うんうん、と頷いた。

その時、俺は視野の隅に視線を感じた。

雑誌のスタンドの前で、六十がらみのオバチャンが、こっちを見ている。女性週刊誌を立ち読みしていて、ふとこっちを見て、そして俺をまじまじと見ている、という雰囲気だ。俺はさり気なく自分の周囲を眺めた。俺の足許では、幼稚園くらいの子供がしゃがみ込んで、きかんしゃトーマスの人形をしげしげと見ている。俺を突き抜けて通路の向こう側は談話室のようなスペースで、数人の病人と、いかにも看護に疲れた感じの中年の女が座っている。

だが、あの雑誌スタンドの女がしげしげと見ているのは、どうやら俺であるようだ。なんだろう。もしかすると寝違えて、首が動かないのかもしれない、とも思ったが、そうでもないようだ。

俺は、ほんの一瞬、彼女の顔を正面から見た。目をそらすか、と思ったが、女はそのまま俺を見つめている。顔には見覚えはない。若い頃はさぞかし美人だったろう、という感じがするが、寄る年波には勝てない、という老いた顔つきだ。だが、若くキレイだった頃の名残なのだろう、小さくまとめてアップにした髪型や、若草色のカーディガンとチェックのスカートの組み合わせなど、お洒落に気を配っていることが感じられる。俺をじっと見て、ふと、微笑んだ。

その表情を見て、俺の中でなにかが揺らめいた。……だがやはり、心当たりのある顔ではない。なんだろう、と思いながらも無視することにして、レジで金を払い、足首の涼しさを妙に意識しながら、ペタペタと自分の病室に向かった。

何度も、誰だっただろう、と考えたが、どうしても思い出せなかった。まぁきっと、彼女の息子に俺がそっくりだ、とかなんとかいう話だろう、と自分を納得させた。

だが、「自分」はなかなかしぶとくて、一応は納得はしたものの、歯を磨きながら、あるいは鏡の中の絆創膏まみれの厚ぼったい顔を眺めながら、そしてベッドの上で雑誌を読みながらも、思いはどうしてもあの女のことに戻って行った。どうも、見覚えがあるような気がするのだ。だが、誰だかわからない。喉のあたりになにかが引っかかっているようで、妙に落ち着かない。それに、ベッドで寝ころんでいるのもどうにも間抜けな感じなので、配られた薬を服んでから、俺はまたクロゼットのコートを着込んだ。暇潰しに、病院の中を散歩しよう。

だが、病院の中というのは、ススキノと違って、あまりおもしろくない。ススキノには、楽しそうにしている酔っ払いがそこらにいくらでもいるが、病院には、楽しそうに入院している人は少ない。従って、こっちの心も浮き立たず、不景気になる。で、散歩は早々に切り上げて、談話室に行って座ってみた。楽しいことは何もない。談話室にいる人は、みんな、ペナルティ・ボックスでしょぼくれているアイス・ホッケーの選手のように見える。まぁ、こっちがそんな気分だからだろう。それにタバコが喫えない。

談話室を早々に切り上げて、俺はいったん廊下に出た。院内見取り図がある。喫煙室を探すと、「喫煙コーナーは各奇数階の南側サンルームにあります」と書いてあった。親切なことだ。俺が今いるのは八階だ。で、階段を下りて「南側サンルーム」を探した。

確かにあった。ガラスで囲まれた二坪ほどの「コーナー」で、貧弱なパイプ椅子が五つあり、灰皿が突っ立っている。灰皿には吸い殻が山盛りになっている。中にいる人は、煙の向こうに霞んで見える。副流煙も自分で吸って処理しろ、ということなんだろう。わかりました。ガラスの戸を押して中に入ると、三人いた先客が、じろりとこっちを見た。世界に嫌われた者同士の連帯感、のようなものを期待しないでもなかったが、それはカケラもなかった。みんな、世の中にうんざりしているようだ。点滴のチューブを腕につないだ男が、右手で薬の袋をぶら下げた鉄のパイプを握り、さも面倒臭そうにタバコを喫っている。俺が取り出したピースをじろりと眺めてから、面倒臭そうに天井を見上げた。

世界が隅々までかったるい。

もうもうと立ちこめるケムリの中で、ぼんやりとピースを喫っていたら、ガラス戸の向こうに、さっきの女が立った。偶然通りかかったのか、とも思ったが、この「喫煙コーナー」は「南側サンルーム」のどん詰まりにある見捨てられた一画だ。どう考えても、どこかに行くためにこの前を通過する、ということは考えられない。

ということは……

俺は、今度は真正面から、女の顔を見つめた。相手の女も、なにか気持ちのこもった表情で、俺を見ている。

なにか、もやもやとしたものが、心の中で固まってきた。不意に、むくむくと、優しい気持ち、懐かしい気持ち、切ない思いがわき上がって来た。

思い出した。

純子だ。

いや、まさか。あの人は、死んだはずだ。

昔のことが、一気に甦った。

俺は、思わず立ち上がった。

3

俺が初めて純子と出会ったのは、二十一の頃だ。彼女は俺よりも十五歳年上だから、三十六だったのか。俺は、学校に足が向かなくなった呑んだくれの学生で、そして彼女は当時のススキノでも最高クラスのコール・ガールだった。純子と一晩過ごすには十万円が必要で、これは、彼女の当時の年齢を考えると、やや驚くべき値段だ。だが、彼女の馴染み客たちは、この値段を当然だと思っていたし、俺もそうだった。で、俺はバクチに手を出し、葉っぱの流通にも絡むようになったのだ。

その稼ぎの方が忙しくなって、俺は親の家を出て、ススキノの外れの木造アパートで暮らすようになった。親の家を出るにあたって、最も反対したのが、純子だった。真面目に学校に行け、というわけだ。その後も彼女は、俺が独り暮らしをすることに反対し続けた。きちんと学校に行って、ちゃんと卒業しろ、と俺に説教した。

そのうちに、彼女に会うのに必要な金がどんどん安くなった。一晩十万円が、五万円になり、二万円になり、そしてとうとう金を受け取らなくなった。で結局、俺は純子の部屋で、ふたりで暮らすようになったのだ。そうなる前に、純子は何度も別れ話を持ち出した。そしてその度に、話はあやふやになり、ふたりの暮らしは、二年ほど続いた。

その頃には、俺はススキノのあちこちにいろいろな繋がりができていた。その繋がりの、なにがどうなったのかは今でもわからないが、純子はある日、「あなたは狙われているから、どこかに逃げなさい」と、真剣な表情で言ったのだった。俺にはなんの心当たりもなかった……というか、バクチ場でのいざこざや、葉っぱの縄張り争い、チンピラ同士の小競り合い、仲良しの店の安寧秩序の維持など、日常的に関わっていることはいくつかあったが、そのどれが、決定的に自分の身を危なくすることになったのか、よくわからなかった。……正直言うと、その当時の事情は、今もわからない。だが、身に覚えのないことで、恨まれ、狙われる、ということがそれほど珍しくない世界なので、俺はタカを括った。事情はわからないが、そのうちに、収まるだろう、と思ったのだ。だが、事態は段々緊迫の度を増して来たらしい。ある夜、ススキノから逃げた方がいい、いや、逃げないという口論の末に、純子は俺を部屋から追い出し、「もう二度と来るな」とドアの向こうから怒鳴り、そして俺はススキノで呑んだくれ、翌日の昼下がりに純子の部屋に戻ったら、警官がいた。

俺は際どいところでとぼけて逃げ、知り合いの誰彼に事情を尋ねて回ったが、誰もはっきりしたことは知らなかった。その翌日、俺が当時借りていて、純子と暮らすようになっても借りっ放しにしてあった木造アパートに彼女からの手紙が届いた。曖昧な文面で、はっきりとはわからなかったが、どうやら遺書のように読み取れた。

そしてその翌日、彼女のカマロが小樽の港に沈んでいるのが発見された。

その時、俺がなにをどうしたか、はっきりとしたことは覚えていない。不思議なことに、ほとんど思い出せない。喪失、絶望、挫折、そんなような言葉に置き換えられるような、なにかの名残もない。その後の二年間の記憶は、ほとんど空白だ。ただひたすら呑んでいたように思う。ススキノの顔馴染みたちと。荒っぽく金を稼ぎながら。

全てがまるで、夢の中の出来事のようだった。

その、純子が目の前に立っている。確かにめっきり老けたが、間違いない。目元、優しげな口許に、若かった頃の面影が、間違いようもなく、ある。

俺は、気付いたら、喫煙コーナーの煙の中から外に出て、純子の前に立ち尽くしていた。

4

俺の目の前で、純子が、柔らかい笑顔になった。

俺は黙って頷いた。純子が生きている。とても信じられなかった。

「やっぱり？」

「やっぱり、ボク？」

そうだ、思い出した。俺は、純子から情けないことに「ボク」と呼ばれていたのだ。俺は何度か、それはやめてくれ、と文句を言ったが、それはすでに恋人同士のイチャイチャで、結局、この呼び方が定着したのだった。

思い出すだけで恥ずかしく、死にたくなるようなエピソードだが、二十数年前のことであり、そしてあの時期、確かに俺はイチャイチャ気分だったから、これはまた自然にそのまま復活してしまった。

「生きていたのか」

「え？　私？」

「うん」

純子はクスッと笑った。滑らかだった肌に、そして端正だった顔に、深いシワが刻まれた。

それでも、俺は今の純子の顔の向こうに、あのとびきりキレイだった彼女の姿をありありと見ることができた。

「生きてたわ、もちろん」

「……」

俺は、なんと言っていいか、わからなかった。

「突然、いなくなったから……」

やっとの思いでそう言うと、純子はまたクスッと笑った。

「ごめんね。でも、あの時は、ああでもしないと……」

「なにがあったの？　あの時」

「……どこか、話ができるところに行きましょうか」

俺は頷いた。そして、純子が布の袋を抱えているのに気付いた。手を伸ばし、「持つよ」と言うと、ちょっと微笑んでそれを寄越す。ふたりで一緒に過ごしていた時、こういう場面がよくあった。その時の感触を、ありありと思い出した。ふたりで一緒に映画を観に行った時、ふたりで函館に旅行した時、そのほか、日常のさまざまな場面で、俺は純子の荷物を持ち、彼女は俺に荷物を託した。

たった、それだけのことが、とても切なく胸に甦る。

俺は、純子と知り合った時、もちろん童貞ではなかった。だから、彼女が最初の女、というわけではない。だが、男としての自分が、女を好きになる、ということは一体どういうことなのか、そのことを知ったのは、純子と出会ってからだった。

布の袋は、頼りないほどに軽く、柔らかだった。

「これ、なに？」

俺が尋ねると、純子は首をすくめるようにして、言った。

「洗濯物よ。私の患者さんの」

「え？」

「私、ここで、付添婦をしてるのよ」

＊

「私みたいな女には、歳を取ったら、こんな仕事しかないわ」

騒がしい〈喫茶コーナー　えぞりす〉のパイプ椅子に座って、純子は言った。

「そんな……立派な仕事だと思うよ」

「そうね。それはその通り。別に私、卑下してるんじゃないのよ」

「……」

「ただね……昔は、おもしろかったな、って。そう時々思うだけ」

俺は黙って頷いて、コーヒーを飲んだ。とてもまずいコーヒーだった。

「あの時、なにがあったの？」

「そうね……とても一口じゃ説明できないわ。いろいろと、ややこしいことがあって」

「僕は……」

「びっくりしたでしょ?」

「うん」

「驚かせちゃうな、とは思ったんだけどね。あの時は、ああでもしないと……どうしようもなかったから」

俺はなんとなく頷いた。

「もう、済んだことよ」

「僕のせいで、ああいうことになったんだろうか?」

「え? そうでもないわ。責任とか、そういうことを感じる必要は、ないのよ」

「それにしても、突然だった」

「そうね。そのことについては、悪かったわ。でも、……ボクのことをいろいろ考えたのよ」

そして純子は背筋を伸ばし、話題を変えた。

「それで? 今はどうしてるの?」

「……今、か……」

「学校は、卒業したの?」

「いや。あのまま、戻らなかった」

純子の顔が険しくなった。

「どういうこと?」

「だから……あのまま……」

「中退しちゃったの？」

「まぁね」

「なんで、そんなもったいないこと……」

「だから、あの頃も何度も言ったけど、もったいなくなんかないんだよ、別に」

「せっかく大学に入ったのに、お酒を呑んで遊んでばかりで、学校に行かないで中退して、それがもったいないわけ、ないでしょ！」

また、こういう話になってしまった。オレは思わず溜息をついた。それを見て、純子がクスッと笑った。

「思い出すわ」

「なにが？」

「昔と、ちっとも変わってないわ。そういう時の、顔つき。子供みたいに」

「……」

「でも、そうよね。あの時はボク、子供だったわ」

「……」

「いくつになった？」

「今年で、四十五になる」

「そうか。そうよね。……ボクが、四十五」

淳子はそう言って、寂しそうに溜息をついた。そして、続けた。

「私、すっかり、変わったでしょ？」

「……」

「そんな、困った顔しなくてもいいわ。そうね。複雑な問題だけどね。でも、とにかく、変わっちゃったでしょ？」

「キレイだよ。相変わらず」

「ウソツキ。でも、ボクのそういうところ、昔から好きだったわ」

「ウソじゃないよ」

「いいの。ありがと。……驚いちゃうわねぇ……。もう、六十よ、私」

「そりゃ……」

「そりゃそうよね。私は、ボクよりも十五歳お姉さんだもんね。だから、ボクが四十五なら、私は六十。なんの不思議もないわ」

「……」

「どう？　あの時、私と結婚したいって言ってたでしょ？」

「ああ。全然相手にしてもらえなかったけど。でも、僕は真剣にそう思ってたんだよ」

「わかってたわ。でも、まさかそんなこと、現実にできるわけないじゃない」

「……」

「世間知らずの、呑んだくれのお坊っちゃん大学生と、……そして……十五歳年上の……娼婦と」

「いや……」

「古典的な恋愛小説ね。古臭い話だわ」

「でも……」

「どう？ もしも、あの時、私たち、結婚してたら、今の私が、ボクの奥さんなのよ。そう考えたら、やっぱり、あの時、早まらないでよかった、と思うでしょ？」

「そんなこと、ないよ」

「結婚、したの？」

「一度ね。すぐに別れたけど」

「子供は？」

「息子が一人。彼女が育ててる」

「奥さん、なにしてるの？」

「中学校で日本語を教えてる」

「外国の子供相手に？」

「いや。公立中学校で、日本の子供に」

「じゃ、国語の先生？」

「そういう言い方もある」

「……息子さん、いくつ？」

「中学生」

「何年?」

「……二年。だと思う」

「お金は送ってるの?」

「もちろん」

「偉い、偉い」

純子は面白がっているような表情で、にっこりと首を傾けた。

昔懐かしい笑顔だ。

「当然のことだよ」

「そうね。当然だけど、でも、当然のことをする人は、わりと珍しいのよ」

「……」

「それで? 今は、なにをしてるの?」

「今は……」

「サラリーマンになったの? いつも言ってたわよね、サラリーマンにはなりたくないって」

「そうだったかな」

「そうよ。覚えてるわ。それまで一緒になって遊んでいた学校の友だちが、いきなり紺色のスーツを着て、就職活動をするようになったんでしょ? それで、ボク、怒ってたじゃないの。企業に頭下げに行って、オジサンたちにへいへい答えて、ゴマすってるって。あんな連中とは思わなかった、って、ボク、とっても怒ってたわよ」

そうだったか。確かに、そんな記憶もある。

「そうだったっけ……」

「そうよ。で？　今は、なにをやってるの？」

「……無職」

「え？」

「無職なんだよ」

「え……無職で、子供の養育費を送ってるの？」

「無職だけど、金はまぁ、それなりにあるんだ」

「どういうこと？」

「つまり……」

「ちょっと待って」

「え？」

「今、ボク、〈金〉って言った？」

「え？　ああ、うん」

「ボクが、〈金〉って言ったの？」

「うん」

「……信じられない」

「え？」

「ボクが、そんな下品な口調で、〈金〉なんて言うなんて！」

「あ……」

「ボクはいつも、〈お金〉って言ってたでしょ？」

「ああ……うん……そうだったかな……」

「いつからそんな、〈金〉なんて言うようになったの？」

「……覚えてないよ」

「あ～あ……」

純子はさも残念そうに溜息をついた。俺はなんだか、とても寂しくなった。で、なにも言わずに純子を眺めていたら、突然彼女の表情が険しくなった。

「ちょっと、ボク！」

「え？」

「それで、無職なのに、お金がある、というのは、どういうこと？」

「ああ、それはつまり……」

「まさか、スジの人間になったんじゃないでしょうね！」

「あ、違うよ。僕は、ああいう連中は嫌いだし……」

「ヤクザになったら、絶対に許さないって、私、あの時何度も言ったでしょ！」

「覚えてるよ。そんなもんに、なってないよ」

「誓って？」

「誓って。違う」

「じゃ、なにやってるの？」

「だから、ええと……」

「正直に言いなさいよ」

「うん……まぁ、そうだな。いろいろと、細々したことを、その日その日でやってるよ。頼まれて、雑用を、いろいろね」

「たとえばどんなこと？」

「たとえば……そうだな、ええと……建て付けが悪くなったドアをちょっと直したり、あー、あとは、えー、あ、そうだ、たとえば、店のママに頼まれて、続けて三日休んだ女の子の家にようすを見に行ったりとかさ。部屋に電話しても出ないし、携帯はオフになってる、と。で、どうなってるのか心配だから、ようすを見て来てくれ、と言われたりとか」

「……ほかには？」

「あとは……」

「トランプのバクチは、まだやってるの」

「いや……」

「ホント？」

「ええと……少しはまだ、続けてる」

「大麻のタバコは？」

「ああ、あれはもう、若い連中に譲ったよ。仲間もみんな、四十過ぎたしね。僕らのする仕事じゃない」

「完全に手を引いたの？」

「うん。……いや、そりゃ……少しは、創業者利益ってのか、まぁ、コーディネイト料みたいなのが……」

「コミッション？」

「いや、そういう言い方をすると、ちょっと違うけど……」

俺は、こんな話になるとは思ってもいなかった。なにしろおよそ二十年ぶりで再会したのだ。もっと、なにかしっとりとした言葉を交わし合うのだ、と思っていた。だが結局、話はあの頃と同じく、彼女の説教になっていきそうだった。やれやれ、とうんざりした気分で溜息をつこうとしたら、とつぜん純子が涙をこぼしたので、俺は驚いた。

「あ、ごめん」

純子はそう言って、素早く目をこすった。

「気にしないで。ただ、なんだか、とっても残念で。私が心配した通りになっちゃったから」

「……」

「私のせいね」

「いや、それは違うよ」

「わたしに出会わなかったら、ボクはきっと、ちゃんとした大人になってたのに。大学の先生とか。エリートサラリーマンとか」

「またその話か。だいたい、大学の先生ってのは……」

純子は俺の話に耳を貸さない。

「ボクは、私の夢だったのに」

ズキン、と胸に響いた。

「いや、ちょっと待ってよ。誤解してるよ」

もっといろいろと話したいことがある。純子は、あれからどうして生きて来たのか。どこにいて、どんな暮らしをしていたのか。俺のことをどう思ってくれていたのか。俺が、本当に真剣に彼女のことが好きだった、そのことを知っているか。どんなつまらないことでもい い、今のこんな話よりは何千倍も素敵だ。そんな話をしたい。選りに選って、こんな昔の説教を蒸し返すなんて……

「あ、ごめんなさい。こんな、油売ってもいられないんだわ、私」

「え?」

「忙しいの。もう、回診の時間だわ」

「え?」

「その前に、お薬、服ませなきゃ。七十歳のオジイチャンなのよ。心臓の病気。……私も、あと十年で七十ね」

「あ、じゃぁ、暇な時に話をしようよ」

「暇な時って、あまりないの」

「僕の病室は、八〇二なんだ」

「まぁ。特別室じゃないの」

「ああ。いろいろと、事情があって」

「そう言えば、どうして入院してるの？　その怪我は、どうしたの？」

「いや、……それは……」

「ケンカ？」

「いや、それは……」

「でも、どうして特別室に？」

「いや、つまり……」

「ヤクザが絡んでるの？」

「そんなことはない」

「あ！　あの政治家？　あの、土建屋のヤクザから賄賂をもらった、あの……」

「違うんだ。そういうことじゃなくて……」

「がっかりだわ！」

「いや、ちょっと待ってよ。誤解だよ」

純子は立ち上がった。怒っている。

「がっかりしたわ、私！」

純子はいつもキレイだったが、特に怒ると恐ろしいほどにキレイになった。六十になって、付添婦の地味な格好をしているけれども、それでも、怒っている純子はキレイだった。

「ねぇ、ちょっと待ってよ。僕は、明日の午前中には退院するんだ。だから、その前に、また話をしようよ」

俺は立ち上がろうとした。「座ってて！」純子が鋭い口調で俺を押し止めた。

「いろいろと、他人の目がうるさいから、もう、ここで別れましょ。ボクは座ってて。私ひとりで帰るから」

純子はそう言って、「あ、それは」と俺が抵抗するのを無視して、伝票をさっと手に取り、脇に置いてあった洗濯物を入れた布袋を抱えて、後ろも見ずにレジに向かう。金を払い、そのまま行ってしまった。

5

部屋に戻って、ぼんやりした。ついさっき起こった出来事が、どうしても信じられない。ずっと長い間、死んでしまったと思っていた昔の恋人が、突然目の前に現れたのだ。そしてうろたえているうちに、昔通り、説教をされて、叱られて、それで終わりになったのだ。現実のこととは思えない。病室に戻って落ち着いて思い出してみると、どうも夢を見ていたような気がする。

徐々に、事実の衝撃が心全体に行き渡って来て、出来事を現実のものと納得するにつれて、俺はこれからどうすればいいのか、途方に暮れた。純子との出来事、彼女と過ごした時間や場所のあれこれの思い出が続々と心に浮かんで、その対応に俺は困った。そしてまた、彼女に対する慕情が甦り、それを持て余した。

どうすればいいんだろう。

つまり、俺はいったい、どうしたいんだろう。

彼女は、暮らしに困っているのだろうか。

いや、付添婦という職業を得て、きちんと自活はしているのだろう。それはわかるけれども、その暮らし向きはどうなんだろう。

俺はまた、お節介なことを考えているんだろうか。純子のあの態度は、もう、俺たちのことがすっかり過去の出来事になった、ということをはっきりと表していた。

……そうだろうか。彼女は昔のまま、俺の人生にあれこれと説教をしたじゃないか。昔のように。

いや、しかし……

俺の考えは全くまとまらず、自分がいったい何をどうしたいのか、そのこともわからなかった。

一番簡単なのは、純子に出会ったことを忘れ……るのは無理だとしても、懐かしい巡り会いとして心の中に片付けて、純子とはもう会わずに、明日の朝退院し、今まで通りの浮き草暮らしを続ける、というやり方だ。それが一番手っ取り早い。彼女も、別に今さら、俺とどうこうなろう、という気持ちは全く持っていないらしい。だから、このまま立ち去るのが一番だ。

だが、俺の心は、そう簡単には片付かない。

「参ったな……」

とぼんやり呟いた時、カチャッと金属的な音がして、枕元の小さなスピーカーから看護婦の声が聞こえた。俺の名を呼び、「お電話です」と告げる。わかりました、と返事をして、俺はナース・センターに向かった。

＊

「チバっちゅモンです」

俺が名乗ると、相手はそう言った。名前にも、声にも心当たりはない。声の感じでは、三十代終わりあたりか。

「はぁ」

「オレのことは知らないと思うんだけど」

声が不自然にぶつぶつ切れる。携帯電話でかけているらしい。

「はぁ。どういった……」

「ビルの前で……あん時、オレ、あそこにいたんだ」

「え？」

「……すんません」

「あの時って……あれか？　昨日の夜か？」

「いや、おとついだ」

「ああ、そうか」

芳野の手下らしい。別にどうとも思わなかった。これはちょっと変だ。俺は激怒しても不思議じゃないんだが、そんな気分になれなかった。結局、俺はあの時叩きのめされたが、しかし、俺の勝ちだ、という意識がある。それにまた、今はあんなことなどどうでもいいほどに、俺は純子のことで頭がいっぱいだった。

「なんの用だ」

「いや……用っちゅうと……別に」

「じゃぁな。顔は覚えてないから、安心しろ。でも、ススキノで声をかけたりするなよ。声は覚えたからな。殴り殺すぞ。てめぇ、ひとりじゃ何もできないんだろう」

少しずつ、じわじわと腹が立って来た。

「いや……なんちゅうか……」

俺は電話を切った。なんのつもりだ。

と思った次の瞬間、チバの意図が分かった。俺が、本当にここに入院しているかどうか、確認したんだろう。なるほど。そういう出方をするのか。最近はこういう言い方はしないらしいし、確かに女性たちに対しては失礼だとは思うが、しかし、どうも芳野は「女の腐ったの」みたいなところがある。話の筋道がねちゃねちゃした感じだ。

フケよう、と決めた。ここにいると、病院や池谷に迷惑がかかりそうだ。

「ありがとうございました」

看護婦たちに声をかけ、会釈をしてセンターを出ようとしたら、また電話が鳴った。もしかすると、と思って立ち止まって眺めていると、電話を受けた看護婦が俺の方を見て、「またですよ」と言った。俺は頷いて、窓口の端にある子機を持ち上げた。

「話があるんだ」

俺が名乗る前に、チバが言う。

「だったら、さっさと言えよ」

「オレ……なんちゅったらいいかな。……感心したんだ」

「あ?」

「あんた……なんであん時、あんなになんべんも立ったんだ?」

なにを言いたいのだ、こいつは。

「理由はないよ。倒れてるのがイヤだったからだ。それだけだ」

「……すげぇな、と思ってよ。すげぇヤツだな、と思ってよ」

声に感動の気配が漂っている。もしかするとこいつは、底なしのバカかもしれない。

「そうかい。ま、勝手に感動してろ」

「あんなになんべんも、立てるもんか？」

バカかこいつは。

「知らねぇよ。でも、立てたわけだから、立てたんだろ」

「オレ……すげぇなぁ、と思ってよ。あの時のこと、ずっと考えらさってよ」

「勝手に考えてろ。じゃぁな」

「あ、あの」

「なんだよ」

「……」

「なんの用なんだよ」

「実は……あんた、そっから逃げた方がいいみてぇだぞ」

「なに？」

「今晩、……社長が……そっちに人を寄越すみたいだから」

「ほう。芳野がか」

「ウチの社長が」

「相変わらず、女の腐ったみたいなヤツだな。それで一人前の顔してんだから、笑わせる」

「……そのこと、ちょっと知らせたくてよ」

「なるほどな。一応、聞いておく」

「もしも逃げるんだったら、うまくやってくれ」

言っていることはわかる。つまり、自分が俺に内通したことがバレないように、うまく立ち回ってくれ、ということなんだろう。

「ま、聞いておく」

「気ぃつけてくれや」

電話が切れた。なぜ俺がここに入院していることがわかった、と尋ねるのを忘れた。だが、まぁいいだろう。別に極秘事項でもない。その気になれば、俺の居場所など、すぐに探り出すことはできるだろう。大した問題ではない。

俺は子機を置いて、看護婦に礼を言い、病室に戻った。

*

さて、どうしようか。

俺はさっき、フケよう、と決めた。病院に迷惑がかからないように。だが、その後で、「逃げた方がいい」と知らされて、それではいほいと逃げるのは、これはどうも気に食わない。あのチバというバカも、「いいことをした」と満足するだろう。それも忌々しい。自分で危険を察知して姿を消すのは、これはいい。だが、敵方のバカから、「逃げた方がいい」

と教えられて、慌てて逃げ出すのは、いかにもカッコよくない。

俺は、ベッドに寝そべって、大きく伸びをした。世界が隅々までかったるい。俺はいったいどうするんだろう。このままあれこれ考えながら、ベッドの上でぼんやりして、結局時間切れになって、襲われるのかな。そうなる可能性が高い。俺だって別に襲われるのが好きじゃないが、バカに助言されて逃げ出すのはとにかく忌々しい。

芳野は、多分本気じゃないだろう。俺に止めを刺そう、とまでは考えていないはずだ。ただ、俺が「勝った」と感じて満足しているのとは逆に、あいつは「負けた」と感じて歯がみをしているんだろう。だからそのケジメを付けたいわけだ。俺のベッドに、あるいは病室の壁に、銃弾を二、三発ぶち込む、そんな程度で満足するはずだ。まさか俺の命までは狙っていないだろう。

ということであれば、まぁ、落ち着いてベッドの中で本を読んでいて、侵入してきたヤツを平然と見つめ、「バカなことはよせ」くらいのセリフを落ち着いて語り、拳銃の乱射をも、瞬きもせずに悠然と眺めるのがいい。ざまぁ見ろ。うん、こりゃ相当にかっこいい。芳野はまた、「負けた」と思って悔しがるだろう。俺に「勝てる」やつなんて、そうざらにはいない、ということを身にしみて思い知らせてやる。

だが、やっぱり……と心はちょっとびびる。それで済めばいいが、本当に撃たれたら、こりゃ相当痛いだろうな、とも思う。

しかし、逃げ出すのはイヤだ。

「どうしたもんかなぁ……」

俺は、パキッとした答えを出すことができず、それからずっと、あれこれと考え続けた。逃げるか留まるか、それについて悩む合間には、純子とこれからどうするか、そのことも悩む必要があって、俺はすっかり悩み疲れしてしまった。

＊

そのままぼんやりと（内心はいろいろと懊悩していたわけだが）配膳された昼飯を食い、配給された薬を服んで、テレビを眺めながらぼんやりし続けた。あまり活動的な気分にならないのは、やはり体が疲れている、か、あるいは傷んでいるからだろう。とにかく、ぼんやりとしているとどんどんバカになるようで、それもまた気楽なような感じがしてくるから、俺は相当おかしくなっているな、と自覚した。そんなこんなでひたすらぼんやりし続け、女優杏子のヒステリックな人生や仲居はるちゃんの健気な人生を傍観していたら、また金属的な音がして、看護婦の声が「お電話です」と俺を呼んだ。

ナース・センターに行って子機を取ると、純子の声が言った。

「ボク？」

「あ……」

「もう、二度と会わないつもりだったんだけど」

「……そう」

「一度だけ、お話、聞いてくれる？」

「もちろん」

「お願いしたいことがあるの」

「わかった。どこに行けばいい？」

「さっきの、一階の〈えぞりす〉はどう？」

「わかった。すぐに行く」

6

純子は、さっきと同じ服装で、〈えぞりす〉の安直なパイプ椅子に座っていた。服装は同じだが、化粧は直したらしい。どこがどう変わった、とはわからないが、華やかで、明るい顔つきをしている。昔から、化粧のうまい人だった。

「ごめんね。呼び出したりして」

「いや。会いたいと思ってたから」

「本当はね。……もう、会っても、別にお話しすることもないし、これからどうなるってこともないから、もう、会わないつもりだったのよ」

「普通に、昔からの知り合いみたいに、会えばいいよ」

純子は小さく微笑んだ。

「わかるでしょ？　そういうことは、できないのよ。お互いに、生身の人間なんだから。会っているうちに、またきっと辛くなるわ。そうして、今日、出会ったことを、きっと後悔するようになるから」

「そんなことはないさ」

「子供ね。相変わらず」

また、話の方向がおかしくなりそうだった。だから、そのことには構わずに、当面の問題を話題に選んだ。

「まぁ、それは当面、置いておこう。で、頼みってのは、なに？」

「ボク、今でも無職だって言ってたわよね」

「まぁね」

「時間はゆとりがあるの？」

「……暇なのかっていうこと？」

「まぁ、そうね」

「暇かどうかは自分次第だから」

「つまり？」

「時間は、全部自分で好きなように使えるよ」

「いいわね。それじゃあ……お願いがあるの」

「どんな？」

純子は、カーディガンのポケットからはみ出していた封筒を、寄越した。

「これを、ある人に渡してもらいたいの」

「ＯＫ。渡すよ。どこにいる人？」

「ちょっと、遠いの」

「いいよ。いくら遠くても。すぐに届けるよ」

「斗己《とこ》誕《たん》町って、知ってる？」

「そりゃ知ってるさ」

去年の秋の終わり、突然有名になった町だ。道北の山奥の田舎らしい。高校生が、金属バットで同級生を殴り殺し、家に逃げ戻って姉も撲殺して、自転車に乗って逃げた。その前に岡山で似たような事件があり、その影響があったのだろう、と語る評論家もいる。とにかく、この事件の犯人はまだ捕まっていない。逃げ続けているか、それともすでに自殺、あるいは事故死をしているか。どっちにしても、なにか気になる事件だった。この出来事で、道北の山間の田舎町は、一躍有名になったのだ。

「そうね。知ってるわよね」

「あの事件と、なにか関係があるの？」

「ないわ」

「そうか」

「ただ、知り合いがいて、その人に、これを届けてもらいたいだけ」

「なんていう人？」

純子はメモ用紙を差し出す。

〈斗己誕町西一条五番地　奥寺雄一〉

「わかった。今日にでも出発する」

「今日、退院なの？」

「まぁね」

「明日って言ってなかった？」

「ちょっとこっちの事情が変わったんだ」

「でも……顔、まだ腫れてるわよ」

「でも、入院の必要はなくなったんだ」

純子はちょっと考えたが、ま、いいわ、という表情になる。

「斗己誕、行き方は、わかる？」

「わかるよ。子供じゃないんだから。ＪＲに乗れば……」

「ＪＲは、廃線になったのよ」

それは知らなかった。

「もう、五年くらい前にね」

「じゃ……」

「深川か、名寄からバスが走ってるわ。廃止路線の代替バスよ」

「バスか。タクシーもあるんだろうね」

「あるけど……深川から一時間半くらい、かかるわよ。名寄からなら一時間くらい」

そう言って、純子はにっこりした。

「どうしたの？　なにかおかしい？」

「結局、車の免許は取らなかったの？」

「ああ、うん」

「言ってたもんね」

「え？」

「ボクは大酒呑みで、気が短いから、車の運転はしないんだって。運転すると、きっと飲酒運転で事故を起こして人を死なせてしまうから、運転しないって。言ってたじゃないの」

「そうだったかな」

そんなような気もする。

「免許は持ってなくても、ナビゲーターとしては優秀だったわ」

彼女のカマロの助手席に乗って、よくふたりでドライブをした。その時の気分が甦った。楽しかった。その思い出に溺れそうになって、俺は際どいところで言葉を返した。

「別に、車を運転できなくても、不自由はないよ」

俺が言うと、純子は頷いた。それから、テーブルの上の封筒に目を落として、話題を戻した。

「でも、本当にありがとう。助かるわ」

「それで、渡して、それから、どうすればいいの？」

「そのまま、帰って来ればいいわ。ただ、直接、その奥寺という人に渡してもらいたいの」

「わかった。なにも、話す必要はないわけね？」

「そう」

「わかった」

「……ごめんなさいね、子供の使いみたいな用事で」

俺は、純子の瞳を見つめた。純子はおもしろそうに俺の視線を受け止めた。そして、あっさりと言った。

「そして、もう、これで会わないことにしましょ」

「なぜ？」

「会っても、意味ないわ。私は、今の人生が一番気に入ってるの。静かに暮らしたいのよ」

「僕は、そんなには騒がしくないよ」

純子はクスッと笑った。

「ボクが騒がなくてもね。私が、落ち着けないのよ。じゃぁね。本当に、ありがとう」

一瞬、純子は立ち上がろうとした。その力をすぐに緩めて、息を吸い込んでから言った。

「封筒の中身、なんなのか聞かないの？」

「あなたが話さなかった、ということは、話したくない、ということだろうから、聞かないよ」

純子は小さく頷いた。

「封筒は、封がしてある。ということは、僕には中を見るな、ということだよね？」

「……まぁ、そうね。でも、気になったら、見てもいいわ。できるなら、見ないでもらいたいけど」

「じゃ、見ないよ」

「ありがとう」

「それと、もうひとつ」

「え？」

「このメモ用紙に電話番号が書いてない、ということは、つまり、電話せずに直接、いきなり行け、ということだね？」

純子は、頷いた。

「わかった。そのつもりで、行くよ」

「ありがとう」

純子は、立ち上がった。

「渡した後、どうなったかは、報告しなくていいの？」

「いいわ。渡してもらえれば、それで充分なの」

「わかった」

純子はすっと立ち上がった。そして、にっこりと微笑み、俺に背を向けて歩み去った。振り返りはしなかった。

俺は、後を追って、後ろから抱き締めたかった。きっと、彼女は体の力を抜くだろう、と思った。だが、もちろん、「バカなことはしないの」とたしなめられて、終わり、という可能性もある。

俺は、遠くなって行く純子の後ろ姿を、ただ黙って見送った。俺の周りでは病人たちとその家族が、ラーメンとコーヒーのニオイの中で、疲れたような顔つきで、ぼんやりしていた。

＊

いろいろと考えた末に、とりあえず池谷にだけは話しておくことにした。一階ロビーの緑色の電話から電話して、池谷を呼んでもらった。

「はい、お電話替わりました」

「俺だ」

「よう」

なにかを語ろうとするのを、素早く押し止めて、俺は話し続けた。

「今、ひとりか？　それとも、周りに誰かいるのか？」

「ひとりだよ」

「そうか。ならいい。あのな……」

「なんだよ。入院中は、安静にしててくれよ」

「その話なんだけど、今晩、俺、帰るから」

「え？　なんでまた」

「さっき、電話があってな。どうも、俺を襲いに来るらしい」

「ウチにか？」

「ああ」

「……『ああ』ってお前……。あっさりと言うなよ。……参るなぁ。まるで、札幌の話じゃないな。大阪とか広島みたいだ」

「あっちの市民が、怒るぞ」

「そりゃそうだろうけどさ。そんなドンパチが、札幌でも、起こるようになったのか」

「ないわけじゃないさ。今までだって」

「そうだけど……。選りに選って……」

「ただ、向こうはそれほど本気じゃない、と思うんだ」

「その〈向こう〉ってのは、あれか？　あんたを袋叩きにした連中か？」

「まぁ、そうだな」

「本気じゃないってのは？」

「実際に危害を加えるつもりじゃないんだろう、と思うんだ。気が済まないから、脅かして、それでケジメにするんじゃないかな」

「それにしてもお前……。こういう時は、普通、どうするもんなんだ？　どうすりゃいいんだ？」

「警察に通報するさ。変な電話があった、とか言って。今、園部が入院してるんだろ？　道議の。そっちがらみの脅迫だ、というような感じで通報すれば、まぁ、警備の人員を配置してくれるさ。それを見れば、連中もなにもせずに引き返すだろう」

「そうか。でも、どうやって知ったんだ、と聞かれたら、どうすればいい？」

「そういう電話を受けた、と言えよ。今のこの電話がそれだ。俺は今、名乗らなかったから、取り次ぎの人間も、誰からの電話か、わからないはずだ」

「なるほどな。誰だか知らない人間から、襲撃の予告の電話があった、と。そう言えばいいわけだな」

「そうだ」

「普通、そういう前触れがあるのか？」

「その時によりけりだけどな。襲撃班の中に、ちょっと気の進まないヤツがいて、そいつが話をナシにするために、前もって通報する、というようなことは、たまぁにあるよ。あとはまぁ……そいつのオンナとか、オカマの愛人とかがな。『あの人を牢屋に入れるわけにはいかないわ』ってな感じでさ」

「そうか。……わかった。で、あんたはいつ頃消えるんだ？」

「今晩、夕食を食べてからにしよう、と思う。夕食前だと、なにかとややこしいだろ？」

「そうだな。手頃な時間だな。よし、わかった。後で俺が直接あんたのところに行くよ」

「え？　なんでだ？」

「薬をやるよ。抗生物質、痛み止め、炎症を緩和する薬。そんなところだ。あと少なくとも三日は服み続けろ」

「そうか」

「顔の腫れも、少しは早く引くはずだ」

「全部、錠剤かカプセルにしてくれよ」

「座薬がひとつある」

「ふざけるな」

「俺の唯一の趣味なのに」

「で、その薬代も、園部にツケるのか？」

「そうだ。あいつも、少しは他人の役に立つ、というわけだ」

そう言って、池谷はおもしろそうに笑い、電話を切った。

7

売店に「道内時刻表」があったのでそれを買って、病室に戻った。

いろいろと調べた結果、二十二時九分札幌駅発、二十三時三十七分深川駅着のオホーツク九号が手頃なような感じがした。すでにもうバスはないようだが、どっちにしても、どこかで一泊しなければならないようだ。それならとにかく、まず深川まで行って、そこで泊まることにしよう。深川から、斗己誕を通って名寄に行くバスは、始発が六時三十分。まぁ、そんなに朝早く起きるのは不可能だから、昼頃に出るとしても、まぁ、間違いなく明日中には斗己誕に着ける。着いてからどうするかは、その時に決めよう。

時刻表には、深川のホテルの番号が出ていない。だが、まさか「市」であるのにホテルや旅館がない、ということはないだろう。駅前には、ビジネスホテルや駅前旅館がいくつか並んでいるはずだ。そのあたりは心配しないことにした。宿に泊まるのに、予約が必要なほどの街じゃないだろう。

時刻表を閉じて、談話室まで行き、そこの緑色の電話で知り合いのワイシャツ屋に電話した。

俺は、この店のお得意様だ。それに、専務の娘で私立高校の教員をやっている娘が、同僚との不倫で精神的にバランスを崩した時、助けてやったことがある。悪いことに、不倫相手の父親が、民主党の市議で、しかも代議士の後援会長のひとりだった。で、このオヤジが、ある組合の顧問弁護士を後ろ盾にして、押し潰しにかかったのだ。偉そうな態度を取る、威張り屋のイヤなオヤジだった。それに対抗して、俺はこの件を、血の気の多い粗暴な知り合いに相談してみた。男の方に、一方的に非があるケースだ、と判断したからだ。「妻とは別れる」ときっぱりと言い切って、女を誘惑したのだ。だが、実際にはそいつは女房に頭の上がらない恐妻家で、離婚する気など毛頭なかった。女房の実家が金持ちだったからだ。そんなような事情を話したら、血の気の多い粗暴な知り合いは怒髪天を衝くほどに激昂し、「女が可哀想だ。そんな男は許せねぇ」ってことになった。恐ろしいことに、この男のこのセリフは本気で、そいつは、自分には何の利害関係もないのに、ドスを呑んで私立高校に行き、そこで暴れまくった。で、そこに俺が出て行って知り合いを宥め、穏やかな話をした。で結局、不倫相手の教師は女に詫びた。その挙げ句、男の家庭はメチャクチャになり、離婚して、そいつは「女房の金持ちの実家」を失ったが、これはまぁ、喜ばしい結末だったと思う。この夫婦には子供がいなかったので、俺も気が楽だった。俺と粗暴な知り合いは、楽しい酒を呑んだ。

その後、専務の娘は、相当な額の慰謝料を手にして、今は親元から心療内科に通っている。最近は、あまり自殺を試みなくなった、と言っていた。だがまだ油断はできないらしい。

専務を呼んでもらって、名前を言うと、明るい口調で「やぁ」と言ったので、とりあえず、状況は平穏なのだな、と俺は思った。

「どうしたの?」

「忙しいところ、誠に申し訳ないけれども、頼みがある」

「なんだ?」

「黒と紺のワイシャツを一枚ずつ、持って来てくれないか。それと、適当なネクタイ二本」

「出歩けないのか？」

「入院してるんだ」

「ありゃりゃ。どうしたの？」

「ちょっと転んでさ。で、退院したら、すぐに旅行に出るんだ。部屋に戻る暇がないもんで」

「なるほど。わかった。ネクタイは、ウチにはたいしたもんはないよ」

「適当でいい」

「ＯＫ」

「ついでに、アイロンも持って来てくれたら、助かる」

「……様子が変だね。どっかに逃げるのかい？」

「そういうわけでもないけど」

「できることがあったら、言ってよ」

「たいした問題じゃないんだ。ワイシャツとネクタイとアイロンだけでいい……あ、小さな旅行バッグをひとつ、どんなんでもいいから買って来てくれないか。料金は全部、来てくれたら精算するから」

「わかった。予算はいくらくらい？」

「バッグの？」

「そうだ」

「……値段を知らないんだ。いくらくらいするもんなんだ？」

「五百円から、五百万円くらいだな。もっと高いのもあるが」

「……二千円くらいのでいいよ」

「それはちょっと……」

「なんで？」

「あんたのスーツと、オーバーには似合わない。目立つよ」

「……じゃ、適当に」

「二万円くらいのでどうだ？」

「それでいい、と思う」

「じゃ、これから……そうだな、ちょっと用事を片付けて、なるべく早く行くよ」

「よろしく」

「アイロンをかけるのは、誰だ？」

「……俺よりは、そっちの方がうまいんじゃないかな」

「当然だな」

そう言う口調は、ちょっと得意そうだった。

受話器を置いてから、俺は一階ロビーにある銀行のATMで金をおろした。

段々忙しくなってくる。ちょっと楽しい気分だった。

＊

ワイシャツ屋の専務は、夕食の前に来た。いろいろと用事が立て込んで遅くなった、と別に済まなそうでもなく言い、シャツ二枚と平凡なネクタイを二本、小ぶりのショルダー・バッグをソファの上に並べる。黒と紺のうち、どっちのシャツを着る、と尋ねるので、黒にする、と言ったら、それを袋から出してアイロンをかけてくれた。ついでにスーツにもかけてもらった。金を払うと、「毎度」と言って受け取り、それから自分のバッグの中から缶ピースをワン・カートン、俺の新品のショルダー・バッグの中に入れてくれた。餞別だそうだ。俺は礼を言った。専務は、淡々とした足取りで帰って行った。

それから、看護婦が配膳してくれた夕食を食って薬を服み、ぼんやりとテレビを見ながらあれこれ考えた。封筒の中を見てみようか、とも思った。ちょっと分厚い感触で、書類が数枚、畳んで入れてあるようだった。……まぁ、見ないでおこう。深入りはしたくない。

七時過ぎに池谷が来た。薬を入れた紙袋を差し出して、わかりきった服用法をくどくど説明する。そして、警察には通報した、と言う。俺が頷くと、「じゃぁまぁ、早く消えてくれ。気を付けてな」と言い、それからちょっと考えて、続けた。

「まだ誰にも話してないけど、誰かには伝えた方がいいのか？　高田とか」

「そっちの方は、自分でやる」

「わかった。じゃぁな」

池谷も、あっさりと消えた。

俺は、着替えをして、椅子に座り、それから顔の絆創膏その他を剝がした。手で撫で回した限りでは、顔はそれほど目立っては変形していないようだ。だが、顔というのは微妙だ。ほんのちょっとした歪みでも、目立つ。だがまぁ、俺が今さら、自分の顔を気にしても始まらない。

襲撃があるとすれば、それはおそらくは消灯時間を過ぎてからだろう。だから俺は、八時半になるのを待って、部屋を出た。エレベーターに向かわずに、南側の階段を通れば、ナース・センターの前を通らずに済む。そのまま俺はゆっくりと進み、夜の病院の、長く薄暗い通路を通って、外に出た。

病院の灯りの中に、雪が舞っていた。

＊

歩き始めて、すぐに俺は後悔した。片側四車線の、結構広い道なのに、空車のタクシーが全然通らないのだ。道ばたの公衆電話を探したが、携帯電話が普及して以来、電話ボックスの数は激減した。テレホン・カードを相変わらず売っているくせに、なんというやりかただ、と腹が立った。そのままてくてくと歩き続けたら、コンビニエンス・ストアがあったので、そこに入って電話でタクシーを呼んだ。やって来たタクシーで、とりあえず近くにあるラブホテルに入った。郊外型のラブホテルがちらほらとある地区だ。どうやら、ここにタクシーで乗り付ける男は珍しいらしい。フロントの女が不審そうな表情で俺を見る。「連れが後から来るんだ」と告げて、部屋に入った。で、シャワーを浴びて、顔を剃り、ついでに体を鏡に映して点検した。太った、ということのほかには、特に目立つ異常はない。もちろん、顔はやや歪んでいる。腰のあたりにイヤな色の痣があり、右の肋のあたりを押すと鈍く痛むが、それほど大きなダメージではない。

　さっぱりしてからまたタクシーを呼んだ。エレベーターで下りて、フロントの女に「フラれちまったよ」と言うと、「それは残念でしたね」と、イヤミのない笑顔で言う。俺は、ちょっと素敵な気分になった。で、やって来たタクシーに乗って、札幌駅に向かった。

　もちろん、途中でコンビニエンス・ストアに寄った。ＪＲの売店は、まだ開いているだろう、と思うが、念のためだ。夜行特急で、車内販売はない、ということも考えられる。自動販売機にはビールしかない、ということだってありそうだ。なにかの間違いで、酒がどこでも手に入らなかったら、俺は電車から飛び下りてしまうかもしれない。……いや、オホーツク九号は特急だから、窓も開かないか。そんな空間に、酒なしで閉じこめられたら、と考えるだけで、俺は息苦しくなってくる。酒の棚には、運良く、ジャック・ダニエルのハーフボトルがあった。素晴らしい。ついでにビーフ・ジャーキーも買って、週刊誌を三誌買って、『世界の三面記事　バカニュース大全』というタイトルの薄っぺらい文庫本も買って、これで旅の用意は万端整った。

8

心配は空振りに終わり、札幌駅の売店は、開いていた。嬉しくなって、念のためにスーパー・ニッカも買い、ホームに出た。よく考えてみたら、JRに乗るのは久しぶりだ。少しウキウキしている。俺は苦笑いしながらピースを喫いつつ、電車の到着を待った。

ガラガラに空いているのだろう、と予想していたのだが、不思議なことに列車の中は、立っている人はいないものの、座席はほぼ埋まっていた。俺は一両目の喫煙車両の一番前に座り、やれやれ、と落ち着いた。窓の向こうは真っ暗だから、眺める景色もないので、俺はとりあえず呑み続けた。ひたすら退屈だった。眠ろう、と思った。眠らずに起きていると、どうしても純子のことを考えてしまう。だから時折ビーフ・ジャーキーを嚙みながらジャック・ダニエルを呑み続け、岩見沢の手前で、気が付くとボトルは空になっていた。だがまだスーパー・ニッカがある。心は穏やかだ。ちょうどいい具合に眠たくなってきて、それにゆったりと寄り添っているうちに、どうやら俺は寝たらしい。なんだか慌ただしい気分になって目を開けたら、「深川に着きます」というアナウンスが流れて消えたところだった。俺はゆっくりと立ち上がり、バッグを肩にかけて、デッキに出た。キップを取り出そうとして、ズボンの尻ポケットに手を入れた。キップと、そして畳んだ札が指に触れた。

そのとたん、昔のことを思い出した。

純子からもらった財布のことだ。

俺が二十四になった誕生日のプレゼントで、〈田家〉で買ってくれたのだ。最高級牛革の、非常に手触りのいい、黒い財布だった。俺は大切に使った。そして、純子がいなくなってしまった後も、彼女の形見として、俺は大切に愛用していたのだ。だが、ある夜、酔っ払って、そして目覚めたら、財布はなくなっていた。

以来、俺は財布を持たない。金は、全部剝き出しで、ポケットの中に入れている。

自分が、財布を持たない、その経緯をすっかり忘れていた。改めて思い出すと、今でも、財布をなくしてしまった、あの翌朝の辛い気分が甦る。

(あのせいでか……)

そのせいで、財布を持たなくなったのか、としみじみ思い出したが、すぐにその気分を蹴飛ばした。思い出にふけっても始まらない。静かに開いたドアからホームに降りると、ちょっとよろめいた。で、足を踏ん張ると、右の肋が鈍く痛んだ。どうでもいいことだ。

深川で降りた客はほんの一握りだった。大概の連中は、このまま網走まで行くらしい。流氷でも見に行くんだろうか。俺は、ほとんど人がいない閑散とした駅から外に出た。外に出ても、ほとんど人がいない閑散とした街があるだけだった。あたりをぐるりと見回したが、街灯以外の光は、駅前交番の灯りだけだった。俺は呆然とした。旅館やホテルの類が全く存在しないようだ。

しかたがなく、俺は交番に行った。とにかく、寝る場所を確保しなくてはならない。

「はい？　どうしました？」

いかにも人の良さそうな、田舎巡査、という感じの初老の男がにこにこして言う。濃いヒゲの剃り跡が、すでにびっしりと芽を出していた。

「ええと……この近くに、ホテルか何か、ないですか？」

「ホテルねぇ。まぁ、ないことはないけど。ちょっと歩くよ」

「ええ、それは構わないけど」

「……おたくさん、あれかな？　東京から来た人？」

「いえ。僕は札幌からですが」

「あ、そう。……東京訛りがあるもんだから」

俺はちょっと考え込んだ。だが、まぁいい。このお巡りさんは、東京の言葉を知らないのだろう。

「したけど、あれだなぁ……。いきなり行っても、泊めてもらえっかどうか……」

俺は相当胡散臭く見えるのだろう。

「したら、あれかな。お宅さん、ここから電話すっかい？　で、交番で教わったんだけど、部屋ありますか、とか。まず、そう聞いてみっかい？　したら、部屋取ってくれっかもしんないよ、簡単に」

なるほど。確かにその方がいいだろう。俺が頷くと、警官は気安い口調でホテルに電話した。

「あ、もしもし、駅前交番です。今、あれだんだわ。深川で宿探してる人、いるんだわ。パレスさんは、今、部屋、ある？　はぁ。はぁ。あ、そうかい」

俺を見て、にっこり笑う。

「じゃ、そっちを教えますから。よろしくお願いしますわ」

そして受話器を置き、ホテルまでの道を愛想良く教えてくれた。

「道、滑るとこあるから、気ぃ付けた方がいいよ。転んでまた、顔、怪我したら大変だ」

「はぁ」

「顔、痛そうだな。痛いしょ？」

俺の顔は、やはりどこか歪んで見えるのだろう。巡査はいかにもおもしろそうにそう言って笑い、歩いて五分もかからないはずだ、と付け加えた。

確かにその通りだった。そして、その五分足らずの間、俺が歩いたのはこの街の目抜き通りとも言うべき道だと思うのだが、五階建てのホテルに到着するまで、俺は誰ともすれ違わず、誰も追い越さなかった。

フロントの青年は、きちんとした言葉で、対応してくれた。俺を見て、少しは警戒しているのかもしれないが、そんな気配は感じさせなかった。あの駅前交番の警官に、俺は少しは感謝した。そして鍵を受け取り、言われた通り五階の部屋に向かった。

部屋の窓から外を眺めると、人通りのない街のところどころに、居酒屋の赤いアンドンが点っていたが、それはとても寂しい風景だった。俺は、おとなしく部屋で寝た。

9

しぶくなかなか開かない目をこじ開けて、ベッド・サイドのコンソールを見ると、午前七時を過ぎたばかりだった。いつもならぐっすりと眠っている時刻だが、やはり旅先の気分が、ちょっと緊張しているのかもしれない。テレビのスイッチを入れると、朝のニュース・ショーで、世田谷区の一家四人惨殺事件の続報をやっていた。遺留品は多いが、犯人像に結び付かない、とキャスターが言う。これで犯人を挙げられなかったらコトだな、と俺はぼんやり考えた。なにしろこの御時世だ。遺留品が多い事件で、犯人を迅速に特定できない場合、俺たち国民は「きっと犯人は警察関係者だな」と思うようになっている。警察庁幹部の息子が犯人で、そいつは実はすでにこっそりと、父親とかなんとかに殺されていて、あとは事情を知らされていない刑事たちが、靴底をすり減らして、無駄な捜査を精力的に続ける。この国では、そんなようなシナリオが、俺のような平凡な一般市民の平凡な頭にも、すんなりと思い浮かぶようになってしまった。

トイレに行って用を足して、テレビの前でピースを喫いながらぼんやりしたら、ローカル・ニュースになった。

「昨夜午後十時頃、札幌市清田区のホスピスで銃撃戦がありました」

可愛らしい顔の女性アナウンサーがこともなげにそう言うので、俺は仰天した。

池谷のあの病院だ。前もって、入院している道議への襲撃予告電話があったので、道警札幌白石署の制服警官が警備しているところに、不審な男性数人が通りかかった。で、警官が職務質問をしようとしたら、いきなり発砲したんだそうだ。警官ひとりが左足に銃弾を受け負傷。男たちは逃走したが、その途中、病院の中から飛び出して来た男たち数人と銃撃戦となり、それに対して警官も発砲、結局怪我人は警官一名だったが、「周囲は一時騒然とした雰囲気に包まれました」と可愛らしい顔つきで物騒なことを言い、俺を睨み付ける。「申し訳ありませんでした」と俺は一応謝っておいた。

それにしても、ドジな話だ。ヤクザにも、警官にも、プロってのがいなくなっちまったんだろうか。……まぁ、俺が一番悪い、と言われればその通りだが。

関係各方面に電話でもして、俺は無事だ、と告げておこうか、と思った。だが、高田は今ごろはまだ熟睡の真っ最中だろうし、桐原に電話しても、特に何の関係もないだろう。桐原は橘連合の傘下にある桐原組の組長で、別に仲良しではないが、知らない仲でもない。芳野が属している桜庭組は、北栄会花岡組系列で、橘連合とは敵対関係にあるが、だからと言って、ここで別にわざわざもめ事を起こそうとも思わないだろう。……道議の園部は、おそらくは北栄会系列のヤクザを使っていたはずだから、ホスピスので銃撃戦は、間抜けな北栄会内部での偶発的なドンパチ、ということで、さほど大きな問題にはならないはずだ。ここで別に桐原に事情を通じておく必要もない。

そう決めて、とりあえずは斗己誕に向かうことにした。高田には、どこか途中で、あいつが目を覚ました頃を見計らって、電話を入れればいい。それで、ススキノの状況もわかるはずだ。

俺は一階のロビーに降りて、レストランで和定食を食べ、部屋に戻ってシャワーを浴び、身支度をして、チェック・アウトした。

＊

十時十五分深川駅前発のバスに乗ることにした。その前の便は八時半発で、これには間に合わなかった。昨日の深夜同様、朝も、街には人の気配はほとんどなかった。駅前の商店街は、なにかこう、ちょっとモダン、というのか、「メルヘンチック」というのか、そんな感じで化粧をした街並みだが、誰もいない。俺は、ぐるりと周囲を見回してみた。驚いたことに、動いている人間は、三人しかいなかった。向こうの方にちょっと見えるのは、国道だろう。そこは確かに車が頻繁に行き来しているようだが、一歩街の中に入れば、ほとんど無人の世界だ。

ここにいったい、どんな楽しいことがあるんだろう。俺はなんとなく、この街に住む老人たちのことを考えた。なぜかどんどん人がいなくなって、こんな寂しい世界になって。この街で長く暮らし、この街で青春を送った老人たちは、今になって、さぞかし面食らっているだろうな、と思った。

それでも、駅の中に入ると、ある程度の数の人々がいた。待合室で、静かに時間を過ごしている。俺の方を見て、なんとなく落ち着かない表情になる。俺のスーツは、こういう街では相当浮き上がっているのだろうな。あるいは彼らは、「全く見覚えのない人」に出会うのが珍しいのだろうか。いや、そこまで田舎じゃないだろう、と考え直した。いくら寂しい街でも、とにかく特急の停まる駅だ。完全なよそ者、というのも珍しくはないんだろう。……でも、よそ者は、この街に、どんな用事があってやって来るんだろうか。ちょっと思い付かない。

バスが来るまでの時間は長かった。俺は駅の中をうろうろと歩き回り、お土産屋のようなところを何度も行き来した。ひとつひとつのタオルや木彫り人形やお菓子の由来などに、いちいち「ほう」と感心した。感心すると、それだけで五秒ほどの時間が潰れるのだ。そのほか、ピースを喫ったり、駅舎の壁に張ってあるポスターを一枚一枚丁寧に見て、京都の桜や山口県の観光名所などにいちいち感心し続けた。感心しようと思ったら、いくらでも感心できる。俺は「ほう」「へぇ」「おや」「なるほど」などと口の中で呟きながら、必死になって感心し続けた。もちろん、持っているスーパー・ニッカを呑むことも考えないではなかったが、斗己誕に着いてから、なにがどうなるかわからないから、一応は警戒したわけだ。それに、黒いカシミアのトレンチコートを着て、ダブルのダークスーツに黒いシャツの太った男が、しかも顔がところどころ腫れている男が、駅の待合室でスーパー・ニッカをラッパ呑みしている、という光景を想像すると、傍目にはよほど恐ろしいもんだろう、と判断できるだけの客観性は、俺も持ち合わせてはいる。田舎で静かに暮らしている人たちを、怯えさせるのは可哀想だ。

歯を食いしばって感心し続けた結果、とうとうバスが来た。俺はバス停に向かった。俺以外には、誰もバスに乗らなかった。俺は、運転手の横のシートに座った。子供の頃から、もしも空いていれば、この席に座ることに決めている。運転手は、ちょっと居心地の悪そうな表情で俺を見たが、すぐに忘れることにしたらしく、俺ひとりを乗せて、深川駅前を出発した。

*

バスは、山の中を延々と走った。途中、おばあさんがひとり、どこだかで乗って、十五分ほどのどこだかの停留所で降りた以外には、乗客はずっと俺ひとりだった。俺はなんとなく、運転手とふたりで、バスごっこをしているような気分になってきた。乗客がひとりしかいないバスの中に、停留所を告げるアナウンスが律儀に流れるのが、妙におかしい。もしも俺がここにいなくても、乗客が誰もいなくても、運転手は、停留所のアナウンスを流さなければならないのだろう。なんだか切ない仕事だな、と思った。

そしてとうとう、一時間半ほど経過して、バスは斗己誕に着いた。正確には、「斗己誕交通資料館」という停留所だった。なんだかちょっとお澄まししているような女の声がそう告げたので、俺は手近のボタンを押した。まったく、バスごっこだ。ピンポンという音がして、お澄ました女の声が「次、停まります」と言った。しみじみ、おもしろかった。

バスから降りて、俺はバスを見送った。運転手が、ひとりぼっちで大きなバスを運転して、遠ざかっていく。彼は寂しがっているだろうか。それとも、厄介者が消えて、せいせいしているだろうか。

さて。

「斗己誕交通資料館」は、廃線になった駅の駅舎を改装したものであるようだった。やたらとモダンで「ウッディ」な豪華な建物だ。SLのプレートだの、電車の車輪だの、国鉄時代の駅長の帽子だの、いろんなものを展示しているコーナーがあった。土産物を並べている物産センターがあり、広々としたロビーがあり、ロビーの壁に斗己誕小中学校の子供たちが書いた「火の用心」のポスターが何枚も貼ってあって、その他に大きなハイビジョンのテレビモニターが二台並んでいる。一台では、NHKの番組を流し、もう一台では、非常に画質の悪くなった「斗己誕の名所巡り」というようなビデオを流している。

そして、もちろん、物産センターのレジで、椅子に座ってなにか文庫本を読んでいる中年の女性以外には、人は誰もいなかった。

冬の、晴れたお昼の、眩しい、柔らかな光がロビーに満ち、とても気持ちがいい。ガラス張りの壁から遥かに望む、雪に覆われた山並みとの対照も、魅力的な光景だ。だが、それを今、味わっているのは、俺ひとりだった。

「さて。どうしようか」

俺はなんとなく呟いて、とりあえず、コイン・ロッカーを探した。物産センターの脇の、ちょっと引っ込んだところにあった。ほとんど全てが空いているようだ。鍵がズラリとぶら下がっている。スキーをも入れることができる、大きなロッカーもあるが、これにも全部鍵がぶら下がっていた。で、ロッカーにバッグを入れて、俺は手ぶらで交通資料館から出た。もちろん、外にも誰もいない。小さな建物が並び、雪が盛り上がり、雪に覆われた細い道の世界だ。一本、片側二車線の、除雪された黒い道が、世界のX軸だ。だが、車は走っていない。

「タクシー」と札を立てたタクシー乗り場はあったが、もちろん、タクシーは一台もない。電話で呼ばなければ来ないんだろう。資料館入り口の脇に、「斗己誕町市街地図」というのがあったので、それを見てみた。西一条五番地というのは、資料館のちょうど裏側になるようだ。

線路があった当時は、踏切の向こう、住宅地の外れ、ということになりそうだ。地図によれば、元の踏切のこっち側、資料館正面からまっすぐ五百メートルほど進んだあたりがこの街の中心部らしく、商店街があり、町役場、病院、交番、斗己誕小中学校、図書館、体育館、福祉センター〈のぞみ〉、木工芸館〈木の里〉、ショッピング・センター〈まつい〉、松井旅館、民宿〈山の中〉などの施設がかたまっている。

そして踏切の向こう側は、町営住宅、Aコープ、つまり農協の購買部があり、倉庫がいくつかあり、民家が並んでいるらしい。俺は、西一条五番地の方角を頭の中に刻み込んで、ブラブラと歩き出した。

西一条五番地は、すぐに見付かった。もちろん、歩いている間、誰にも出会わなかったのは言うまでもない。だから、道を尋ねることができなかったが、こっちの方だな、とぶらぶら歩いている俺の前に、大きな石の壁が姿を現したので、ここだとすぐにわかった。とてつもなく長い壁で、これはどうやら、塀であるらしい。ぐるりとその一画を仕切っている。高さも相当なもので、俺には乗り越えることが出来ないほどの高さだった。塀の向こうを覗き込むことはできない。松とか、あと、俺は植物の名前には詳しくないので、なんという名前なのかわからないが、おそらくは立派であるらしい大きな植木が、縄などできちんと冬の手当をされて、雪を載せているのが見えるだけだ。塀の向こうにどんな家があるのかも、全然見えない。俺は塀に沿ってぶらぶら歩き、角で直角に曲がった。で、またぶらぶら歩き、次の角でまた直角に曲がった。すると、向こうの方、延々と続く石の壁の真ん中あたり……つまり、二十メートルほど先に門のようなものが見えたので、ブラブラと近寄ってみた。

それは確かに門で、立派な木の扉が閉まっている。石の門柱に、大理石でできた大きな表札が下がっていた。凝った字体で簡単に、〈奥寺〉とだけ彫ってある。なるほど。やはりここであるらしい。木の大きな扉にインターフォンが取り付けてあったので、そのボタンを押してみた。

「はい？」

すぐに返事が来たので、ちょっと驚いた。相当待たされると思っていたのだ。中年の女性の声だった。

「あ、あのう……」

俺は自分の名前を言った。

「はぁ……」

聞き覚えがないんだろう。当然だ。

「私のことは御存知ない、と思いますが、ある人に頼まれて、奥寺雄一さんに、お届けするものがあるんですが」

「奥寺は、今はおりません」

「はぁ……」

「失礼致します」

「あ、あのぅ。いつ頃だと、いらっしゃいますか？　雄一さんご本人に、直接お渡しするように、と言われたものですから」

「明日の昼過ぎまでは、戻りません」

なんとなく無礼な雰囲気が漂う声で、俺はちょっと腹が立った。遠来の客である俺に対して、「どうもわざわざ」とか「お預かりいたします」とか、そういう言葉があってもいいんじゃないか？　もちろん、純子は、「直接渡してくれ」と言っていたから、預ける気はないが、それにしても、なにかこう……

「それでは、失礼致します」

女の声は、あくまでぞっけない。田舎に住むと、こんな風に礼儀知らずになるものだろうか、と俺は哀れに思った。それとも、この奥寺一族は、この斗己誕ではとってもエライんだろうか。で、こんなに横柄な一家になってしまった。……たとえそうだとしても、やっぱり、田舎もんだ。

「それでは、明日の昼過ぎに、またうかがいます」

俺は丁寧に言ったのだが、これに対しては返事はなかった。

よし、と俺は決めた。まず、この奥寺ってやつが、どういう人間なのか、それを調べよう。こんな大きな家に住んでいるからには、相当汚いことをやってきた連中に決まっている。そんなあたりの予備知識を仕入れて、そして明日会おう。で、俺に対してなにか生意気なことをほざけば、イヤな思いをさせてやる。

俺は、ブラブラと交通資料館に戻った。まず、今夜の宿を決める必要がある。斗己誕町市街図を眺めて、商店街の方角、旅館の位置を確認して、そっちに向かって歩き出そうとした時、交通資料館のモダンな玄関の自動扉が開き、中から痩せた男が出て来た。俺と同じくらいか、ちょっと若い。四十そこそこ、という感じだ。ダウンのベンチ・コートを着ていて、長く伸ばしてポニー・テイルにした髪、そして無精髭に、ちらほらと白いものが混じっている。まん丸いレンズの、フレームの細いメガネが、妙に人を小馬鹿にしたような感じだ。

「どうも」

俺に向かって言う。微かに関西訛りを感じた。

「はぁ」

「今夜は、斗己誕にお泊まりですか?」

如才ない笑顔を浮かべている。

「ええ」

俺はちょっと警戒しつつ、事実を述べた。

「じゃ、どうですか。ウチに泊まりませんか。ウチは、民宿、やってるんです」

「はぁ……じゃぁ、この……」

「ええ。そこの、〈山の中〉という民宿です。ボロですけど、食べ物はウマイです。一泊素泊まりで四千円ですが、二食付きでも六千五百円。で、松井よりもずっとおいしいです」

話好きらしい。とりあえず、この男の客になることにした。

「じゃ、そうしようかな」

「ありがとうございます。僕は、ヤマナカ、と言います。山の中の山中。覚えやすいでしょ?」

俺は、付き合いで微笑んだ。

「で、荷物は? 手ぶらですか?」

「いえ、そこのロビーのコイン・ロッカーに……」

「あ、なるほど。じゃ、取って来ますよ。鍵を頂ければ」

接客業としてのサービスなのだろうか。それとも、俺の荷物を少しでも調べよう、という魂胆だろうか。俺は、滅相もない、という感じで、恐縮した。

「いえいえ、そんな。自分の荷物は自分で運びますよ」

「そうですか」

男は、穏やかな、気持ちの良い笑顔を浮かべた。その笑いは、ほんの数ミリ、俺の心に、押しつけがましい感じでくっついて来た。なにかが不自然だ。自分の居所から遠く離れた俺の、無用の警戒心かもしれないが。どうも慣れない街にいて……これが「街」なのかどうかという点には、いささか議論の余地があるが……緊張しているらしい。

「じゃ」

男は、俺の先に立って、交通資料館に戻った。俺たちの周囲、目に見える範囲には、生きている人間は誰もいなかった。

10

民宿〈山の中〉は冷え切っていた。ここ数日……数週間、死んでいたようだった。山中、と名乗ったこの宿主は、俺をまず〈喫茶サロン　晩警備〉に通した。ここも冷え切っていたが、旧式の石炭ストーブの中で炎が踊っていて、暖かみのようなものを周囲に振りまいていた。

「寒いでしょ。でも、すぐに暖かくなるから。こっちのサロンの方は、木造だけど、宿よりも新しい建物だから、暖まりやすいの」

山中の口調が、妙にくだけてきた。敬語を使わずに、馴れ馴れしい言葉を使うことで、客と親密な関係を作り出す、そういう「若向け民宿」的な態度が前面に出て来たようだ。まぁ、それはそれでいい。いいんだけど……

「あのう」と俺は尋ねた。「この店名は、なんと読むの？」

「あ、これ？　バンガード」

俺は、ちょっと頭が痛くなったような気がした。

「……なるほど」

「まぁね。ダジャレだけどね。斗己誕の最先端、というかさ。斗己誕の夜をね、まぁ、ちょっとは面白くするために、まぁ、先端的にこう、ガードしてやるんだぞ、みたいな」

「……」

「斗己誕の夜を、少しは面白くする用心棒、みたいな」

「……」

とにかく、〈保絵夢《ぽえむ》〉とかじゃなくてまだマシだった、と俺は自分のささやかな幸運を祝った。

「これでも、スピーカーはボーズだから」

「はぁ」

「ジャズのＣＤが、それなりにあるよ」

そう言いながら、山中はダウンのコートを脱ぎ、手近の椅子に放ってから、カウンターの向こうに回った。

いかにも手造りらしい店内で、カウンターも、いろいろな材木をつぎはぎしてカンナをかけ、ニスを塗ったもののようだった。あちこちに剝き出しの木の肌が、無骨だがそれなりに落ち着ける雰囲気を醸し出していた。椅子やテーブルは寄せ集めだった。壁には、定期券や全国各地のペナント、絵葉書の類がびっしりと貼ってある。みんな、タバコのヤニや埃で汚れていた。そして、窓からは青い空と、白く輝く山が見えた。

サックスとトランペットの音が、控え目に聞こえて来た。確か、ウエイン・ショーターの、"SPEAK NO EVIL" の一番最初に入っている曲だ。題名は思い出せない。ロン・カーター、ハービー・ハンコック、エルヴィン・ジョーンズというような名前が自動的に頭の中に漂う。トランペットが誰だったか、思い出せない。俺の知識はいつも中途半端だ。

「食事は、ここで食べてもらうから。モーニング・セットとランチ・セットは四百円、ほかにもメニューは、ラーメンとか、いろいろあるよ。だから晩メシは、ウチのメニューを単品で食べてもらってもいいし、一泊二食で泊まってくれるんなら、ちょっと豪華な食事を用意するけど。夕食と、モーニング・セット込みで、六千五百円」

「はぁ。……じゃ、一泊二食でお願いします」

「サンキュー」

薄ら寒い店内に、コーヒーの香りが漂った。山中は手を動かしながら、言葉を続ける。

「で、ちょっと説明すると、ウチは、基本的に、男女別相部屋。でも、今はお客さんは、あなたひとりだから、まぁ、貸し切りだけどね。宿は、この店の奥……そこのところのドアから向こうが宿。このサロンは、まぁ、食堂兼談話室、兼フロント、ってとこかな」

「なるほど。宿の出入りには、必ずここを通るわけだ」

「うん、そう。これはね、空き家になっていた民家を、安く借りてるの。で、初めは、このサロンはなかったんだけど、やっぱ……宿のお客さんだけじゃ苦しいしね、経営的に。で、喫茶店も造って、泊まりの人の食事もここで出せば楽だよな、とか思ってさ。四年前に、ほとんど手造りで造ったわけ。いいでしょ、素朴で」

俺は頷いた。それほど居心地は悪くない。

「玄関とね、客室をひとつ、つぶしたんだ」

「なるほど」

「夜はね、まぁ、ちょっと面白い人たちが集まるよ。斗己誕の文化サロン、てな感じかな」

嬉しそうな笑顔で言う。俺は、うんざりした。

「あとはね、この街には、そば屋と、オバチャンがやってる居酒屋と、オバチャンがやってるスナックとしかないから」

俺は黙って頷いた。

「で、風呂はね。風呂は、一応あるけど、どうかな。僕はね、いつも温泉に行くんだ。車で十分ほどのところに、町営温泉があるの。夏とかね、お客さんが多い時には、毎晩温泉ツアーをやってるんだ。参加費六百円でね。入浴料金と、まぁ、ガソリン代ね。どうします？　この宿でも、シャワーはいつでも浴びられるけど、風呂を沸かすとなると、ちょっと手間が掛かるんだけど……」

「山中さんは？　毎晩、その温泉に行くの？」

「ええ。僕はね」

「じゃ、一緒に行きますよ」

「ああ、そうしてもらえると助かります。だいたい、夜の七時頃に出発しますから」

「わかりました」

山中が、トレイにコーヒーを載せてやって来る。テーブルにカップをふたつ置き、そしてテーブルをはさんで、俺の前に座った。

「じゃ、よろしくお願いします」

畏まって、頭を下げる。俺も頭を下げた。

「よろしくお願いします」

「で、あのう……何泊のご予定ですか？」

「まだ、わからないんだ。とりあえず、一泊分のお金をお支払いしようかな」

「あ、そうしてくれる？　ありがとうございます」

俺が金を払うと、いそいそとレジまで持って行って、それを納め、領収書の綴りを持って来る。

「領収書の宛先は、なんて書けばいいの？」

「別にいらないですよ」

「え？　マスコミとかの人じゃないの？」

「マスコミ？　違いますよ」

「じゃ、フリーライターとか？」

「いや、全然違う」

「へぇ……じゃ、斗己誕に、なんの用事？」

「ちょっと人に頼まれて。ここに住んでいる人に、物を届けてくれ、と頼まれたから」

「奥寺御殿に？」

「ああ、まぁ。そういうわけです」

なぜ知ってる、と思ったが、狭い街だ。きっと誰かが家の中から見ていたんだろう。で、山中に、客になりそうなよそ者がいる、と教えた、というようなところだろう。

「へぇ……。そうなんだ。マスコミの人じゃないんだ」

俺は頷いた。

「てっきりそうだ、と思ったんだけど。だって冬のこの時期に、斗己誕に来る人なんて、まず滅多にないからね」

そりゃそうだろうな、と俺も思った。

「だから、ほら、例の金属バット事件ね。同級生を襲って、家に帰ってねぇちゃんを殺したって事件。あの時は、けっこう街中にマスコミ連中が溢れてさ。ウチも、珍しく、ちょっと儲けさせてもらったんだ。まぁ、〈松井〉ほどじゃないけどね。あそこは悪どいから。いきなり、マスコミの取材車の駐車代まで取るようになってね。露骨なもんさ。部屋代も、特別繁忙料金てのを上積みしたしね」

「はぁ」

「ま、そんなあれがあったもんで、またなにか事件に進展があってさ、それでまたマスコミ連中が押し寄せるのかな、なんて。淡い期待をしたんだけど」

「そういうこともあるかもしれないけど、少なくとも私は、そういうのとは関係ないんだ」

山中はうんうん、と頷き、「へぇ……。奥寺御殿にね……」と呟いた。

「そう。で、さっき行ったんだけど、奥寺さんは不在だ、ということで、会えなかったんだ」

「不在か……。居留守を使われたんじゃないの？」

「そういうことをしそうな人物なのかな？」

「そうじゃなくて。……そんな、デコボコの顔をしてるから。恐い人なのかな、と思われたとか」

俺は苦笑した。

「まだ、目立つかな」

「少しはね。ケンカ？」

「いや。梯子から落ちたんだ」

「そういう仕事の人なんだ」

「いや……家具を動かしていて」

「へぇ……なるほど。で……そうか。奥寺はいないのか。……札幌か東京に行ってるんじゃないかな」

「ほう。あまり、この村にいない人なの？」

山中は苦笑した。

「村じゃないよ。ここはこれでも、町だから」

「あ、失礼。そうだった」

「でも、そうだな。……半々かな。この頃はもう、相当な歳だから、あまり頻繁じゃなくなったけど、でも、最盛期には一年の半分くらいしか、この町にいなかったらしいですよ」

「最盛期？」

「うん」

「なにをやってる人？」

「今はなにやってるのかな。まぁ、とにかく、前町長ですよ」

「ほう……」

「今の町長は、平成になってからで、今二期目かな。その前に、三十年近く町長をやってたのが、その奥寺さん」

俺はなんとなく頷いた。政治家とか、小さな町の権力構造には全く興味が持てない。町長を三十年やれば、あれだけの豪邸を田舎に持つことができるもんなんだろう。いろいろと小汚いことをやって、金をあさった結果なんだろうが、まぁ、そういうものだ。そういうのが好きな男もいて、そういう男に群がる連中もいる。そんなことはどうでもいい。俺はとにかく、奥寺に純子の封筒を渡せば、それでいいんだ。

「実際ね、こんな小さな、寂れた町なのに、どれくらいの金が渦巻くかってことを知ったら、びっくりするよ」

いかにも事情通、という表情で、ちょっと得意げに言う。

「でしょうね」

俺は思わずアクビをした。ここ数年来なかった早起きをして、延々とバスに乗って来たのだ。疲れていても不思議じゃない。

「ひと休みする？　その方がいいよね。疲れてるんでしょ？　部屋も、あと二十分くらいで暖まるから。そしたら、案内するから。あと、宿帳に記入、よろしく」

立ち上がって、レジから古びた大学ノートを持って来た。札幌市中央区ススキノ、桑畑四十郎、会社役員、と書いた。電話番号は、つい出来心で、桐原組の事務所の代表電話の番号を書いた。桐原は、別に友だちじゃないが、腐れ縁がなぜか続いている、零細ヤクザの組長だ。で、ウソを書いた反動からか、誕生日と血液型は、つい本当のことを書いた。そんなものも書く欄があったのだ。

「誕生日には、バースデイ・カードを送るよ」

山中が笑顔で言う。俺は頷いた。

「へぇ……変わった名前だね。ヨンジューローって言うの？」

その口調で、この男が映画にはあまり詳しくない、ということがわかった。少なくとも、黒澤明の映画はほとんど知らないらしい。

「そう。父が付けた名前なんだけど。謂れはわからないんだ。どういう考えで、こんな名前を付けたのかはね。僕が物心つく前に、死んじゃったもんでさ」

「へぇ……なんでまた……」

オヤジが死んだのは五年ほど前で、死因は肺癌……肺癌の手術の後の、院内感染による肺炎だった。だがもちろん、今、山中が尋ねているのは、このオヤジのことじゃない。

「田舎のお祭りでね。旅先で。祭り見物をしていたら、田舎の女の子が、地元のチンピラどもに乱暴されそうになってたところにでっくわしたんだな。で、その子を助けようとして、乱闘になって、腹を刺されたんだ」

「へぇ……」

なんでこんなことを言ったんだろう。作り話なら、いくらでも思い付くのに。どうやら俺は、こういうのが男の死に方として結構カッコイイ、と思っているらしい。ガキだな、どうも。

山中は深刻な表情になって、ちょっと考え込んだ。素っ堅気じゃないようだな、と考えているらしい。まぁ、それはそれでもいい。むしろ好都合かもしれない。

「えーと」と山中は気分を切り替えてから、宿の説明を続けた。「貴重品があったら、預かります。一応、金庫がありますから。あと、ウチは客室では禁煙だけど、このサロンでは喫煙OK。でも、私自身は、タバコは体に悪いから、やめた方がいいのにな、と思ってるけどね」

「なるほどね……」

「流行だしね、禁煙は」

山中は「え？」という表情で俺の顔を見たが、そのまま話を続けた。

「で、ウチの料理は、ウマイよ。私がこだわって作ってるから」

「こだわってるわけだ」

「そうそう」と嬉しそうに言う。「ウチでは、三つの白い物は出さないの」

「白い物を出さない？」

「そう。なんだと思う？」

「……山中さんは、独身？」

「そうだけど」

「じゃ、白い物を出さないってのは、つまりオナニーをしない、ということかな？」

「は？」

山中はキョトンとしたが、すぐに理解して、顔をしかめた。

「そういうことじゃないよ」

その口調がいかにも不快そうだったので、俺は大声で笑った。

「ギャグになってないよ。三つの白い物ってのはね……」

「精製した砂糖、白米、精製した小麦粉で作ったパン……」

「なんだ。知ってるのか」

「まぁね。こういう民宿には、よくある話だ」

「……まぁ、流行だからね」

山中はつまらなそうに言った。

＊

「もう十五年くらい前になるかな。札幌でね。厚生年金会館で、アート・ブレイキーを聞いたたな。その頃に、札幌の市民会館で、チェット・ベイカーも聞いたし」

俺は、黙って頷いたが、山中は俺のことなどすっかり忘れて語り続けている。どうしてこういうことになったのか、ちょっとわからないのだが、札幌の話になって、そして山中が以前に札幌で聞いたライブの話になったらしい。

「十年くらい前には、厚生年金会館で、ジェイムス・ブラウンも聞いたよ。いやぁ、あれはもう……感激した！」

「へぇ」

「あのね、バンドやPAがガンガン流れている中で、ジェイムス・ブラウンが」と彼の独特の体の動きを再現する。「マイクから離れて、ホリゾントのところまで退がったの。で、いきなり、マイクを通さない肉声で、ガァ〜ッと歌った時は、もう、体中に電気が走ったような感じさ。ザワザワしたな。『マンズ・マンズ・ワールド』だったな。いやぁ！　思い出すなぁ！」

俺は、半ばウトウトしている。目の前の山中が、ともすればふたつにブレてしまう。別に薬を盛られた、という感じではない。疲れていて、眠いのだ、とわかっている。早く部屋に入って横になりたい、とぼんやり思いながら、俺はちょっと眠ったようだ。

ふと気付くと、俺はテーブルにひとりで座っていた。山中がいない。あたりを見回すと、レジのところで、小声で話している。耳に携帯電話をあてて、さっき俺が記入した宿帳に目を落としている。俺が動いたのに気付いたのか、こっちを見て、にっこりと笑顔になり、宿帳を押さえていた左手を上げて、「やぁ」というような仕種をした。そのまま、宿帳を閉じて、「はぁ、承知致しました。三名様ですね」と言う。「はい、そうです。では、そういうわけで。お待ちしております」

携帯を切ってジーンズの尻ポケットに収め、ぎこちない身のこなしでこっちにやって来た。

「珍しく、予約のお客さんだ」

「いつ？」

「いや、ゴールデン・ウィークの予約なんだ。常連さん。毎年、その時期に来るの。バイクに乗ってて、毎年北海道を走りに来る人」

俺は黙って頷いた。本当だろうか。俺が目を覚ましたのに気付いて、いきなり口調を変えて、適当に電話を切った、という感じがする。

相当用心した方がいいな、と俺は自分に言い聞かせた。

「さて、もう部屋は暖まったよ。気持ちよさそうに寝てたから、起こさなかったんだけど。いったん、部屋に入る？」

俺は頷き、バッグを手に立ち上がった。山中に続いて、サロン（晩警備！）の奥まで行き、そこで靴を脱いで上がり込む。昔の普通の木造住宅によくあった、粗末な板敷きの廊下が延びている。埃っぽい。廃屋のような気配が漂っている中に、洗濯物を吊す紐が張ってあって、あちらこちらに、洗剤や掃除道具、ノコギリや金槌などの工具などが整理して置いてある。どうも印象がちぐはぐだ。廊下に沿って並ぶドアの、一番手前を山中が開けた。「どうぞ」と言う。

古びた廊下とは対照的に、八畳ほどの部屋の内装は、わりと新しかった。金は全然かけていないのだろうが、一応は今風に見える壁紙。安物ではあるが掃除が行き届いているカーペット。壁際に、小豆色の温風暖房機がある。そこから暖かさが部屋中に広がっているらしい。

「一応、部屋はキレイにしないと、若い娘さんたちは泊まってくれないからね」

山中が、やや得意そうに言う。

「セントラル・ヒーティングなんだけどね、一応。でも、ボイラーが小さいから、実質的には、この部屋と、この隣しか暖まらないの。ま、冬場は客が少ないから、これでもいいんだけどね」

俺は頷いた。畳と小さな卓袱台、テレビがあるだけの部屋で、椅子はない。座布団にあぐらをかくか、寝そべるしかない。

「あと、さっき入った廊下の右側に、冷蔵庫があるよ。好きに使ってもらって、かまわないから。布団は、七時前に敷きに来ます。温泉ツアーに行く前にね。で、くどいようだけど、ここでは禁煙だから」

わかったよ、と俺は頷いた。

「じゃ、ごゆっくり」

＊

コートとスーツの上着をハンガーにかけて壁に吊し、座布団を折り曲げて枕にして、俺は寝そべった。

なんだか不思議な感じだ。こんな宿に泊まることになるなんて、考えてもいなかった。奥寺が屋敷にいない、とわかったところで、深川に戻る手もあったな、と思いついた。また明日来ればいいわけだ。あるいは、〈松井〉に泊まった方が良かったかもしれない。……だが、まぁ、ここそれほど大差はないだろう。

で、これからいったいどうしようか。

俺は、ぼんやりと天井を見上げた。

非常に静かだ。人のざわめきも、車の走る音も、街頭放送のBGMも、なにも聞こえない。あたりはしんと静まり返っている。周囲に、なんの動きも感じられない。

シャワーを浴びたいな、と思った。バスに乗って来たので、そしてその後歩いたので、さっぱりしたい。山中は、シャワーはいつでも浴びられる、と言ってたな。……着替えがもう少し必要になるかもしれない。そうだ、それに札幌に電話して、高田や池谷に、状況を説明しておいた方がいいだろう。桐原に、なにがどうなっているか教えてもらう必要もある。ついでに奥寺のことも、わかる範囲で知りたい。

俺は立ち上がり、上着とコートを身に着けて、部屋から出た。廊下を進んで、靴をはいていると、カウンターの方から山中が体を乗り出して言った。

「お出かけ?」

「ちょっとね。散歩してくる」

「どちらまで?」

「いろいろ。足任せさ」

山中はニヤリと笑って「ヒマなんだな」と言う。本当だ。まったく、ヒマだ。

靴をはいてサロンの方に出ると、カウンターに客がいた。……客かどうか、はっきりとはわからないが、まぁ、きっと客だろう。コーヒー・カップを前に、これもヒマを持て余しているようにぼんやりしている。ジーンズに、複雑な模様を編み込んだ厚手のセーター、という姿だ。隣のストゥールに、汚れの目立つジャンパーが置いてある。五十年配、という見当だ。仕事はなにをしている人なんだろう。冬は、仕事をしないのかもしれない。

「札幌から来た人かい？」

その男が、なんの前触れもなくいきなり俺に向かって言った。無精髭の薄汚い顔にぽっかりと開いた口の中には、歯が四本しか見えなかった。

「そうです」

俺は軽く頷いて言った。

「そうか。札幌か」

「はぁ」

「札幌だら、ススキノだな」

「そうですね」

「俺もさ、ススキノでなんべんか遊んだこと、あるんだ」

「そうですか」

「会合があってな。札幌で」

「はぁ」

「つまらん街だな、札幌は」

「そうでしょうね」

俺はにっこり頷いて、彼に賛意を表し、軽く頭を下げて〈晩警備〉（！）から出た。

11

町役場に向かって歩く道々、俺は本当に驚いた。人がいない。片側二車線の道路は、途切れることなく車が走っているが、歩道には本当に人っ子ひとりいない。車達は従順だから、赤信号では止まる。何台かがたまるのだが、彼らの目の前の歩道を横断する人間は、稀にしかいない。いったい、ここで人々はなにをやって暮らしているのだろう。商店がいくつか並んでいるが、大概シャッターが下りている。営業している店にも、客の姿はなかった。

それでも、ショッピング・センター〈まつい〉の前は、ある程度賑やかだった。店の脇の駐車場には、ピカピカに光った車が並んでいる。軽自動車が目に付くが、手入れの行き届いているらしいごつい4WDの車もある。そして、ガラス張りの壁の前では何人かのオバサンたちがかたまって、お喋りをしていた。彼女たちは、三つのグループに分かれて、立ち話に熱中していたが、俺の方を見て、露骨に警戒した表情になった。

（よそもんで、悪かったな）

俺はオバチャンたちの視線を無視して、ガラスの壁越しに店内を見てみた。客や従業員が散らばっている。まぁまぁなんとか、普通の光景のように見えた。だが、どこかヘンだ。俺は、好奇心につられて、中に入ってみた。タバコを置いているので、ショート・ピースを二箱買った。ワイシャツ屋から、缶ピースをワン・カートン貰ってはいるが、別にいくら余分にあっても邪魔になるものではない。〈山の中〉から出る時に、缶ピースを持って来るのを忘れたので、ちょうどいい。

タバコを買った数分の間に、俺は理解した。今、この店の中にいる人々は、全員、客もスタッフも、みな知り合いなのだ。オバチャンたちは、買い物もそっちのけで、夢中になって喋り合っているのだった。そのせいで、外から覗き込んだ時、ちょっとヘンな感じがしたらしい。

この街では、オバチャンたちはショッピング・センターで延々と立ち話をしているのだ。そしてその子供たちは？　決まってるさ。みんな、親指をせわしなく動かしながら、延々とメールを交換しているのだろう。で、その父親たちは、……いったい、なにをしているのだろう。

＊

町役場に行って、さっきの疑問の一部は解けたような気がした。父親たちは、役場で座っているのだ。きっとそうだ。そういうことなのだ。そうに違いない。

小豆色のレンガ造り風の役場は、モダンで立派な建物だった。地上三階建て、地下一階、エレベーター、車椅子スロープ、手すり、身障者用トイレ。さんさんと日差しが心地よいサンルームにITセンター、物産品コーナー。非常に画質の悪い「斗己誕の名所巡り」を空しく延々と流しているハイビジョン・フラット・モニターから、ひとりで計れる血圧計まで、なんでも完備の立派な役場の空気は、どんよりとよどんでいて、たくさんの大人たちが、必死になって暇潰しをしている気配でむせ返っていた。ロビー〈町民ふれあい広場〉で、ぼんやりとタバコを喫っている老人たちは、まだわかる。彼らは、ヒマで当然だ。だが、カウンターの向こう、デスクに向かって、ぼんやりと目の前のパソコンのモニターを眺めている連中は、本当にすることがなくて、そしてそれを悟られないために、必死の努力をしているように見えた。

俺は、なんとなく叫び出したくなった。純子の用事がなかったら、すぐさま札幌に駆け戻って、桜庭の足を思いっ切り踏んづけてやるところだ。

だがまぁ、とにかくすべきことはいくつかある。俺は、役人たちがぶしつけに投げつける不審そうな視線を跳ね返しつつ、緑色の公衆電話に向かった。まず、高田の携帯電話にかけた。むっつりとした声で「はい？」と出る。携帯電話が普及して以来、電話のマナーは壊れてしまった。公衆電話から電話をすると、そのことを身にしみて実感する。現代の日本人は、相手が誰だかわからない電話には無愛想で応対するようになってしまったのだ。

「俺だけど」

「おい！　どこにいる!?」

「斗己誕て街だ」

「斗己誕……なんでまたそんなとこに……」

「話せば長くなるが、とにかく、俺は無事だ。……無事じゃないかもしれないけど。下手すると、叫び出しそうだ」

「なんでまたそんなとこに……」

「ある人間に、用事を頼まれたんだ」

「へぇ」

「その用事を果たすまでは、こっちにいる」

「どんな用事だ」

「……ある人間に、あるものを渡してくれ、と……」

「なんだお前。またなにか探偵ごっこか」

「そんなんじゃない。切ないまでに真剣な、サウダージ……」

「バカバカしい。ま、どうでもいいけどよ」

「そっちのようすはどうだ？　桜庭や芳野はどうしてる？」

「まぁ、お前や俺にどうこうするヒマは、ちょっとないだろうな」

「相当な騒動になってるのか？」

「俺なんかは、よくわからないけどさ。桐原さんにでも聞いてみろよ。仲間同士がばったり鉢合わせして、警官巻き込んで銃撃戦だ。ちょっとやそっとじゃ済まないだろうな。桜庭も、いい恥をかいたってとこだろう」

「人間、手下は選ぶべきだよな」

「ってーか、この場合は、桜庭は敵の選択を誤ったんだな。そうだな。バカを相手にすると、とんでもない恥をかく。桜庭も身にしみただろう」

「……そのバカってのは？」

「知ってるクセに。謙遜するなよ」

「……」

「池谷にも連絡しといた方がいいぞ。なにしろ、あいつは当事者だからな」

「迷惑かけただろうか」

「別に、その心配はないんじゃないか？　相当浮かれてるぞ。どうやら、銃撃戦を目撃したらしい。目の前で『西部警察』を見た、と。えらく興奮してたぞ」

「まぁいいや。多真美はどうしてる？」

「別に、普通だ。普通だろう、と思うよ。特に心配はしてないようだ。きっと、お前は殺されても死なない、と思ってるんだろうな」

「……」

「でもま、できるだけ早めに帰って来いや。元気な顔が見たい」

「できるだけな」

言われなくても、さっさと帰るつもりだ。

それから池谷の部屋に電話した。きちんとした声の女性が出て、すぐに池谷に替わった。

高田の言った通り、浮かれた声で賑やかに喋る。

「よう！　今どこにいるんだ？」

「斗己誕てとこだけど」

「ん？　なんか聞いたことがあるな」

「例の、金属バット事件だろ」

「ああ、学校で暴れて、で、家で姉を殺して逃走中の高校生か」

「ああ」

「いや、俺はお前、お前が『帰る』って言うからさ、てっきりススキノに帰ったと思っててさ。で、今朝んなってお前の部屋に電話したのに出ないからさ、ちょっと心配したよ。まぁ、きっと別なところに逃げたんだろう、と思ったけどな」

「悪かった。なにか、迷惑をかけたか？」

「別に。心配すんな。こっちには被害はなかったから。練度が低い連中だったんだろうな。先に手を出したのは、園部をガードしてた連中らしい。玄関の近くで様子をうかがってた連中……その、お前を威しに来た連中なんだろうな、そいつらが、私服に呼び止められたのを見て、すっかり興奮して、飛び出したらしい。で、闇雲にぶっぱなしたんだな。で、数発打ち合って、結局みんな、あっさり逮捕されたよ。なにしろ私服が十人くらいいたし。マスコミの連中も、園部関連でそこらに溜まってたしな。テレビでも何度もやってるぞ。見てないのか」

言われて気付いた。不思議なことに、テレビというものの存在を、半ば忘れていた。

「いや。まだ見てない」

「で？　なんで斗己誕なんかにいるんだ？」

「ちょっと、人に用を頼まれたんだ」

「へぇ……」

腑に落ちない、という声だ。

「で、もしもわかったら、ひとつ教えてほしいんだ」

「なにを？」

「病院の、付添婦のことなんか、あんたわかるか？」

「ちょっとわからないな。全然別系統の方々だから。家政婦派遣会社ってのかな、付添婦派遣の元締めはあるんだろうけど、少なくとも、俺はなんのツテもない。ウチで働いている付き添いさんでもな」

「専属会社、というのでもないのか」

「ああ、そういうのもあるんだろう、と思うよ。でも、そっちは総務の管轄だ。俺がどうのこうの関わり合うような関係じゃない」

「そうか……」

「なんでだ？」

「その、付添婦の誰かの連絡先なんてのに興味を持つのは、あんたにとって、非常に不自然なことか？」

「……そうだな。たとえて言えば、駅の駅長が、キオスクの販売員の住所を知ろう、とするような感じかな」

「なるほどな。……自然に調べることはできないか」

「さりげなく、か？」

「ああ」

「ちょっと難しいね。どうしたって、みんなが不審に思う」

「そうか……。まぁ、いいや。ちょっと気にかけてくれ」

「聞くだけは聞いておくよ」

「七十歳の、心臓病のお爺ちゃんに付き添ってる付添婦だ。今年で歳は六十。名前は、純粋の純の、純子って名前かもしれない」

「それだけじゃなぁ……。探しようがないだろうよ。看護婦にどう聞けばいい？」

「無理ならいいけど」

「……ほかに特徴は？」

「……昔は、ものすごい美人だった」

そう言った時、思いがけないことに、俺の心が激しく揺れた。俺は驚きながら、なんとか心を宥めた。

「なおさら難しいね」

「そうだろうな」

「ま、臨床技師にひとり、呑み仲間がいるんだ。そいつに聞けば、もしかしたらなにかわかるかもしれない。知りたいのは、その純子という付き添いさんの、……なにを知りたいんだ？」

「連絡先でいい」

「電話番号ひとつとかか？」

「それでもいい」

「わかった。アテにはするなよ」

「助かる」

受話器を戻した。

純子の連絡先を知って、それでどうなる、とは思う。どうにもならないさ。それはわかってはいるが、やはり、少しは気になるじゃないか。奥寺にあの封筒を渡して、それでそのままオシマイになるのでは、なにか味気なさ過ぎる。それなら、別れ際にでも、連絡先を教えてくれ、と頼めばよかったんだ。だが、やっぱり、あの時はそれはできなかった。なぜだろう。あっさりと別れる、という潔さを意識していたのか。だとしたら、なぜ今になって、連絡先を知りたがる？　そりゃお前、……別に純子と昔を語り合いたいわけじゃないが、これだけでオシマイになるのでは、何かこう……

突然、後ろから肩を叩かれた。ポンポン、と軽く。振り向いたが、誰もいない。だが、

「おにいさん、どこから来たの？」と嗄れた声が、腰のあたりから聞こえて来た。体を捻って見下ろすと、非常に小柄な老人が立っていた。シワだらけの顔に、大きな笑いを浮かべて、うんうん、と頷いている。

「いやほれあの、見かけない人だからさ。どっから来たんだべかと思ったもんだから」

「ええと……札幌からですが」

「ほう。札幌。なんか、仕事で？」

「仕事じゃないですけどね」

「じゃ、こんな田舎に、なんの用さ」

「ちょっと人に頼まれて。奥寺雄一さんに、届け物をするように言われたんですよ」

こうやって、みんなに触れて回れば、そのうちにあの屋敷から、なにか反応があるかもしれない。

「あ、そう。……ほう……。奥寺にねぇ」

小柄な老人はそう言って、俺を頭のてっぺんから爪先まで、しげしげと眺め回した。だから俺も、老人をしげしげと眺め回した。黒いジャンパー上下。大きなゴム長は、青と黄色のお洒落なデザインだ。そしてナイキのマークがついたアポロ・キャップ。

「どんなもの？」

「封筒なんですけどね」

「中身は？」

「さぁ。私は知らないんですよ」

「あ、そう……」

老人は、ぷいと背を向けて、向こうの方に歩み去った。ガラスの天井からさんさんと降り注ぐ明るい冬の光の中、すたすたと進んで、大きな自動扉を通り、駐車場に向かうようだ。

俺はあたりを見回した。暇そうな老人たちは、ぼんやりと俺を眺めている。ベンチにポツラポツラ座っている住民たちは、窓口から呼ばれるのを待ちながら、どうやら俺の方を気にしているようだ。そして、役人たちは、俺を無視しているが、どうも気になって仕方がないようすだ。

俺の思い込みかな？

都会にいる時は、他人の視線など気にならないが、こうして田舎でたったひとりのよそ者になってみると、どうも気になってしょうがない。自意識過剰になっているようだ。

息が詰まりそうだ。

俺は深呼吸をして、役場から出た。図書館が、隣にある。

図書館に向かう途中、町役場前に大きく掲げてある生活標語が目に入った。

〈元気にあいさつ　斗己誕のこども〉

〈飛び出して　天国に行ったら　さびしいよ〉

〈あやまちは犯さないよね　君と僕〉

みんな、暇を持て余しているのだろう。

図書館もまた、真新しくて立派だった。全体として明るい造りで、丸みを帯びていて、メルヘン調で、明らかにガキに媚びている。入ったところがいきなり遊具の散らばったホールで、就学前の子供たちが六人、歓声を上げて転げ回っていた。俺が入ると、急に静かになった。向こうでかたまって、声高にワイワイ喋っていた母親たちが、口を開けたまま声を止めた。バカみたいな顔が六つ、俺が進むのに合わせてヒマワリの言い伝えのように向きを変えた。

*

まぁ、それでいい。図書館では静かにするもんだ。

〈きょうどの本〉と書いてある棚に、『斗己誕町史』や『斗己誕農協五〇年の歩み』などが並んでいた。数冊手に取って、閲覧用の机に向かい、コートを脱いで椅子に座った。

まったく滑稽だ。死んだような田舎の町の図書館で、ダブルのスーツに黒いシャツ、地味なネクタイという姿で、郷土史資料を読む。子供たちの喚き声と、若いオバチャンたちの喋り声の中で。どうも、現実の出来事とは思えない。

それでも、読み進むうちに、周囲の状況は気にならなくなった。

斗己誕とは、アイヌ語の『ト・コタン』から来ているのだそうだ。「昔、人が住んでいた場所」とか、「廃村」というような意味だそうだ。北海道のあちこちにある地名らしい。北海道の田舎によくある開拓の苦労話がいくつか並び、そして第二次世界大戦の苦労話が続く。

それぞれの地域に、それなりの独特の歴史があるのはわかるが、基本的にはありふれた話だった。国鉄線路の開通とか、公民館の落成とか、開基八十周年の式典とか、いろいろと華やかな話題もあったが、その結果、こんな寂れた街になっているというのがどうも物悲しい。人口は、昭和四十年代の最盛期には一万人に迫ったが、現在は、約三千二百。ショッピング・センターの中の全員が知り合い同士だったのも頷ける。

奥寺雄一は昭和三十六年に町長になっている。その前は、農協の青年部長だったらしい。三十四歳で、民選町長としては二代目。前の町長の助役が後継候補として出馬したのを破って、華々しく就任したらしい。新鋭町長誕生、ともてはやされている。六十三歳で、当時助役だった現町長に譲り、引退した、ということになっている。現在は七十三か。

……いったい、この奥寺雄一と純子の間に、どういう関係があるんだろうか。記憶を辿ってみると、確か純子は秋田県出身だったはずだ。高校を出て、その頃の恋人と駆け落ち同然で東京に出て、その後はなにがどうなったのか、詳しいことは聞かなかったが、札幌にやって来て、なんらかの事情があって、コール・ガールになった、というあたりの、ぼんやりとした話しか知らない。その頃の俺は、彼女の経歴をあれこれ聞くことができなかった。若かったからだろうか。相手のことを穿鑿することを、なにかこう……不純なことだ、と感じていたらしい。今自分の前にいる純子、そして純子とふたりでいるその時間だけが大切だ、ふたりでいるだけで幸せだ、と思っていた。というか、思うようにしていたんだろう。純子が生計を立てているその仕事、そしてそれに至る彼女の人生の出来事には、目を向けないようにしていたように思う。だから、純子と斗己誕の関係など、なにも聞いた覚えはない。少なくとも、純子の口から、斗己誕という地名を聞いたことはなかったように思う。俺にとって、この町の名前は、例の金属バット事件で初めて耳にした地名だ。そしてもちろん、奥寺雄一の名前も、今まで一度も聞いたことはない。

……俺は、ぼんやりと、記憶を辿っていた。純子と出会った街角。今から、二十五年近く前のススキノだ。確か、秋の終わりだったと思う。……十一月七日の夜だったはずだ。純子の、三十六歳の誕生日の夜だった。そのことを、後になって教わった。

今になって思うと、あの頃が、俺の人生の中で、ひとつの大きな曲がり角だったようだ。俺はそろそろ学校から足が遠のきつつあったが、なにか大きなきっかけがあったわけじゃない。ただ、連日、朝起きると……と言うか、そもそも朝に起きることがなくなっていたわけだが、目が醒めるとたいがい二日酔い、という状況で、それで学校に足が向かなくなった、というだけの話だ。まぁ、だらしない性格だから、もともと学校に通うのは好きじゃなかった。

その当時は、俺は両親の家で暮らしていたのだが、せっかく入った学校に行かずにブラブラして、夜は呑み歩いて遅くなり……という最も下らないタイプの学生生活にはまりかけていたのだった。

でも、俺は毎日がとても忙しい、と思い込んでいた。すべきことはいろいろあったのだ。話すことも、会う相手も、行くべき店も、観るべき映画も、読むべき本も、いくらでもあった。時間は全部、自分の好きに使うことができた、そんな時期だ。金は、家庭教師と、そのほかのアルバイトで稼いだ。金が入ればススキノで使うし、金がなければ同じくススキノを当てもなくフラフラ歩き回り、そしてどこかで知り合いを見つけて、酒をオゴってもらったり、女の部屋にもぐり込んでなにか食わせてもらったりしていた。そんな時期だ。

そして、十一月七日の夜、確か俺は十一月分の家庭教師の月謝と、それから十月の中旬にやったポスター貼りのバイトの給料が入ったので、懐が暖かかったのだ。

……俺は、なにを着ていただろう。まぁ、普通の、ジーンズにセーター、ありふれたコート、という感じだったろうか。その頃は、俺は博打ともグラス密売とも無縁だったから、あまり金はなかったはずだ。そうだ、そして当時は、ススキノの駅前通りは歩行者天国になって、そして道には中央分離帯があったのだ。俺はそこに腰を下ろして、ぼんやりとあたりを見回していたのだった。

ああ、どんどん思い出す。

俺は、ロバータ・フラックの『優しく殺して』、じゃない、『やさしく歌って』のメロディーを口ずさんでいたんだった。その年の夏、だったか春だったか、アル・パシーノが主演した『狼たちの午後』と併映された、ポール・ニューマン主演の『新・動く標的』で、この曲がうまくフューチュアされていて、それがちょっと……相当、俺の気に入った。俺は、あの気分に浸って数ヵ月を暮らしていたのだ。映画としては、それほどの出来とは思わないが、何かが、俺の心の何かと響き合ったらしい。ハーパーが、依頼人の女と出会う場面、大邸宅に入っていく時のシーンのBGMに、この曲はぴったりだった。以来、この曲が、なんとなく浮かび上がることが多くなったのだ。まぁもちろん、高校の頃、ナイトクラブでよくバンドが演奏していた、思い出の曲でもあったが。

俺は、誰か知り合いが通りかからないかな、と思っていたんだった。もしも知り合いが誰も見当たらなかったら、まぁ、どこか馴染みの店に行ってみよう、と思っていたのだろう。金に余裕がある時は、仲間にオゴるか、ツケを少し払うのだ。

そうだ、その前に、高田と少し呑んだのだった。だが、あいつはすぐに酔ってしまって、「おねむの時間だ」と情けないことを言って、さっさと地下鉄に乗って、恵迪寮《けいてき》に帰ってしまったのだ。で、俺がススキノにひとり残されたわけだ。

時間は、確か十一時頃だった。歩行者天国がそろそろ終了するか、という頃合いだったように思う。あの時、俺の尻の下で、中央分離帯の芝の湿気がジーンズに染みてきた、その感触も甦る。目の前を、人の群れが途切れず流れていた。

その人混みの中に、俺はとても綺麗な女を見た。どのようにキレイか、それを説明するのもバカバカしいほどの圧倒的な美人だった。俺は彼女を見た瞬間、好きになったのだ。心の底から。それが、純子だった。純子は、彼女よりも相当落ちるが、それでも世間的には「最高の美人」で通用する女と、ふたり連れで、俺の目の前を通り過ぎた。俺は、彼女をじっと眺めることしかできなかった。

……二十一か。俺も、若かった。純子は、三十六歳だった。彼女は、同じ仕事をしている、小百合という名前の仲良しと、プライベートで誕生日の夜を祝っていたのだ、と後で知った。この時はそんなことなど全く知らず、ただ俺は呆然として、目の前を行き過ぎる、世界で一番綺麗な女を見送った。女は、俺に一瞥もくれなかった。俺は、なんとなく尻を持ち上げて、その女について歩いていた。そんなことをするのは、初めてだった。

あの時の、秋の夜の冷たい空気を思い出す。あの、夜の町の匂い。そして、純子の後ろ姿。枯れ草色の長いコート。襟元から、淡い紫のスカーフがこぼれていた。顎をスッと上げて街を見回し、隣の女に何か言い、そして華やかに笑っていた。ネオンの光の中に、女の白い息が舞い、光った。俺は……

「おい、おにぃちゃん」

いきなり、耳元で声がした。そっちを見ると、さっき町役場で声をかけてきた、シワだらけの小柄な老人だった。相変わらず、ナイキのアポロ・キャップをかぶっている。俺は現実に引き戻されて、ちょっと慌てた。

「はい?」

俺が返事をすると、いかにもおかしがっているような、俺をバカにしたような表情で、耳打ちをする。

「あんた、この町ば、バカにしてるべ」

「は?」

「こんな田舎、どうしょうもねぇな、と思ってるべ?」

「いや、そんなことは……」

「そんなんだら、誰も相手にしてくれないど」

「はぁ……」

「用事、あるんだべ？　したらあんた、その用事ばちゃんとしないばダメだべさ」

それはまぁそうなんだが、なにをどうすればいいんだ。

「田舎の人間ばバカにしてると、友だち、できないよぉ」

生活の知恵を教えてくれる。そして、ニヤニヤと笑い、ちょこまかと歩き去って行く。俺はなんとなくその後ろ姿を見送った。

俺は、今、いったいどういう状況にいるのだろう。皆目見通しが利かない。霧にまかれて方向を見失い、呆然としている遭難者のような気分だ。

とにかく、まず落ち着こう。俺は立ち上がって、トイレに向かった。朝、深川を発つ時に落ち着けなかったので、トイレに一度しか行けなかった。俺は、長年に渡って大量に酒を呑んできた人間にありがちなことだが、常に腹が緩い。俺にとって、その必要がある時に即座にトイレに行ける、ということは非常に重要なことだ。また、そんなような緊急事態を避けるために、こまめにトイレに行くのもまた、俺のような酒呑みにとっての必要な嗜みである。だいたい、もしもなにかの拍子に殴り合いにでもなった時、チビってしまったりしたら、死んだ方がましだ。いや、死んでも死に切れない。

で、斗己誕町立図書館のトイレに向かったわけだが、俺は内心、ちょっと憂鬱だった。おそらくシャワー・トイレは期待できないだろう。

人間がどこまで堕落してしまうか、あるいは、利便性というものが、贅沢というものが、どれほどあっけなく人間を堕落させてしまうものか、というその典型が、俺にとってのシャワー・トイレだ。今や俺は、シャワー・トイレでなければ、落ち着いて用を足せなくなってしまった。紙で拭くだけでは、どうにも落ち着かないのだ。これが、俺が未だにずっとススキノにへばりついている理由のひとつなのだ。ススキノでは、また札幌の中心部では、俺はどこにシャワー・トイレがあるか、ほぼ完璧に把握している。

俺は、自分が人並み以上に神経が細い、とは思っていない。むしろ図太い方だろう。だが、汚いトイレでは大便ができなくなってしまったのだ。十数年、快適で清潔なシャワー・トイレで用を足し続けた結果、俺は和式トイレはもちろん、普通の洋式トイレでも満足に用が足せなくなってしまった。もちろん、切羽詰まった必要に迫られれば、とりあえずはそこらの普通のトイレでも執行するわけだが、その直後からなんだか気持ちが悪く、落ち着かないのだ。一度など、札幌の菊水のおでん屋で知り合いと呑んでいて、便意を催し、トイレに行ったのだが、そこは普通の洋式トイレで、それでまぁ状況と妥協したのだが、やはり落ち着かず、結局タクシーを呼んで、友人をそのおでん屋で待たせ、急いでグランドホテルまで駆けつけ、タクシーを待たせて、一階の片隅にあるシャワー・トイレを使い、また菊水に戻ったことがあるほどだ。後で考えたら、菊水であれば、近くのルネッサンスホテルにもシャワー・トイレはあったはずだが、その時はそこまで思い至らなかった。要するに、シャワー・トイレを使うために往復四千円近くの経費をかけたわけだが、その時も、そして今も、あの金をもったいなかった、とは全然思わない。

それほどに、俺はシャワー・トイレなしでは暮らせないのだ。それが今、死んだような街にいて、おそらくはシャワー・トイレとは無縁の数日を過ごさなければならないのだ。憂鬱だ。そして、他の人がどう思おうとも、俺は、自分がどれほど純子のことを未だに大切に思っているか、ということを思い知った。

ゴキブリが心の底から嫌いな男が、好きな女の頼みを果たすために、ゴキブリが充満している部屋に飛び込むようなものだ。

……もっと適切でロマンチックな比喩は思い浮かばないものか。

そんなことを考えながら、トイレに辿り着いて、俺は心の底から驚いた。斗己誕町立図書館には、シャワー・トイレが完備していたのだ。トイレは清潔だった。そして、和式の便器がひとつ。それから四つのシャワー・トイレが並んでいる。俺は感動した。

トイレが清潔なのは、きっと、図書館の利用者が極端に少ないせいでもあるだろう。シャワー・トイレが完備しているのもまた、公共事業に金をばらまいた、その結果でもあるだろう。それはわかる。だが、そういうことを考えに入れてもなお、清潔なトイレ、ずらりと並んだシャワー・トイレは、好ましいものだった。

(情けないことばかりでもないわけだ)

俺は心の中で呟いて、心朗らかにシャワー・トイレを使った。

『斗己誕町史』や『斗己誕農協五〇年の歩み』から、奥寺雄一に関わりがあるところを数ページ、写真なども含めてコピーした。また、斗己誕農協は、終戦直後に農事実行委員会を改組する形で発足したらしいのだが、すぐに分裂し、そして昭和五十四年にまた合併している。その、分裂と合併の時に、ひとりずつ人が死んでいるので、それがちょっと気になって、そのあたりの記述もコピーした。

＊

農協の分裂とか統合とか、詳しいことは俺にはわからないが、要するに金の問題だろう。金の分捕り合い、そして、不正融資などの隠蔽、その破綻、吸収合併、というようなことなんだろう。銀行や信用組合なんての不祥事のときに、よく聞いた言葉だ。終戦直後にできた斗己誕農協は、すぐに斗己誕農協と斗己誕町農協という、ほとんど似た名前のふたつの組織に分裂したらしい。その時、この分裂をなんとか防ごう、と「懸命の奔走をした、元農事実行委員会理事長、尾上源衛門氏が、脳溢血で倒れ、両派それぞれがその回復を祈るも甲斐なく、不帰の人となったことは、本農協史中、最も痛哭の出来事であり、尾上翁の死は、まさしく殉死と言うべきものであり、農協分裂をなんとかくい止めようとした翁の熱意は、この時は結実しなかったものの、昭和五十四年、再合併に当たって、実を結び、会員は皆、翁の奮闘を思い出したのであった」のだそうだ。この『五〇年史』の文章は、みな異様に長くて、見開き二ページの中に「。」がひとつも見当たらないことも珍しくなかった。そんなもんだろ。昭和三十六年に町長に初当選した奥寺雄一は、斗己誕農協の青年部長で、斗己誕町農協とは激しく対立した立場にあったらしい。で、その後この若い町長の斡旋が実を結んで、昭和五十四年に「両農協が合併したわけであるが、その直前、斗己誕町農協副理事石川鐵一氏が脳溢血で倒れ、合併を控えた両農協が、それぞれの立場から、それぞれその回復を祈るも甲斐なく、不帰の人となったことは、本農協史中、最も痛哭の出来事であり、石川氏の名は、両農協合併の立役者として長く記憶され、会員は皆、石川氏の奮闘を思い出すのであった」ということがあったらしい。

こんなもん、殺したに決まってるじゃないか。なんのかんの言葉を飾っているが、要するに、邪魔になって、そして秘密を知っていて、うるさいことを言ったから、殺したんだろう。これくらい、今の日本じゃ、中学生だって、ちょっと頭がすばしこいヤツなら見破るだろうに。

いや、みんな、わかってるんだろうな。わかってるけど、気付かないふりをして、それでこの田舎で生きてるんだろう。で、こういうのがイヤな奴は、とりあえずは札幌とか東京とかに行くわけなんだろうな。

いやだいやだ。

ま、そんなような、ちょっと気になる事実のあれこれをコピーした。一枚五十円。もちろん、図書館は役所だ。営業努力なんか、ほとんど必要がない世界だ。

コピーの束を内ポケットに収めて、俺は図書館から出た。そして、ちょっと気になったので、また町役場に戻った。トイレを覗いてみると、やはりここにもシャワー・トイレが並んでいた。面白くなって、ちょっと遠回りをして、交通資料館にも行ってみた。ここも、シャワー・トイレ完備だった。

この街では、俺にとって、いざという時の心配は、ほとんどない。だがまた、いざという時の心配がほとんどないだけの街でしかないか。……やめよう。しょぼくれた方へ、しょぼくれた方へと考えるのはやめよう。とにかく、シャワー・トイレがいっぱいあることを喜んで、あとはなんとかして奥寺雄一に封筒を手渡して、それからあっさりと帰ろう。それだけを考えていれば、いいのだ。

民宿〈山の中〉に戻ると、入り口の脇、壁によりかかって、若い女がふたり、くにゃくにゃと立っていた。まだ高校生くらいだろう。分厚い化粧をして、頭の悪さ丸出しの顔で、口をポカンと開け、背中を丸めて顎を突き出して立ち、お互いに相手にもたれかかるようにして、この寒いのにコートも着ないで、ダブダブのカーディガンに、尻が見えそうなミニ・スカートという格好で、もつれあっている。スカートから伸びている足は、どうやら素足……つまり、ストッキングもはいていない、今のバカどもが使う言葉で言うと「ナマ足」で、寒そうに鳥肌が立っているようだ。俺の方に喉を見せ、空を見上げて、ギャハハハハァと大声で笑い、そして俺を見る。田舎の、サカリのついたバカ娘どもだ。俺は無視して〈晩警備〉(やれやれ)に入った。中には誰もいなかった。客もいないし、山中もいない。まぁ、そういうこともあるだろう。俺は自分の部屋に向かおうとしたが、そこでふと思い付いて、トイレに行ってみた。行って、驚いた。ここもシャワー・トイレだった。

（……ま、いいことだ。いいことに違いない）

俺はコートをサロンのコート掛けにかけた。そして奥に行き、靴を脱ぐ。埃っぽい廊下を通り、あてがわれた部屋のドアの前まで行った。ドアが開いている。部屋の中が丸見えだ。

俺は立ち尽くした。俺の荷物が、部屋の中一面に、ぶちまけてあった。

12

なるほどね。そうくるわけか。

まぁ、そもそも俺の荷物自体が、ごく少ないものだったから、一面にぶちまけてあったとはいえ、それほど派手な眺めではなかった。それに、俺自身が住んでいるススキノの部屋は、ほとんど掃除も整理もしないから、部屋全体がゴミ箱になっている。だから、混乱した室内、という光景には慣れている。

だがやはり、〈自分の持ち物〉が、誰だかわからない他人の手によって、バッグから出され、そこらに散らばっているありさまは、心の芯からやりきれなくなるものだった。シャツ、下着、酒、雑誌と文庫本。そして缶ピース。缶ピースは、全部カートンから出して、蓋も取ってあった。バッグのファスナーは全部開いていて、ポケットも裏返しになっていた。

なるほどね。

俺は無意識のうちに背広の胸ポケットを押さえ、そして慌てて手を放した。誰かに見られていたら、例の封筒のありかを悟られてしまう。……やめろ、馬鹿馬鹿しい。なに本気になってるんだ。

なんとなく立ち尽くして見ていたら、サロンの方から「ただ今〜」というバカみたいにのんきな声が聞こえて来た。山中だ。俺はゆっくりとサロンの方に出た。

「お、もう帰ってたの。今晩は、やっぱこう、ジンギスカンにしようね。一番簡単だしね。でね、ここのジンギスカンは、……なんかあったの？」

俺の顔色を見て、不審そうに尋ねる。

「どうも、誰かに部屋を荒らされたみたいだな」

「え!?」

きょとんとしている。驚いているのか、演技で驚いたふりをしているのか、ちょっとわからない。

「泥棒が入ったってこと？」

「いや。多分、何も盗られてはいない、と思うけど」

「桑畑さんの部屋が？　荒らされてる？」

桑畑？　あ、俺のことだ。

「うん。荷物が……」

山中はバタバタと靴を脱いで、まず俺の部屋をチラリと見た。それから二階に駆け上がり、どこかの部屋を調べて、それから階段を駆け下りて、サンダルをつっかけてサロンのレジの中身を調べた。

「あ、助かった」

「え？」

「どうやら、なにも盗られてないね」

「そうか」

「桑畑さんは？　なんか、盗られた？」

「被害はないようだ」

「そりゃよかった。……あ〜あ、助かった。でも、珍しいなぁ。ここで泥棒なんて。空き巣にしても、強盗にしても、まずそんなこと考えられない田舎だから。……僕もね、ここに来た、最初の時は驚いたんだ。誰も鍵、かけないんだもん。でも、そのうちに慣れちゃってね。……だから、いやぁ、驚いたなぁ。あのう……本当に間違いない？　自分でさっき荷物を解いて……まぁ、そんなこと、忘れるはずないよね。あ、僕も、買い物に出る前に、部屋を見たしね。うんうん、あの時は、あんなじゃなかったよ。うん、確かにそうだ。……誰だろう……」

そう言う山中のセリフのひとつひとつが、ありえないことに驚いている、という風でもあったし、また、取って付けたような空々しい演技と思えば思えた。どちらなのか、どうしても判断できない。

「山中さんが買い物に出たのは、何時頃？」

「ええとね……三十分くらい前かな」

「それまで、客は？」

「キムラさん……あの、桑畑さんに、ちょっと絡んででしょ、札幌はつまらないって。さっき、ここでコーヒー飲んでた人。あの人ね。彼がひとり。彼が、ずっといて、で、そろそろ家に帰るって言うんで、一緒に出て、僕は〈マツイ〉に買い物に行って、で、今、帰って来たわけ」

「店の前にいる、あの汚らしい娘どもは？」

「ああ、あのふたりは、僕が出る時にはもういたけど……」

「あそこで、なにをしてるんだろう」

「暇潰しさ。ウチに、よそからお客さんが来た、と。それを聞いて、なんとなく、あそこにいるのさ。ウチの壁により掛かって、ただ暇を潰してるわけ」

「……」

「でも、彼女らは、盗み……まぁ、万引きはするかもしれないけど、空き巣はしないよ」

「いや、そういうことを考えてるわけじゃない。人の出入りを見たんじゃないかな、と思ってさ」

「ああ、なるほど。じゃ、聞いてみたら？」

もちろん、そのつもりだ。

「で……」

ちょっとそわそわした感じで、俺の方を見る。なんだか、煮え切らない感じだ。

「なに？」

「あのう……警察に、届けるつもり？」

そういうことを心配しているわけか。

「いや、別に。そこまでは考えていないけどね」俺はそう答え、そして自分は「どこまでは」考えているんだろう、と思った。なんとなく、不吉な覚悟のようなものが、俺の中にある。

「まぁ、実害はなかったし。なにも盗られていないんだからな」

「ああ、そう考えてもらえると、助かるな。ただの好奇心から、よそから来た人の荷物をちょっと見てみただけかもしれないしさ。まぁ、それだって、立派な犯罪だけど、このあたりは、そこらへんのプライバシーみたいなものが、きっちりとしてないから」

本当だろうか。こいつの言うことは、どうも信用できない。

俺は、靴をはいて、店の前に出た。例の汚らしい化粧の娘がふたり、まだ壁により掛かっていた。お互いに、くっついて、くにゃくにゃしながら、俺を見ている。

「君たち」

俺が言うと、ふたりは空を見上げて、キャハハハ、と笑った。しばらく笑い続けている。

俺は、こういう田舎の娘に、どう対処していいか、わからない。笑いが収まるまで、待った。キャハハハ、と笑っていたふたりは、くにゃくにゃとしながらも、少しずつ静かになってきた。「キャハ」「キャハ」「ア〜ハハ」「ア〜ハ……」「キャハ」と、笑い声も途切れ途切れになってきた。

「ちょっと教えてもらいたいんだけどね」

そこまで言うと、またふたりは笑い出した。わざとらしい笑い声で、俺の目を見ながら、顔だけのけぞらせて、キャハハハハハと笑っている。そしていきなり俺を真正面から見て、「バッカみた〜い！」と言った。もう片方も同じく「バッカみた〜い！」と言い、お互いのセリフが面白かったらしく、一段とキャハハハ、と笑い出し、それから「ウケる」「ウケる」と面白そうに言い交わし、そのままくにゃくにゃと駆け出した。

俺は、呆然として見送った。なにがなんだか、わけがわからない。娘どもふたりは、ずうっと走って、どんどん小さくなり、ふと立ち止まって、こっちを見た。「キャハハ」という声が微かに聞こえ、あの汚い化粧の中に、白い歯が光った。そのまま左に折れ、消えた。俺の周囲は、静かになった。街には誰もいない。俺は、頭を抱えて丸くなりたくなった。なにか、間違った場所に俺はいる。世界のことが理解できないし、言葉もわからない。

「出してくれ」

そんな感じだ。

俺は、うろうろした気分で〈晩警備〉（……）に戻った。

「どうだった?」

山中が言う。

「どうも言葉が通じなかったようだ」

「ハハハ!」

山中は、いかにもおかしそうに笑った。笑い事ではない。

「ま、そんなもんさ。でも、心配しなくていいよ。またきっと、来るから」

「また来る?」

「うん。よそから誰かが来るとね。あの連中、そわそわして、ウチの周りをうろうろするから。そのうちに、声をかけてやると、中に入ってくる。時間をかければ、話が聞けるさ」

とりあえず、俺は頷いた。

ゴリラの群に溶け込む時の人類学者も、今の俺のような気分を味わっているのだろうか。

「あれは、高校生なのかい?」

「どうなのかな。一応、高校には入ったらしいんだけどね。っていうか、この町の高校は、誰でも入れるから。偏差値四十くらいかな。だから、高校には入ったんだろうけど、全然行ってないね。警察の言う、無職少年……無職少女ってやつかな。まぁ、売春婦を無職、というのであればね。……学校に、籍だけはあるのかもしれないね」

「この町に、高校があるのか」

「ああ、あるよ、そりゃ。ただね……そうだ、面白いから、そうだな、五時半頃、交通センター、あの資料館ね。あそこに行ってみるといいよ。結構、面白いから」

「なにがあるの?」

「まぁ、見てのお楽しみさ」

人を焦《じ》らして楽しんでいるらしい。いちいち気に食わないやつだ。微かに漂う関西風のイントネーションも、妙に気に障る。

「ところで、桑畑さんは、お昼は?」

桑畑? あ、俺のことだ。

「あ、まだ食べてないけど」

「そうですか。もし食べるんなら、なにか作りますけど? まぁ、これからすぐにできるのは、カレーとか、チャーハンとか、ラーメンとか、そういうものになりますけど」

「ああ、いや、あまり腹は減ってないから。今は、いいや」

俺は、日中はあまりものを食べない。最近、特にその傾向が強くなった。それなのに、太るのはなぜだろう。

「そうですか」

「で、ちょっと、買い物に行ってくる」

「あ、そうですか」

「着替えとか、いろいろね」

予想したよりも、少し長く滞在することになりそうだ。その用意をしておいた方がいい。

シャツや下着は無駄にはならないからな。ジーンズも。

「途中で、食事はしませんか？」

俺が、ほかの店で金を遣うのを警戒しているらしい。

「食べないよ。食べる時は、戻って来るから」

「はい。よろしくお願いします」

なにかちぐはぐな返事をして、「夕食は六時からですから」と言い、山中は奥の方に入る。

俺はひとつ頷いて、コートを取り、商店街の方に向かった。さっき、〈洋装のササキ〉という店を見かけたのだ。

＊

〈洋装のササキ〉には、サイズ36のジーンズはなかった。また、2LのTシャツも、シャツも、セーターもジャケットもなかった。店のオバァチャンはしきりにジャージを薦めたが、俺は、ジャージは着ないのだ。そのことを、オバァチャンはどうしても理解しない。この街の人は、何かを理解するのに、非常に時間と手間が掛かるようだ。いや、結局、このオバァチャンは、俺のジーンズのサイズが36である、ということも、2Lでなければ窮屈なのだ、ということも、ジャージは着ないのだ、ということも、最後まで理解しなかった。

だがとにかく、下着と靴下は補給することができた。なおもジャージを「これはブランド物だから」と熱心に薦めるオバァチャンを振り切って、俺は紙袋を手に〈洋装のササキ〉から出た。

真っ白い山並み。真っ青の空。さんさんと降り注ぐ、明るい陽の光。行き来する車。歩行者が誰もいない歩道。シャッターが下りた店が並んでいる、商店街。静まり返った世界。誰もいない。

俺は、時計屋が不思議でしようがない。あるのだ、〈時計・貴金属のベッコウ舎〉というのが。シャッターを上げて、営業している。なぜ店を続けていられるのか、不思議だ。普通、「時計・貴金属」は、まぁ、年に一度買えばいい方じゃないか。で、さっきの『町史』では、ここの人口は約三千二百だった。……これで、なぜ商売がやっていられるのか、不思議でしようがない。

不思議と言えば、その〈ベッコウ舎〉の隣の〈セトモノ小川〉も不思議だ。ここも、シャッターを上げて、営業している。しかし、陶器はそう毎日売れるものでもないだろう。人口三千二百じゃ。現に、その隣の食堂はシャッターを下ろしているし、そこから三軒続いて営業をしていない。見たところ、それぞれ書店・レコード店・家電店だったようだ。書店が潰れている町、か……。レコード屋もなぁ……。家電店は、交通資料館の近くに、ちょっと大きめの、現代風の家電屋があったから、そっちに客を取られたのだろうが、それにしてもシャッターを下ろしたままの店が、四軒も並んでいるのは不景気な眺めだ。

俺は、そこから交通資料館の方に戻った。それ以上向こうには、森と雪原のほかには何もないようだったからだ。……何もないわけじゃない。道もあり、民家もあり、電信柱もあったけれども、それがなんだ。

そんな喧嘩腰の気分で交通資料館に辿り着いた。なんとなく、心がなごんでいる。どうやら、この交通資料館と、民宿〈山の中〉に、俺は親近感を抱いているらしい。お馴染みの建物、というわけだ。どうやら人間てのは、いや、別に一般論で言う必要はないか。俺は、全く馴染みのない場所で完全に孤立しているのに耐えられないらしい。だから、こうして、自分の居場所、のようなものを少しずつ集めているんだろう。

非常に近代的な、優れたデザインの、人っ子ひとりいない（物産コーナーのオバチャンは例外として）資料館の緑電話のところに、目当てのものがあった。タクシー会社の電話番号が貼ってある。俺は斗己誕ハイヤーに電話した。

「はい」

生温い、澱んだ口調の男の声が言う。はぇ、と聞こえた。それだけ言って、あとはなにも言わない。

「あのう……」

「はぇ」

「そちら、斗己誕ハイヤーですか」

「そんだよ」

なぜ名乗らないのだ、とちょっとむっとしたが、まぁ、名乗る必要はないんだろう。局番が二桁で、そして六〇〇〇番だ。ムセン、とルビが振ってある。いちいち名乗る必要は、そりゃ、ないだろうな。

「車を一台お願いしたいんですが」

「はぇ。どこさいるの？」

「交通資料館です」

「はぁ。センターね。わかりました。すんぐ、そっつさ行ぐから、待っててや」

電話は乱暴に切れた。

＊

「どこさ行ぎたいって？」

一分もせずにやって来た黒塗りの小型タクシーの運転手は、もう七十年配と思われる老人で、訛りが非常にきつかった。声の感じでは、さっき電話に出たのが、この運転手らしい。メーターの脇の名札には、「坪内洋蔵」と書いてあった。

「ジーンズ……ジーパンを売っているところに、行きたいんですけど」

「あ⁉」

「ジーパンを買いたいので、どこか売っているところに……」

「あ⁉　ズーパン？」

坪内氏は、同じことを何度も尋ねる。それは、どうやら耳が遠いせいではなくて、とにかく繰り返さないと、情報が頭の中に入っていかないせいらしい、と俺は感じた。

「ズーパン？」

「はい」

「ズーパンだら、あんた、そこの〈ササキ〉っちゅところあっから、そこで売ってんだよ、あんた」

「いえ、そこには行ったんですけど……」

「あ⁉」

「あのう、そこには行ったんですけど」

「あ⁉　ササキさ行ったの⁉」

「はい」

「行ったの⁉」

「はい」

「行ったの、ササキに」

「はい」

「そうか。行ったのかい。ササキに。……して、なんだって？」

「で、そのササキに行ったんですけど、私が欲しいサイズの……」

「あ⁉」

「サイズがですね」

「あ⁉　サイズ⁉」

「ええ」

「サイズ!?　……ズーパンの!?」

「ええ」

「あ!?」

「はい？」

「ズーパンの、サイズ!?」

「ええ」

「サイズが、なしたの!?」

「ですから、サイズが」

「あ!?」

「サイズが、ないんですよ」

「ズーパンの!?」

「ええ」

「サイズ、ない!?」

「ええ」

「ズーパン、ないか!?」

「ええ。……いや、あの、私が欲しいサイズのジーンズは……」

「なに!?　じーんず!?」

「いや、ジーパンの……」

「ズーパンの、なに!?」

「私が欲しいサイズのジーパンが、ないんです」

「あ!? ササキに、ズーパン、ないかい!?」

「ええ、ありません」

俺はもう、面倒臭くなって、頷いた。

「おっかすぇなぁ……」

坪田翁は、納得がいかない、という感じで首を捻っている。

「とにかく、ですから、この近くに、ほかにジーパンを売っているところはないでしょうか」

「あ!?」

「ですから……」

「ズーパン!?」

また始まってしまった。

「ええ」

「あんた、ズーパン、買うの!?」

「ええ」

「して、ササキには、ズーパン、ないの!?」

「はい」

「おっかすぇなぁ……」

「それで……」

「ジャージだら、ダメだの？」

またジャージだ。

「ええ。私は、ジャージは着ないんです」

「えええ!?」

坪内翁は、首をめぐらせて、俺の顔を真正面から見た。心の底から驚いている。きっと、彼の七十年以上にわたるであろう人生の中で、ジャージを着ない、という人間に初めて遭遇したのだろう。ジャージを着ない人間、というのは、坪内翁にとっては、パンツを穿かない人間よりも、もっと希有な存在であるようだった。

「ジャージだら、ダメだの!?」

俺は、ほとほと疲れて来た。だが一方で、ここで粘ることで、なにかが変わる、というような気分もあった。この老人にきちんとこちらの意図を説明して、目的を達成することができたら、なにかが変わる。そんな気がしたのだ。

「私は、ジャージは着ないんです」

「あ!?」

「ジャージは着ないんです」

「あ!? ジャージ、着ないの!?」

「ええ」

「あ!?」

「着ないんです」

「あ!?」

「……」

「して!? なんだって?」

「……ええと」

「あ!?」

「あのう……」

「あ!?」

「どこか、この近くに、ジーパンを売っている、大きな店がある、と思うんですよ」

「あ!?」

「……」

「ズーパンば売ってる店?」

俺は、ひとりで静かに感動していた。今、俺は意図的に、坪内翁の「あ!?」に返事をしなかったのだ。ひとつの実験だった。すると、俺が「あ!?」に答えないでいると、翁は自ら自分の「あ!?」の内容を説明したのだ。

ひとつ、わかった。そんな感じがした。俺は、感動し、そして意欲が湧いてきた。田舎の老人だって、同じ人間だ。きっと意思の疎通ができるはずだ。そして、この老人と意思の疎通ができるのであれば、きっと、さっきのあの汚らしい化粧の娘たちとも、なんとか情報のやり取りができるはずだ。

希望を失わずに、頑張ろう。

「ズーパンさ売ってる店っちゅうと……ササキでなくて、だべ？」

「ええ、そうです」

「あ⁉」

「……」

「ズーパンば売ってる店なぁ……」

「……」

「えーとぉ……」

「どこか、国道の脇とかですね、そんなようなところに、大きな店がある、と思うんですよ」

「あ⁉」

「……」

「国道四十号の脇にはあっけどなぁ……」

なるほど、そうか。国道四十号は、平野を走る道で、その両側には郊外型の店もいくつかはあるだろう。だが、この、斗己誕を貫通している国道は、山道だ。道幅も狭い。両側に店があるような、そんな道じゃないな。

「したらね、お客さん」

坪内翁の頭が、徐々に積極的に働くようになってきたらしい。

「お客さん、時間はあるの？」

「ええ」

「あ⁉」

「……」

「時間、あるの？」

「ええ。いくらでも」

「あ⁉　いくら？」

「……時間は、たっぷりあります」

「そうかい。したら、どうだあんた、国道四十号さ、ちょっと走ってみっか？　あこに出れば、確か、でっかい駐車場のある、ショッピングもあったんでないかな。もしそれがなくても、士別まで行けば、デパートもあっから。往復で、まぁ、一時間ちょっとだ。あんたの、はくにいいズーパンも、売ってっかもしれん」

「じゃ、それでお願いします」

「あ⁉」

「それでお願いします」

「いいんだな！」

「はい」

「往復、一万円を超えるんだよ」

「ええ。結構です」

「あ!?」

「結構です。……お願いします」

「よし！」

坪内翁は、機嫌良く、タクシーを発進させた。

＊

これが映画や小説なら、この坪内翁あたりが、俺と仲良くなって味方になって、状況の打開に一役買う、という段取りだが、現実はそれほど甘くない。「用心棒」のめし屋のじいさんや、「シェーン」の子供はどこにもいないらしい。俺はどこまで行っても、孤独だ。

とは言いながらも、狭い車内でふたりっきりで過ごすと、やはり少しは言葉のやり取りがあり、そのうちに、結構打ち解けて語り合うようになっていた。坪内翁の語り口は、やはり繰り返しは多いものの、こちらがコツを摑めば、それほどわかりづらくはなかった。

「あの〜、あんたは、はぁ、あれだなぁ」

と投げつけるような独特の口調で話しかける。

「はぁ」

「あの、山中んとこの、客だな。あの、民宿の」

「ええ」

「あ⁉」

「……」

「山中んとこの、客だべさ」

「ええ」

「深川から来た。バスで」

「ええ」

「あ⁉」

「……」

「深川からな」

「ええ」

「バスでな」

「はい」

「マスコミの人でないんだってな」

「ええ」

「あ⁉」

「マスコミの人間じゃないです」

「あ⁉」

「……」

「じゃ、あれか。ジャーナリストってヤツか」

「いえ」

「あ⁉」

「違います」

「あ⁉　違うのか⁉」

「違います。知り合いに頼まれて、奥寺雄一氏に、封筒を届けに来たんです。それだけなんですよ」

「……」

車内にはしばらく沈黙が漂った。この沈黙は、坪内翁が、これまでの情報を整理して、頭の中に収納するのに必要な時間だったらしい。

「いや〜、俺らは、あんた、てっきりそうだと思ってたんだけどなぁ」

〈俺ら〉ってのは、どいつらだ？

「そうか。あんた、マスコミでも、ジャーナリストでもないのか。あ⁉　違うんだべ？」

「ええ、違います」

「して、あれか。奥寺には、もう会ったのか？」

「いえ」

「あ⁉」

「……」

「会ってないのか。居留守、使われたんだべな」

「居留守ですかね」

「あ⁉」

「……」

「居留守だべな。して、その顔の怪我は、奥寺んとこでやられたのか」

「いえ、違いますよ。これはそんな新しい怪我じゃない」

「ふぅん……。傑作だ、こりゃ」

なにが面白いのか知らないが、坪内翁はしばらくゼイゼイと笑った。そして自分のゼイゼイという笑い声に刺激されたのか、ダッシュ・ボードをパカリと開けて、ラーク・スーパーマイルドを取り出した。

「あんた、タバコ、喫うか？」

「ええ」

「これでいかったら、喫え」

私に一本寄越そうとする。前を向いて運転してくれよ。

「いえ、私は自分のを喫いますから」

ちょっと傷ついたような表情を見せたが、俺が缶ピースを見せると納得した。

「そうか。あんた、タバコ、好きで喫ってんだな」

「ええ」

「あ⁉ タバコ、好きで喫ってんだべ？」

「ええ」

「あ⁉ そうだべ、タバコ、好きで喫ってんだべ？」

「ええ」

「あ、はははは。ゼイゼイゼイゼイ」

坪内翁は、苦しそうに笑う。そして俺たちは、それぞれ自分のタバコに火を点け、最初の一服をゆっくりと肺に入れ、漂わせた。

「やっぱ、いいなぁ。ピースのニオイだば」

「はぁ……」

「あ⁉ いいべ、ピースのニオイよ」

「ええ。好きです」

「あ⁉ ピースのニオイよ。いいニオイだべさ」

「ええ」

「あ⁉」

「……」

俺が返事をしないと、平穏な沈黙が続く。なんとかもう少し、自然に会話ができないものだろうか。

「そうか。ジャーナリストでないのか。俺らはあんた、てっきりモリんとこの息子の話かと思ってよ。また騒がしくなるか、と思ってたんだけどよ」

モリ？　と思うと同時に、思い出した。確か、金属バット事件の被害者の高校生が、森、という名字だった。容疑者である逃走中の高校生と、その姉の氏名は報道では公表されていないが、暴行を受けた被害者の名前は……森……章平……だったか、そんな記事を読み、あるいはニュースを見た記憶がある。

「ああ、例の金属バット事件ですか？」

「あ⁉」

「金属バット事件ですか？」

「あ⁉」

「……」

「あの、金属バットで殴られた高校生だ。あんた、知ってるだろ？　あ⁉」

「ええ」

「あ⁉」

「……」

「ナカダんとこも、えらい災難だべさ！　まったく！」

「ナカダ？」

「あ!?」

「……」

「そうだ、ナカダだ。その、森の息子ば金属バットでぶん殴って逃げた高校生。ナカダの息子よ」

「あの、お姉さんを殺した……」

「あ!?」

「お姉さんを……」

「あ!?」

「……」

「……んだ。なぁ、ねぇちゃんば、殺してなぁ。実のねぇちゃんば。なぁ、可哀想に。なぁ、よっぽどの思いだったんでないの？　あ!?」

どうも話がちぐはぐだ。坪内翁は、被害者である森よりも、容疑者であるナカダの息子に同情しているように聞こえる。どういうことだろう、と思っていると、翁は荘重な口調でポツリと呟いた。

「奥寺も、悪どいから……」

「え？」

「あ⁉」

「奥寺が、なにか関係してるんですか？」

「あ⁉」

「いえあの」

「あ⁉」

「あのう」

「あ⁉」

「その、金属バット事件に」

「あ⁉　金属バット事件に⁉」

「ええ」

「あ⁉」

「それに、奥寺が関係してるんですか？」

「あ⁉」

そう言って、坪内翁は俺の顔をまじまじと見た。前を見て運転してくれ。

「したって、あんた。あ⁉　森だよぉ、あんた。あ⁉」

「ええ……」

坪内翁は、俺が、森と奥寺の関係を知らないものだから、心の底から驚いている。目をまん丸にして、俺をじっと見ている。前を見て運転してくれ。

「森だべさや⁉　したらあんた、奥寺だべさ」

　知るか、そんなこと。

「いや〜、奥寺は、ありゃ悪いわ〜！」

　そう言って、とりあえず心は落ち着いたらしい。もっとこの話を聞きたい。顔の向きを前に戻して、運転を続ける。

　俺はホッとした。と同時に、激しく悩んだ。だが、この俺に、うまく聞き出すことができるだろうか。俺は、ススキノでは、ヤクザを相手にそれなりにうまく立ち回ることができる。ヤクザってのはたいがいバカだからだ。刑事や政治家やその手先を出し抜いたこともある。ある人間が、絶対に秘密にしておこうと決めたことを探り出したこともある。だが、この坪内翁から、話をうまく聞き出す能力が俺にあるとは、とても思えなかった。なにをどうすれば、わかりやすい情報を引き出すことができるのだろうか。

　いちかばちか、俺はやってみることにした。

「そうですか、奥寺が悪いですか。いやぁ、やっぱり、地元の人の知識ってのは、やっぱり、違いますね。僕ら札幌にいて、新聞やテレビの報道を見ている者には、そこらへんのこと、全然わからないもんなぁ。僕らが知ってることといえば、要するに、去年の秋の終わり……あれ、十一月のアタマ頃でしたか、斗己誕の高校生が、同級生を金属バットで殴りつけて、瀕死の重傷を負わせて、その足で実家に戻って、同居していたお姉さんを撲殺して、以来行方不明、ということくらいですもんね。その高校生が、ナカダ君、というんでしょうかね。よくわからない事件ですけど、こちらの、地元ではどういう話になってるんでしょうかね」

「あ⁉」

「……」

「なんだって⁉　あんた、なんだって⁉」

「……」

「ナカダの話が、どうした⁉」

「いえあの……」

「あ⁉」

「奥寺が悪い、と今おっしゃったから……」

「あ⁉」

「あのう……」

「あ⁉　奥寺が、なした？」

「いえ……」

あんたが奥寺の名前を出したんじゃないか。

「あ⁉　なんの話だ？」

「例の金属バット事件ですが」

「あ⁉　金属バット？」

「ええ」

「ナカダの息子のか？」

「ええ」

あんたがそう言ったから、そうなんだろ。

「あ⁉ ナカダの息子のか？」

「ええ……」

「あ⁉ 森の息子ば殴った？」

「ええ」

「いやぁ、ありゃ〜、奥寺が悪いわ〜！」

「え？ どういうことですか？」

「あ⁉」

「いえ、あの、今、奥寺が悪い、と」

「あ⁉」

「あの、今、奥寺が、悪い、と」

「あ⁉ 奥寺だべ？ ありゃ〜お前、悪いわ〜！」

「……」

「あんた、ホントにマスコミの人間でないんだべな」

「ええ」

「あ⁉」

「マスコミの人間じゃ、ありません」

「したらわからんかもしれんけど、森は悪いさ」

「はぁ」

「息子ば、あんなにしたら、やっぱり親の責任でないの？」

「はぁ。……どういうことですか？」

「あ!?」

「いやあの、前を向いて運転して……」

「あんた！ 森の息子だよ！」

「はい。あの、前を……」

「あ!?」

「ええ」

「森の息子だべさ！」

「はぁ……」

「あ!?」

「はい」

「いや〜、奥寺は、悪いわ〜！」

＊

士別市の洋品店で、サイズ36のジーンズを二本、Tシャツを三枚、シャツとセーターを二着ずつ買った。そのほかに、タオルの類を買い、ついでにコンビニで旅行用のシャンプーとリンスのセットや石鹸、歯磨きセットなどを買った。まぁ、当面の買い物はこんなものだろう。

斗己誕に戻る間に、相当苦労はしたが、俺は奥寺と森の関係を大まかに知ることができた。この歳になって、自分のコミュニケーション能力が、目の前でめきめきと向上するのを感じて、俺はしみじみと老け込むには早い、と自分に言い聞かせた。まだまだ、頑張ればいろんなことができる。

で、坪内翁が教えてくれたことは、聞いてみればありふれた話だが、札幌では全然知らないことだった。まず、斗己誕では、金属バット事件に関しては、容疑者である中田昌樹少年(17)に同情が集まっているらしい。これは、新聞やテレビの報道には、まったく出て来なかった事実だ。坪内翁の話しぶりでは、むしろ中田昌樹少年と、その姉で、実の弟に殺された洋子(21)が、まるで被害者扱いだ。というのは、事件の被害者で、中田昌樹に殴られて頭蓋骨陥没で重態となり、今も昏睡が続いている森章平(17)の父親が、実はヤクザで、章平自身も札付きのワルだったから、らしい。

「だからって、あんた。ああやって、バットで人ぼぶん殴っていいってことでないよ。したけどあんた、もう、森ってのは、どうしょもなかったんだから」

「……そうですか……」

「少なくともあれだ、普通の人間で、森の息子に同情しているやつは、ひとりもいないんでないの？」

「そうですか……」

「あ⁉」

「いやあの、そうだったんですか」

「あ⁉」

「いや、森という、被害者が」

「あ⁉」

「札付きだったわけですか」

「そうだよ。今言ったべさ」

「あ、はい……」

どうも話がうまく嚙み合わないが、最初の頃よりはよほどスムーズに話が進むようになってきた。

「でも、なぜお姉さんを……」

この点については、報道の中でも、犯罪学者や精神分析医、心理学者を自称する連中が、いろいろな推理や憶測を述べていた。ふたりは、仲が良かった、と伝えられている。その仲良しの姉に対する近親憎悪とか、犯人の凶暴さを示すものだとか、姉に完全に依存していたのだ、とか、姉からの自立心の表れだ、とか、自分と姉の区別がうまくできていない、人格障害の結果である、とか。あるいは、田舎の姉弟、の仲の良さから、なにやら卑猥な妄想を逞しくした報道も、週刊誌の片隅には混じるようになっていた。

「したって、あんた！」

坪内翁は、ちょっと憤慨したような口調で言う。

「もう、ああでもしないば、ねぇちゃん、どうなるか、あんたもわかるべさ！」

「はぁ……」

「森のヤクザどもに、とんでもない目に遭わされるべさや！」

「ほう……」

「死んだ方がましな目に遭わされて、してあんた、そう簡単には死なせてくれないべさ！」

いささか信じがたい。俺は別に、社会のありように甘い希望を持っているわけではないが、しかし、そういう極端なことが、現実に起こるものだろうか。

「警察も、守ってくれないもんですかね」

「あ⁉」

「いや、警察が……」

「警察⁉」

「ええ……」

「警察が、なしたっちゅのよ！」

「いえ、ですから」

「あ⁉」

「いや、警察が、ですね、その中田洋子さんを、守るとか、そういうことは期待できなかったんですかね」

「誰が。期待するって、誰がよ」

「ですから、その中田昌樹君が……」

「そんなもの、俺ぁあんた、昌樹でないから、わかんねぇさ」

「まぁ、そりゃそうですよね」

「あ!?」

「いや……」

「でも、昌樹の身になって考えれば、まぁ、絶望したんでないか？」

「絶望……」

「したってあんた、森に逆らったら、生きてけないもんだも。斗己誕では」

「……そうなんですか？」

そういうようなことが、現実にあるものだろうか。

「奥寺は、もう、この町の殿様だし。してあんた、森はもう、奥寺とぴったりだし。奥寺や森に逆らったら、ここにいられるもんでないんだわ」

現実に、そういうことがあるものだろうか。政治は汚れているだろうし、腐敗もはびこってはいるだろうが、しかし、そんなにあからさまな不正が、目に見える形で存在しているのだろうか。

「……あんた……」

ふと気付くと、坪内翁が俺の顔をしげしげと見ている。前を向いて運転してくれ。

「はぁ。あのう、前を向いて運転して下さいよ」

「やっぱ、都会から来ると、そこらへんのこと、わからんべな」

「……」

「政治ってのはな、金でしか動かんもんだ。して、金が絡むと、命懸けだんだわ」

「……その、中田昌樹君の家は、今はどうなってるんですか？」

「あ⁉」

「……」

「中田の家か？」

「ええ」

「あ⁉ 中田の家か」

「はい、中田昌樹君の家は、今はどうなってるんですか？」

「中田の家な。今は、中田がひとりで住んでるよ」

「え？」

「昌樹君の父親か母親ですか」

「あ⁉　中田の家だべ⁉」

「ええ」

「あ!?　中田!?」

「ええ」

「あ、そうか。あんた知らないんだ」

俺は何も知らないって。

「そーか、そーか。あんた、知らないんだもな」

知らないってば。

「今、家にいるのは、中田だ」

聞いたよ。

「シゲオだ」

「シゲオ……」

「あ!?」

「……」

「中田シゲオ。昌樹のオヤズだ」

「父親が、独りで住んでるわけですか」

「そんだ。昌樹が帰ってくるのば、ずっと待ってんだべ」

「奥さんは？」

「あ!?」

「その、シゲオさんの、奥さん。昌樹君の母親……」

「ああ、アヤか？」

名前は知らないよ。

「あ!? アヤだべ」

「はぁ」

多分、そうなんだろう。

「あ!? アヤだべ!?」

「ええ」

「死んだ。去年の正月だ。脳溢血でな。脳梗塞だか。ちょっと、早かったなぁ……まだ五十ちょっとだったからなぁ……」

「なるほど」

「あ!?」

「いえ、確かに早い……」

「あ!?」

もう、いいよ。

「あんた、なんだ!?」

「……」

「……早いなぁ、五十ちょっとじゃぁなぁ……」

「……」

「なに考えてんだべな、シゲオもな。今。いきなり、家族全員がいなくなっちまってよ。たったひとり、残ってるかもしれん昌樹も行方不明だ、死んでっかも知らん。どんな気分だべなぁ……」

「諸悪の根源は森で、その後ろ盾が奥寺だ、と。こういうわけですか？」

「あ!?」

「つまり……」

「ショアク!?」

「ええと……」

「あんた、滅多なこと言うもんでないよ！」

最初にあんたが言ったんじゃないか。

＊

俺は、純子を抱いていた。横になって、彼女の存在を腕の中に確実に感じていた。俺は、思いがけないほどに幸せだった。とても信じられない。夢じゃないか。と思ったら、夢に決まってるじゃないか、と頭の中で閃いて、目が醒めた。うとうとと眠っていた。

「おい、あんた、お客さん」

坪内翁が俺に向かって喋っている。

「あれだ、ほら。見えるべさ」

斗己誕に向かって走る国道の左側、みすぼらしいプレハブ住宅が数軒並んでいる。その真ん中に、「ダッチワイフ」と下手くそな手書き文字が大きく描いてある看板があった。

「な、見たべ？」

俺は、まだ頭がぼんやりしている。

「笑わせるべ、あれはあんた、お客さん、本当に、ダッチワイフの自販機だんだよ」

「え？」

「バラック、並んでたべさ」

「ええ……」

「一番手前が、ガソリンの自動販売機。リッター五百円のガソリンの缶詰さ」

「ほう……」

「して、その隣が、スケベな本の自販機が四つぐらい入ってて、その隣のバラックに、スケベなオモチャの自販機が……やっぱ、四つぐらいかな、入ってるんだ。して、その次のが、ダッチワイフの自販機だ」

「……相当ボロボロの建物でしたよ」

「あ!?」

「すごい、ボロボロの……」

「あ!?　建物、ボロボロだってか!?」

「ええ」

「そうだったべ？　したけど、あれでも、ちゃんと誰かが管理してんだよ」

「……中に、入ったこと、あるんですか？」

「あ!?」

「あの、中に……」

「あ!?　入ったこと、あっかってか？」

「ええ」

「あるよ。もう三年ぐらいになっかな。あそこにできたのは、もう、十年ぐらいだ。で、ずっと気になってたんだけどよ、バカくさい、わざわざ入る気にもなんなくてな。でも、やっぱ、なんか気になるんでよ。なんかの用事で通りかかった時、入ってみた」

「どうでした？」

「あ!?」

「……」

「中か!?」

「ええ」

「ガソリンの自販機は、錆びて、動かなくなってたな。電気も通じてなかったさ。したけど、スケベな本やらオモチャやらの自販機は、ちゃんと電気も通じてて、動いてたぞ」

「……」

「して、全然掃除もしてないらしくてな。汚らしいんだ、いろんなものがあってよ。食いも

ん の残りとか、ゴミとか、……あと、クソとかもな」

「キツネやタヌキも荒らしてったんだろうな。残飯とか、あっから。なんか、不思議な感じだぞ」

「……」

「一応、定期的に来て、金ば集金して、売れたもんば補充してんだろう、と思うんだ。それだのになぁ……なして、掃除ばしないんだべか」

「……」

「自分の土地とか、設備だべさ。なぁ」

「そうですよね」

「あ!?」

「……」

「そうだべさ。なぁ。普通、人間てのは、あんな風に、放ったらかしにできるもんでないんだわ。だから、よっぽど、根性さ腐った人間のもんなんだべな、と俺は思ったさ」

「……」

「人間てよぉ、なぁ、あんた、お客さん、スケベなもんがないと、生きてけないべさ」

「はぁ」

「それは、田舎でも都会でも、同じだ。スケベなしじゃ、人間は生きてけないんだ」

「まぁ、そうですね」

「あ⁉」

「……」

「そうだべさ」

「ええ」

「したけど、いくらスケベなしで生きてけないにしても、そしたら、スケベなことは、飾らないばダメだべさ」

「ええ」

「スケベで汚いものば、スケベで汚いまんまで転がして置いたら、ダメだべさ。生きてること自体が、悲しくなるべさ」

「ええ」

「……あのスケベな自動販売機が、ああやって電気が通じて動いてるってことは、誰か、あそこで買ってるヤツがいるってことだべさ」

「でしょうね」

「俺はなぁ。……その、あそこでスケベな物を買うヤツのことを考えると、哀れで哀れで、侘びしくて、情けなくて、やり切れない気持ちになるんだよ。あんな汚らしい、残飯やらクソやらゴミやら、すんごい臭いんだ、ひでぇニオイなんだ、そんなとこさ行って、スケベなもんを買うヤツのことを考えると、もう、哀れで侘びしいさ」

坪内翁は、ふぅっと溜息をついた。

俺は、数百キロの彼方にある、ススキノのことを思った。しみじみ、早く帰りたい。奥寺は、明日は家にいるだろうか。さっさと封筒を渡して、さっさとフケよう。

13

坪内翁は朗らかに言って、民宿〈山の中〉の前に車を停めた。特に〈山の中〉の前で降ろしてくれ、とは言った覚えはないが、坪内翁は自動的にここまで走らせた。だから、降りることにした。料金は一万一千数百円。距離や時間と比較する、思ったよりも相当安い。札で一万二千円を渡し、「お釣りはいいです」と言うと、「あっそ」とどうでもいいような口調で言い、受け取った。そしてあっけなく走り去った。

「はい、お疲れさん」

俺は、古ぼけた、ところどころ塗装が剝げて錆びているタクシーを見送って、それから、なんとなく空を眺めた。冬の太陽がすでに山の向こう側に隠れていて、夕闇が少しずつ深くなるのが、目にはっきりと見えるようだった。その時、歩道の街灯が、サッと点った。道路の両側に並んだ白い丸い光が、視界の端から端まで一気に輝いた。

誰もいない雪の街に、白い灯りが並ぶ。これは、美しくて、そしてとても寒々しい光景だった。

だがまぁ、真っ暗闇よりはましなんだろう。

〈山の中〉の〈晩警備〉（……もう、いい）に入ると、誰もいなかった。まったく、不用心だ。山中もいないが、客もいない。だが、コンロの上ではなにかをとろ火で煮ているらしく、ニンニクと鷹の爪と、そして醤油とウーシャンフェンと……あと、なにかキノコのような香りが混じったニオイが漂っている。空き巣とか、火事とかの心配は、しなくていいんだろう、きっと。俺は靴を脱いで宿の方に上がり、自分の部屋に、買って来たジーンズなど衣類を放り込んだ。部屋は、ざっと見たところ、さっき出た時と変わりないようだった。で、とりあえずサロンに戻り、外に出た。さっき山中が、五時半ころに交通資料館に行ってみろ、と言っていた。なにがあるのか見に行こう。

ほかに、特にすることがないのだ。

＊

交通資料館の周囲には、ほんの少し活気があった。高校生らしい年頃の男女数人が、すっかり暗くなった中で、白く輝いて並んでいる、……なんだかわからない……細長いソフトクリームのような形をした……つまりまぁ、〈オブジェ〉ってんですか、そのあたりをぶらぶらしていたのだ。着ている服は、男の方は、まぁ、ススキノでも見かけるようなチンピラと同じで、ダブダブっとした感じの格好だ。ヒップホップというのか、はっきりとはわからないが。そんななりで、みんな背中を丸めている。女の方は、思い切りスカートを短くした、高校の制服風の格好だ。そんな数人のバカどもだったが、それでも無人であるよりは、賑やかだ。活気があった、と言っても間違いじゃないだろう。

俺が近付くと、こっちをちらちらと見る。気にしているらしい。「知らない人」が珍しいんだろう。交通資料館に向かうには、彼らの群れの中を横切る必要があった。特にどうと言うこともなかったが、バカな顔をした娘がひとり、大声で「ギャハハ」と笑った。さっき、〈山の中〉の前にいた娘の片割れのようだった。

交通資料館の中は、汗くさいような、埃っぽいようなニオイが漂っていた。制服を着崩した高校生たちが二十人ほど、ロビーにたむろしている。みんな、バカな面をしていた。たいがい、携帯電話を使っている。ざわついていて、時折わざとらしい汚い笑い声がわき上がる。俺の方をチラリと見ては、目を逸らす。その時、「ちょっと、マサル？」という甲高い声が響いた。思わずそっちを見ると、顔を真っ黒に塗った、珍妙な化粧の女子高校生が、平板な顔から溢れんばかりの怒気を発散しながら、携帯電話で喚いていた。

「あんたさぁ、ケンさんに、なんちゅったわけ？　……嘘つくんでないよ！　ウチ、マっちゃんやアビにもね、聞いたんだからね。……何!?　……だから。……うるせぇ！　なに言ったのさ、あんた！　なに？　ウチが、ジンノ先輩と付き合った!?　エッチした!?　おい、てめぇ！　……うるせぇ！　てめぇ、この野郎、あることないこと、嘘ついてんじゃねぇよ！　殺すぞ、てめぇ！　ええ!?　……なにさ。……したらなんなのさ。ええ!?　……うるせぇ！

ウチ、ケンさんに、目一杯、皮肉ば、なんべんも言われたべさや！　殺すぞ、てめぇ！　えぇ!?　てめぇ、なんのつもりしてんのよ！　誰が、ジンノ先輩とエッチしたっちゅうのよ！　ウチらが別れることになったら、てめぇのせいだからなぁ！　死ねや、このクソバカヤロウ！」

　その口調と内容に、俺は腰を抜かすほど驚いた。だが、本人は一向に平気のようだ。そして、周りの人々も、高校生はもちろん、売店のオバチャンも、誰も気にしていないようだった。喚いていた娘は携帯電話を畳んで、それからまた開き、なにか操作をしながら、隣に座っている同じくらい汚らしい化粧の娘と、小声で冗談を言って、そして大声で笑った。

　生きている、ということは、あまり面白いことじゃないのかもしれない。俺は、そんなことをふと考えるほどに、気弱になってしまった。だがまぁ、そんなことはどうでもいい。

　それにしても、山中が「なかなか面白い」と言ったのは、この連中のこのようすだろうか。あまり面白いとも思えないがな。まぁ、いいさ。とりあえず、もう真っ暗だし、今日は朝から呑んでいないから、宿に戻ってじっくり呑もう。そう思って立ち上がりかけた時、ポロンポロンとチャイムが鳴って、ロビーのあちこちの電光ボードに「霧島別行きのバスが来ます」とオレンジ色の文字が浮かび上がった。ロビーの高校生たちが、ちょっと身構えた。彼らが乗るバスか、と思ったが、そうではないらしい。立ち上がろうとする者は誰もいない。ただみんな、なんとなく顔を見合わせて、ちょっと緊張したような、落ち着かないような雰囲気で、「バス乗り場」と書かれた大きなガラスの自動ドアの方を、なんとなく気にしている。

ほどなくバスが到着した。乗客は疎らだ。バスが停車し、大きなガラスの自動ドアがスッと滑って開く。バスから降りて来た七人が、固まってロビーに入って来た。七人とも、高校生だ。この七人は、制服をきちんと着ている。男子が三人、女子が四人。みんな、ロビーにいる二十人ほどには目を向けないようにして、しかし、決して無視しているのではない、という複雑な態度で、ロビーの壁に沿って控え目に歩いている。

バスが発車した。それとほとんど同時に、またポロンポロンとチャイムが鳴って、「深川行きのバスが来ます」と表示された。今度は、二十人ほどの高校生たちが立ち上がった。のろのろと、乗り場に向かう。どうやら、二十人全員が乗るわけではないらしい。半分ほどは、友人を見送りに来た連中らしい。

なるほど。

ここよりも、少し都会である街の高校に通っている生徒と、この斗己誕に通っている生徒たちが、ここでこの時間にすれ違うわけだ。斗己誕の優等生と、よその街のオチコボレが、交錯する。優等生たちは、居心地が悪そうだった。オチコボレたちは、わざと威嚇的な、押しつけるような態度で、我が物顔に振る舞っている。

情けなくて、心が薄ら寒くなるような光景だった。

「おい！　ケンジ！」

濁った、わざと汚らしくしている声で、制服をことさら下品に着崩した男子高校生が、誰かを呼んだ。さっきバスから降りて来た七人のうちのひとり、少し都会の街の高校の生徒であるらしい男子が、ビクッと怯えたような感じで、立ちすくんだ。

「ちょっと待ってれ。ダチば送るから、したら一緒に帰るべ」

ニヤニヤと相手にのしかかるようなわざとらしい笑顔で言う。

「いや、俺は……」

ケンジと呼ばれた高校生は、困ったような声で言った。その時、彼の顔が見えた。その少年は、兎唇だった。上唇が、ひきつれていて、手術の跡が非常に目立つ。

兎唇。俺たちが子供の頃は、「ミックチ」と呼んでいた。今では、「悪い言葉」になっているのだろう。最近は全然聞かなくなった。別にそれほど珍しいものではなくて、学年に数人はいただろう。高校の頃、人間の「発生」のところで習ったことをぼんやりと思い出す。母親の胎内で、胎児の体が形成される時、唇のあたりでちょっとした不具合があって、上唇に切れ目が入ったまま産まれてくる子供がいる。どこの学校にも学年に数人、唇に縫合の跡のある子供がいたものだ。もちろん、大人にもいた。それが、そういえば最近は見なくなった。別に、兎唇の発生率が下がった、ということではないだろう。手術の技術が画期的に進歩した、ということだと思う。これは、とてもいいことだ。アメリカの俳優、ジョニー・デップの唇には、目立たないけれども、傷跡がある。あれはきっと、兎唇の手術の跡だろう。そう思ってみると、時折、唇に目立たない筋がある人がいて、俺は最近の整形外科なのかなんなのか、とにかく手術の進歩に感心する。

だが、今むこうで怯えて立っている「ケンジ」君の唇は、無惨だった。非常に手際の悪い手術を受けて、そしてそのままであるようだ。端正な目元、すんなりと伸び、そして途中から潰れた鼻。その下に、はっきりと目立つひきつれた傷跡と、歪んだ唇。

なんて親だ。俺は悲しくなった。ケンジ君の気持ちを思って、切なくなった。田舎で暮らすというのは、こういうことか。そういえば、今まで気付かなかったが、なんとなく不快だったのは、斗己誕で会った人たちの何人かの前歯が、金歯や銀歯だった、ということだ。ロビーの高校生の中には、まるで獅子舞のお獅子のような、前歯全部が銀歯で縁取りされている少女もいた。田舎で暮らす、というのはこういうことなのか。

ケンジ君は、帰ろうかどうしようか、と困っている。だが、振り切って立ち去ることはできないらしい。物産コーナーの隅で、俯いて、ひとりぼっちで立っている。バスに、十人ほどの高校生が乗り込んだ。残った十人ほどが、けたたましい声を上げて、別れの挨拶、ということになるのか、騒いでいる。ケンジ君を呼び止めた下品な少年は、立ちすくんでいるケンジ君に、さげすんだ視線をちらりちらりと投げながら、バスに向かって両手を振っておどけている。

俺は、今年で四十五だ。腹筋は、ちょっと柔らかくなった。右腕をあげると、肩の付け根が、いつも軋むような感じになっている。しかし、まだまだ充分に通用する、と思う。確かについこの前、袋叩きにされて、そのダメージから、まだ完全には回復していないが、しかし、ほぼ九割方復調しているはずだ。

だが、この街は、ススキノじゃない。俺の街じゃない。

でも、ケンジ君は、困っている。

なにを考えているのだ、俺は。四十五にもなって。

バカはやめろ。

でも、ケンジ君は困っているぞ。怯えているぞ。

大丈夫だよ。友だち同士なんだ。よそ者の俺にはわからないような、それなりのしきたりというか、田舎もん同士のコミュニケーションてのがあってだな。

いや、あのケンジ君は、本当に困ってる。それにほら。さっき外に出て行った、あの七人のうちのふたりが、ガラスの壁の向こうで、心配そうに見てるぞ。女の子と、男の子だ。きっと、ケンジ君の友だちなんだろう。心配してるんだろう。そのちょっと向こう、例の白い馬鹿馬鹿しい〈オブジェ〉のところで、五人がかたまって、成り行きを見てるぞ。あいつらも、きっとあの下品な高校生の仲間なんだろう。いや、もっと下等な連中かもしれない。

だから？　俺になんの関係がある？

関係はないさ。

だろ？

ほう。関係がなけりゃ、見て見ぬふりか？

バスが発車した。残った十人ほどが、わいわいと騒ぎながら、散り始めた。ケンジ君を呼び止めた高校生が、肩で調子をとりながら、ケンジ君の方に向かった。

俺は、黙って眺めていた。下品な高校生、これを仮に下品太郎と呼ぶことにするが、こいつはケンジ君に、馴れ馴れしく話しかけ、肩を抱いた。下品太郎の仲間らしいふたりも、ニヤニヤしながらそっちに向かう。仮にこのふたりを下品二郎と下品三郎と呼ぶ。三人でケンジ君を囲み、小声で何か話している。ケンジ君は、顔を背け、あさっての足許を眺めて、無視しようとしている。ほかの高校生たちは、下品三兄弟に「したっけ！」と声をかけ、出て行った。ガラスの向こうで、ケンジ君の友だちらしいふたりが、怯えたように身を寄せ合い、ほんの少し、遠ざかった。下品太郎がケンジ君の肩を抱いたまま、ケンジ君をゆらゆらと揺らす。下品二郎がケンジ君の髪を鷲摑みにした。

やれやれ。

俺はあたりを見回した。警備員の制服を着た老人は、ぼんやりとテレビを見ている。物産コーナーのオバチャンは、文庫本を読んでいる。下品太郎がケンジ君の肩を放した。すかさず、二郎と三郎が両側からケンジ君の肩を抑える。二郎は髪の毛を鷲摑みにしたまま、ゆっくりとケンジ君の顔を動かしている。三郎が、ケンジ君の質素なオーバーのポケットに右手を突っ込んだ。太郎が、自分の学生服の内ポケットからラークを取り出して、ちょっとぎこちない手つきで一本くわえ、火を点けた。警備員のジイサンも、物産コーナーのオバチャンも、沈黙している。ラークの煙を肺に吸い込んだ太郎が、ちょっとアゴをしゃくった。二郎と三郎がニヤニヤ笑いながら、ちょっと気弱に抵抗するケンジ君を両側から押して、連れ出そうとした。

俺は、ぶらぶらと近付いた。下品三兄弟が、俺を見る。俺は笑顔を見せてやった。三人も、あやふやな笑顔になった。

落ち着いてだな。まず、田舎の高校生に、ススキノから来た四十男の余裕を見せてやろう。さり気なく。例えば、「おい、ケンジ君、迎えに来たぞ。一緒に帰ろう」とかなんとか言えば、それでもう勝負はつくはずだ。それで行こう。

俺は近付いて、おもむろに口を開いた。

「おい……」

「なによ、てめぇ。てめぇ、なに者よ、このオヤジ」

下品太郎が言った。俺はいきなり頭に血が上った。

「黙れ、田舎もん」

ああ、いかんいかん。

「なにぃ？」

俺に一歩近付く。俺の目を睨み付けながら。

「何者だ、てめぇは」

「一人前の口を利くな、低能」

なんてことだ。田舎の高校生と、田舎の交通センターで口汚く罵り合っている。穴を掘って入りたい。

それにしても不思議だ。この田舎もんどもは、殴り合いを回避する方法を知らないのか。

男子高校生にとって、必須の学習項目じゃなかったか？　これで殴り合いになって、それでまっしぐらに刺すところまで行くのか、こいつらは。大人は何を教えてるんだ、この町では。

俺の頭の中を、当面関係のないことがサッと通り過ぎた。

今はそんなことをあれこれと考えている場合ではない。ここの決着をつけなくてはならない。俺は間合いを計るために一歩退った。

下品太郎の目には、怯えと逡巡があった。だが、それに従って、状況を受け入れて、引くというような知恵はないようだった。行くところまで行かなければダメか。もしかすると、三人とも倒さなければダメかもしれない。なんという愚かな成り行きだ。

ここで殴り合いなどバカなことはしたくなかったが、どうも状況を思い通りにできないような気がしてきた。ひとりなら適当にいなすこともできるが、ケンジ君を連れて離脱しなければならない。それが目的だ。となると、これは……

その時、なんだか知らないが、ジャンジャカというううるさい音が鳴り響いた。下品三郎が「お」と言って制服の胸ポケットに入っていた携帯電話を取り出す。下品太郎がほんの少し緊張をほどいた。携帯タンマ、というところか。このスキにふたりを殴り倒してケンジ君の手を引いて逃げる、という選択肢もあったが、なにもそこまで、と思った。そんなことをしたら、後々、きっとケンジ君はもっといじめられるだろう。俺にしても、ケンジ君を守るためにに、このままこの斗己誕で骨を埋める気はない。しかしとにかく、非常にかっこわるい成り行きになっちまった。どうしよう。俺は態度を決めかねて、まごまごしていた。

「メールだ」

下品三郎が呟く。ケンジ君は、あさっての足許を眺め続けている。二郎が携帯を覗き込んだ。太郎は俺と三郎の携帯を五分五分で睨んでいる。俺は何か鼻歌でも唄おうかな、と思った。

「誰よ」

太郎が言う。「ええと……」と三郎が言って、そして二郎に画面を見せ、顔を見合わせてから太郎の方に差し出した。太郎がそれを乱暴に受け取って、半分口を開けたバカな顔で熱心に読んでいる。そして顔を上げ、俺を見た。少々の怯えが感じられる。二郎と三郎がケンジ君から手を離した。三人で、なんとなく頷き合って、それからクルリと背中を向けて、歩み去った。ケンジ君は、俺の方に目もくれないで、依然として明後日の足許を見つめながら、さり気なく歩き出し、三人とは別な出口から出て行った。ガラスの壁の向こうで、さっきから心配そうに見ていた男女二人の高校生が、ケンジ君に追いつこうとして足早に去って行った。

それで、おしまいだ。

俺は、取り残されて、置き去りにされて、見捨てられた。あたりを見回すと誰もいない。警備員が熱心にテレビを見て、売店のオバチャンが文庫本を読んでいる。

それだけだった。

なんだかわけがわからないが、俺は相当かっこわるいぞ。そんな気がする。

14

行く場所がないので、とりあえず奥寺の大邸宅にもう一度行ってみた。塀の向こう、扉の向こうは全く見えないので、家の中に灯りがあるかどうかは定かではない。だが、庭のあちこちには照明がついているようだ。冬囲いをした松や何かの庭木のそこここが、下の方からぼんやりとした白い光に照らされている。俺は門のインターフォンを押してみた。今度は、なにも返事がなかった。もう一度押して、そして意地になってもう一度押してみた。その時、カチリというような、プツというような、そんな音がしたような気がした。向こうで受話器か何かを持ち上げて、耳を澄ませているような感じだ。だから、応答がないのを無視して、一方的に話した。

「奥寺雄一さんへの、届け物を預かっているものです。桑畑、と申します。民宿〈山の中〉におりますから、雄一さんと連絡が取れましたら、よろしくお伝え下さい。〈山の中〉に泊まっている、桑畑、と申します」

大きな声で独り言を言いながら、俺は本当に純子のことが好きなんだな、といっそ微笑ましいような気分で思いを嚙みしめた。それから、ほかに行くところがないので、〈山の中〉に戻った。

戻る道々、世界でたったひとりきりの人類として直立歩行しながら、俺はなんとなく純子のことを思い出していた。

純子は、「お酒呑む？」と俺に尋ねたのだ。真っ正面から、俺の顔を眺めながら。意味もなく、後ろを歩いていた、ふらふらと後を追うように歩いていた俺に、そう言ったのだ。突然立ち止まって、クルリと振り向いて、面白がっているような顔つきで。

「お酒呑む？」

と。それで、俺はもう、夢中になってしまった。その声を聞いて。その、ちょっと面白がっているような表情を見て、瞳で見つめられて。

「なんで、あの時、僕に声をかけたの？」

俺は何度か尋ねた。今よりもずっと子供だったころ。その度に、純子は、「私のこと、好きになったみたいだったから」と答えた。答えになっていない。だが、なんとなくわかる、とその時は思った。

だが、今になっても、全然意味がわからない。いや、年を重ねれば重ねるほど、あの成り行きが現実のものとは思われない。純子が、年下の学生を見れば誰にでもああする女だ、というのであれば、少しは理解しやすい。営業活動の一環として、というような。あるいは、俺が、実は絶世の美少年だった、というのでも理解はできる。だが、現実にはそうじゃない。純子は、客以外の、知らない男はほとんど相手にしない女だった。俺も、見てくれについては一切の希望を持ち得ない、そんなごつい容貌だ。

「意味なんか、ないわ」

と純子は言った。

「それに、理由もないわよ。ある人を好きになる時、そのことに、意味も理由もないわ。あの時、ボクは、突然、私のことが好きになったんでしょ？　そのことが、私はわかったの。そしたら、ボクのことが好きになったの。そういうことよ。それじゃ、ヘン？」

いや、ヘンじゃない、と俺は答えた。そう答えるしかない。

だが、俺にしても、それほど子供じゃない……と当時は思っていて、まぁ、今から考えると、相当なガキだったが、しかし、年頃を勘案すると、それなりに、大人だったように思う。少なくとも、今の二十一のガキよりは、ずっと大人だった。だから、好きになった、だけじゃ済まないだろ、とは思っていた。なにしろ、相手は十五歳年上の、そしてその世界では最も高級な部類の、……娼婦だし。俺は、幸せだった。だが、純子は？　彼女にとっては、どんなメリットがあっただろうか。俺は、あの頃、時折そのことを考えた。俺は当時は金をそれほど持っていなかったから、客としては、あまり価値がない。それに、どうしても彼女のプライバシーを束縛しがちになるから、煩わしい相手でもあっただろう。彼女には、なんのメリットもないのだ。ということはつまり、と俺は思った。「本当に、純子はただ、俺のことが好きなだけなのだろうか」その思いは、とても幸せなものだったが、そして、彼女が見せてくれる心遣いは、疑いようがなかったが、しかし、俺はそれを心から信じられなかった。そうで信じられなかった、というのは、彼女のことを信じない、というのではなかった。

はなくて、……自分の幸せが現実のものと思えない、と言えばいいか。純子と街を歩く時、彼女はよく、俺の手を引っ張った。横断歩道で、車が突っ込んで来そうになった時、歩道のない道の右端を歩いていて、車とすれ違う時。「あ、気をつけて」と呟きながら、彼女はいかにも自然に俺の腕を取って、引っ張った。

まるで、自分の子供か、幼い弟を連れているような感じで。

俺は、その心遣いが嬉しかったが、一方で、一人前の男としてちょっと不甲斐ないか、と思う気持ちもあった。俺は、彼女に豪華なディナーを御馳走することができなかった。……少なくとも、出逢った頃は。旅行に連れて行ったり、アクセサリーをプレゼントすることもできなかった。それが残念だったが、純子は「そんなこと」と笑った。優しく。

俺は、本当に、心の底から純子のことが好きだった。そして、純子に愛されている、と思って幸せだった。だが、その幸せを、全面的に信じることができなかった。

そして、彼女は死んだ。俺には全く事情のわからない中で。俺は放り出されて、そして、なんとか生きて来た。途中、何人かの女を好きになって、結婚もして、子供もできた。別れたが。そしてつい先日、いきなり純子が生きていることを知った。会って、話をした。昔のように叱られた。そして、頼み事をされた。俺は、その頼み事を、果たすのだ。

ほかに、どうしようがある。

と、そこで我に返ったら、俺は〈山の中〉の前、〈晩警備〉の入り口の前に立っていた。扉の向こうから、話し声が漏れてくる。ワイワイと賑やかそうだ。やや躊躇したが、まぁ、中に入るしかないだろう。俺は、扉を押した。

＊

「お帰り」

山中が、いかにも年季が入った若者向け宿の宿主、という口調で朗らかに言った。俺は即座にうんざりした。

「夕食、できてますよ。特製の薬膳シチューです。おいしいですよ」

俺はいい加減に頷きながら、カウンターに数人並んでいる客の後ろを通って、自分の部屋に戻った。そこでコートを脱いで、ついでにスーッをさっき買ったばかりのジーンズとTシャツに着替え、スーツをハンガーにかけた。剝き出しの金やキャッシュ・カードなどをジーンズの尻ポケットに移して、それからちょっと考えた。純子から預かった封筒をどうしようか。中を見ようか、と思わないでもなかったが、やはり、純子の言いつけに従って、開封はしなかった。

で、とにかくどこかに隠さなければならない。だが、部屋の中には適当な場所が見当たらない。身に着けていた方が、安心できるだろう、やはり。とりあえず二つに畳んで、右の靴下の中に突っ込んだ。くるぶしのあたりに違和感がある。その感触を意識しつつ、バッグから出したスーパー・ニッカのボトルを手に持って、〈晩警備〉に戻った。

カウンターの客は六人。四人の中年の男たちが並び、ストゥールをふたつ置いて、さっきこの前でクネクネしていた女子高生がふたり、クラゲのようなだらしない感じでもたれ合っている。みんな、俺の方を意識している。俺はみんなから離れたテーブルのところにひとりで座り、ピースに火を点けた。

山中がニコニコしながら料理を運んで来た。大きな皿にたっぷりのシチュー、サラダ、野菜の煮付け、キノコをどうにかしたもの、玄米の飯と冷や奴。混じり合ったスパイスの香りと、そして大豆の香りが強く漂った。

「おいしいですよ。特に、その豆腐は、そこんとこの豆腐屋の、手作りですから。味わって食べて下さい」

けっ！

と思いながら、「グラスをひとつ」と頼むと、素直に持って来た。でスーパー・ニッカをストレートでたっぷり呑んでから、試しにシチューを食べてみた。

驚いたことに、非常にうまかった。スパイスの香りが強いが、味わいは、さっぱりしている。しかし、喉を通る時に、思いがけないほどに深い味わいがある。思わず、前に立っている山中を見上げてしまった。にっこりと笑っている。

「うまい」

俺が言うと、得意そうに頷いた。で、お言葉に従って冷や奴も食べてみた。これもうまかった。大豆の香りと味がしっかりしている。舌で豆腐を押し潰すのが楽しい。

「ちょっと、違うでしょ？」

山中の、いかにも得意そうな、愚かな民に言い含めるような偉そうな口調が気に障るが、言っていることは正しい。とりあえず、俺は素直に頷いた。

「でも、あれだね。ウィスキーをストレートで飲むんじゃ、細かい味わいは、わからないね、きっと」

大きな御世話だ。

その時、カウンターにいた、白髪混じりの長髪をポニー・テイルにしている中年男が俺に体を向けて言った。

「どうだ、豆腐、うまいだろ。タケムラの」

「ああ。うまいね」

「札幌で、こういう豆腐、食べれっか？」

それは、食べられる。もちろん、スーパーやコンビニにはないが、札幌にだって、昔ながらの商店街はいくつかあり、そこでは昔ながらの手作り豆腐が食べられる。……だが、そういうことを言って、張り合うのも大人げない。

「なかなか、お目にかかれないな」

ありふれた答えになった。

「だろう!?」

ポニー・テイルの男は嬉しそうだ。山中が紹介する口調で言う。

「あの人はね、イイモリさん。確か、出身は札幌……」

「豊平!」

「ああ、そう、そう。豊平」

豊平は、札幌の南東にある地名だ。札幌は嫌いだが、豊平は好きだ、ということなんだろうか。

「豊平から来た、オカリナ奏者なんだ」

「へぇ……」

俺がとりあえず感心した表情を作ると、イイモリはちょっとはにかんだ顔つきで、「なんも、俺なんか、雪かきオヤジだ!」と言って、体を元に戻した。カウンターの男たちがどっと笑い、「明日は忙しいぞ」というようなことを、口々に繰り返している。俺はそろそろわかってきた。この街では、みんな、同じことを何度も繰り返して言い合って、それで情報がやっと伝わるのだ。

「あ、そう言えば……」

山中が言って、カウンターの向こうに回り、手に紙を持って、すぐに戻って来た。

「桑畑さんが出かけてる間に、ファックスが届いたんだ」

桑畑? ああ、俺だ。宛名は桑畑四十郎様、差出人は奥寺雄一。レター・ヘッドは、……千代田区永田町、ウェインフィールド・ホテルズ・ジャパン・キャピタル。着信時刻は、16:12。俺が、さっき奥寺の家に行くよりも前に、ここに届いたことになる。

「なぜ、私の名前を知ってるんだろう」

「ああ、それはね、その前に、電話があったんだ。奥寺事務所の人だろうね。ディスプレイは、この町内だったけど。で、お客さんが来てるか、という話だったんで、いますよって答えたら、ファックスを送りたいから、名前を教えてくれって言われたもんだから。特に問題はないと思ったんだけど」

まぁ、それはいい。俺は、達者な筆の文字を読んだ。おそらくは筆ペンで書いたんだろう。こけ脅しだが、立派な筆跡であることは間違いなかった。俺は字が非常に下手だから、こういう堂々とした筆文字を見ると、それだけでちょっと喧嘩を売りたくなってくる。ケツの穴が小さい、ということは自覚してる。

「前略　家人より、御用件おありとのこと承りました。ここ暫く斗己誕にはおりませんので、上記ウェインフィールド・ホテルに御連絡頂きたく、お願い申し上げます」

それだけだ。部屋番号は書いてないが、電話して「奥寺氏を」というように頼めば、繋いでくれる、ということだろう。誰がそんな面倒なことをするか。俺は、あの封筒を直接奥寺に渡せば、それでいいんだ。それがどういう意味があるか、ということはどうでもいい。どうでもいいことはないが、純子がそれだけでいい、と言ったから、それでいいんだ。そして、言われたこと以外のことはする気はないが、言われたことだけは、きちんと行なう。純子の頼みだからだ。

……だが、わざわざ俺の居場所を探して、ファックスを送ってくる、というのがよくわからない。俺のことを無視するわけにはいかない、ということか。……これは、誰が書いたんだろう。奥寺本人か。それとも、秘書とか誰かに書かせたのかな。……ファックスで、つまり、誰に読まれるかわからない状態で連絡してくる、というのも不思議だ。なにか、いかにも中途半端、という感じがする。

どうしようかな、と考えた。もうススキノに帰った方がいいかもしれない。いつになるかわからない奥寺の帰りを待つのはやはり無駄だろう。いったん帰って、純子に会って、奥寺はしばらくは斗己誕にいないらしい、と知らせる。で、どうしようか、と指示を仰ぐ方がいいだろう。で、彼女が俺に、東京に行ってくれ、と言うのなら、俺は迷わずにそうする。

まぁ、ウェインフィールド・ホテルにまず電話してみる、という方法もないわけではない。用件を告げて、いつごろ斗己誕に戻るのだ、と尋ねるわけだ。だが、純子は不意打ち……というとちょっと違うかもしれないが、前もって電話もせずに、いきなり渡してくれ、と言っていた。その「いきなり」は、もうすでに大分壊れて無意味になっているかもしれないが、とりあえず、やはり彼女の言った通り、いきなり渡したい。純子には純子なりの目論見があるのだろう、きっと。それにまた、たとえ電話をかけてみても、斗己誕に戻るのはいつになるかわからないから、とりあえず郵送してくれ、というようなことにしかならないだろう。だとすると、やはり無駄だ。

よし。とにかく、明日、帰ろう。話が全然見えないし、なにをどうしていいかわからないんじゃ、なにをどうしようもない。そうだ。帰ろう。帰って、まず〈ケラー〉で呑んで、それから純子に会って、出直そう。

そう決めた時、カウンターの客のひとり、太った体に分厚いセーターを着て、髪の短い、うなじのあたりのシワに汗が溜まって光っている男が俺の方を見た。

「あんた」

「はぁ」

「札幌から来たんだってな」

「ええ」

「奥寺に会いに来たってか」

「はぁ」

「どういうつながり?」

「ある知り合いから、預かったものがあってね。奥寺さんに届けたいから、直接渡してくれ、と頼まれたわけだ」

男たちが、揃って肩を揺らした。せせら笑っている、という感じだ。

「なんなんだ、それ」

「さぁ。私も、中身は知らないんだ。封筒なんだけどね」

「はっ！　中身、知らないのか」

男たちはゲラゲラ笑った。口々に、「傑作だ」などと言う。別なヒゲ面の男が言う。

「おたく、何屋さん?」

「無職」

「リストラされたかい」

「まぁね」

「で、奥寺に拾ってもらおうってかい？」

「さぁ……別に、そんなことは考えてないが」

「誰に頼まれたのさ」

「古い知り合いでね」

「ヨシっちゅう字の付く男かい？」

「ヨシ？」

「いや、タモツ、それは違うべ」

分厚いセーターの男がそう言って、ヒゲ面の肩を叩いてゲラゲラと笑った。

「ヨシイケじゃないべ、今さら」

「どうだかな。わかんねぇぞ」

「二十年前の話だべや」

「二十年ちゅっても、あっと言う間ださ。恨んで恨んで、二十年だら、すぐだ」

男たちは、そのヨシイケについて、俺に語りたいような素振りを見せる。だから、俺はあえて無視した。無視すればするほど、こいつらは詳しく話してくれそうな感じだった。

「ああいう恨みは消えねぇべ、オヤジば殺されたんだから」

「殺されたんではないべや」

「殺されたも同じださ。だってお前、奥寺の、ありゃ一番大事にしてた松だんだべ?」

「ああ、あの後、奥寺、あの松ば切ったっちゅうもな」

「ホントの話か? いや、みんなそう言ってるけどよ」

「ウチのオヤジはそう言ってたど」

「それくらい、するべ。だってお前、なんもかんもパーだも」

「したけど、お前……」

そして、また同じようなことを何度も何度も繰り返している。同じことを喋り、深く頷く。そしてまた同じことを言う。全然飽きないで延々と続けて、それがどうやら楽しいらしい。

実に不思議だ。

不思議なもので、「不思議だ、不思議だ」と思いながらも、酒はどんどん俺の体に入って来て、俺の前にあった料理もあらかた消えた。カウンターの男たちが時折俺に話しかけるが、適当に相手をしながら、だんだんウィスキーの酔いが世界に行き渡っている感じを楽しんでいたら、その幸せを破って、女子高生の「キャハハ」笑いが響いた。ふたり揃って俺の方を見て、キャハハと笑っている。なんだバカども、と俺はわざとらしく無視した。

「あんた……」と痩せた癖毛の五十男が俺に言う。「桑畑さんっちゅったけ?」

「はぁ」

「ルミに助けられたんだってな」

「ルミ?」

「そうだ」

「知らないな」

「ほれ、そこで笑ってるネーチャンだ」

「キャハハ！」

娘ふたりがお互いに抱き合うような感じでもたれ合って、わざとらしく笑った。どっちがどっちかわからない。

「助けられたって？」

「あれだべ、あんた、ナシモトんとこの息子ばちょっかいだしてっとこ、声かけたんだべ？」

「ナシモト？」

いちいちわからないんだよ！　もっとわかるように話せないのか⁉

「ほれ、あの……ミッ……唇んとこ、手術の跡さある子供だ」

「ああ、ええ」

「アマコんとこの息子が、いじめんでないか、と思ったんだべ？」

俺は立ち上がって、「アマコってのは、なんなんだぁ〜っ！」と怒鳴りながら、この癖毛の男の頭を振り回そうかと思った。だが、際どいところで思い止まった。

「アマコってのは……」

「そうだ。あのタバコば喫ってた高校生だ」

「見てたの？」

「いや」

「ルミから聞いたんだわ」

横から、ポニー・テイルが口をはさむ。

「キャハハハ！」

ふたりの娘が一斉に笑った。まだ、どっちがルミなのかはわからない。

「助けてくれたって、どういうこと？」

俺はふたりの娘にひとまとめに尋ねた。結果は予想通りだった。ただ、笑っている。

「キャハハハッ！」

俺は、いい加減、どうにかなりそうだった。

「あのな」

ヒゲ面が重々しい口調で語り出した。

「今日、アレだと。コシバに、アマコの息子が叱られたんだと」

コシバってなんだ。

「したから、アマコのガキは機嫌悪くしたから、またケンジばいじめんでないか、と思ったんだと」

誰が。

「したから、なんとかしないばないっちゅことになって、センターに行ってたんだと」

交通センターの外にいた五人ほどの子供たちを思い出した。そういうわけであそこにいたのか。

「したら、やっぱりアマコはケンジばいじめそうになってよ。どうするべ、と思ってるとこに、おたくさん……桑畑さんが来て、やめさせようとしたんだべ？」

俺は無言で頷いた。

「したけど、お互いに引っ込み付かなくなったんだべさ。そうだべ」

まぁな、と俺は頷いた。

「したから、ルミが、コバヤシの携帯に、メール打ったんだとよ」

「なるほど」

俺はふたりの娘の方を見て、まとめて尋ねた。

「どんなメール？」

「キャハハハハッ！」

俺は、忍耐強く待った。一通り笑い終えてから、右側の、顔が真っ黒な娘が言った。

「今朝札幌から来たヤクザだよ！」

「キャ、キャ、キャハハハハ！」

「キャハハハハハハ！」

ふたりの娘は天井に向けて大口を開けて、笑い続ける。こんなに楽しく生きていられたら、どんなに幸せだろう。……幸せじゃないから、こうやって無理して笑っているのかもしれないが。

「なるほど。助かった。ありがとう」

「キャ、キャ、キャハハハハ!」

「いや、でも、あれだ」

ポニー・テイルが言う。

「そのあれだ、桑畑さんがいてくれて、まぁ、助かったは助かったんだ、実際の話。したってあんた、アマコやコバヤシがケンジば小突き回してもよ、こいつらにはどーしょーもねーからな。結局、怪我にハナクソ擦り込んでやるくらいのもんだから。それしかできねぇもんな」

「キャハハハハハ! ハナクソ!」

「ハナクソ! キャハハハハハ!」

誰かなんとかしてくれ。

「まぁ、あれだな」

痩せた癖毛が言った。

「子供らっちゅのは、大人がくちばし突っ込むと、余計に話がこじれるもんだからな。したから、まぁ、あまり口出さねぇように、自然となるんだけど、まぁ、今回は、いかった。あんた……桑畑さんが、まぁ、よそから来た人だから。その点、まぁ、いかったさ。なぁ」

男たちが頷き、ふたりの娘は天井に向かって「プッ」と吹き出し、そしてキャハハハと笑った。

「ええと、それじゃ……」

カウンターの向こうでおとなしくしていた山中が、すっと出て来た。

「布団、敷いてきます。それから、温泉に行きましょう」

俺は頷いた。と同時に、四人の男たちが立ち上がって、壁際のソファのところに行き、そこに置いてあった荷物を手に取る。どうやら、風呂道具であるようだった。なるほど。温泉仲間か。そして、ふたりのキャハハ娘が、クスクス笑いながらカウンターの向こうに回った。食器を洗い始める。娘の一人が、俺のテーブルにやって来た。食器を片付けて、流しに持って行く。

「君が、ルミさんかい？」

俺が正しい日本語で尋ねると、予想通り、相手の娘は「キャハハハ」と笑って、答えなかった。

別にもう、驚かないさ。

15

かび臭いニオイに、人間の汗と、そして幽かな魚のニオイが混じっている。だが、慣れてしまえばそれほど不快ではない。山中が運転し、俺は助手席、そして後ろに四人の男たちが乗っている。相当古いヴァンで、サスペンションがどうにかなっているらしく、ほとんどずっと、足許からギシギシときしんだ音が伝わって来る。俺の膝の上には、山中がこれを使ってくれ、と貸してくれたプラスチックのボウルが置いてある。それに、タオルや石鹸の類を入れてある。

……どうも、なんだかひなびた感じだ。

だがとにかく、連中の話に耳を傾けているうちに、だいたい、状況はわかった。毎晩温泉に行く仲間が数人いること。その間、あのルミという娘（どっちがそうなのかは、まだわからないが）やその友だちたちが店番をしていること。そうはっきりとは決まっているわけではないようだが、毎晩そんな感じになるらしい。どんなに遅くなっても、九時までには店に戻り、娘たちを返す。山中は、娘の親たちとも顔見知りで、「うちの不良娘をよろしく頼む」てなことを言われているらしい。

で、コシバというのは高校の技術家庭科の木工担当の教員で、非常に粗暴な男なんだそうだ。その粗暴さを見込まれて、斗己誕高校に赴任してきたらしい。公立高校の、多くは荒れた僻地の学校を専門に渡り歩いて来た男で、学校の粛正を得意としているのだそうだ。少なくとも、斗己誕の大人たちはそう噂していて、そして毛嫌いしているらしい。「ウチの高校のバカどもも困ったもんだけど、あのコシバも最悪だ」とポニー・テイルが何度も言った。「殴って済むもんだら、世の中に不良はひとりもいなくなるべさ。簡単なもんだ。尊敬されねば、だめだんだ、ホントの話が」というのが、彼の信念のようだった。

あと、アマコとコバヤシというのは、斗己誕高校のクズ代表で、ケンジ君はナシモトという家の息子。このナシモトという家については、このお喋り四人衆も、ちょっと言葉を濁して、あまり詳しくは話さなかった。どうもナシモト一家も、なぜか町の中では毛嫌いされている……あるいは、軽く扱われているらしい。全員が、全員を知っている同士で、そして全員が、全員に関して、好き嫌いの感情で結びついている。そんな感じだ。知っている人間ばかりの町で暮らすというのは、一体どんな感じなんだろう。俺にはとても想像ができない。

とにかく、連中の回りくどい、繰り返しの多い会話に耳を傾けているうちに、そんなようなことがわかってきた。だからと言って、この状況や斗己誕に親しみが増したわけじゃない。俺はただぼんやりとして、深川行きのバスは何時頃発車するのかな、というようなことを思っていた。通勤・通学のバスに乗るのはいやだが、できるだけ早く出発したいもんだ。十時台に出る便があるといいんだがな。

「山中さん」

「え？」

「一番早い深川行きのバスは、何時だろう？」

「え？　帰るの？」

「いや、どうしようかな、と思ってるんだけど」

「おたくさん、あれだろ？　奥寺に渡し物あるんだべさ」

後ろで誰かが言う。おそらく、ヒゲ面だろう。わざわざそっちを見ることはせずに、ただ心の中で（何度も言っただろ）と呟いてから、一応答えた。俺は本当に礼儀正しい。

「ええ。でも、斗己誕には暫くいないようだし」

「そうか。帰るかい」

そう言って、みんなはちょっと笑ったらしい。なんだ？

「いったんね。奥寺がいないんじゃ、いても無駄だし」

「それはそうだけどなぁ……」

ヒゲ面の声は、なにか奥歯に物が挟まった感じだ。

横目で山中を見ると、特に表情のない顔で、真っ直ぐ前を向いてハンドルを操っている。

「無理でないかな」

「は？」

「いや、きっと、無理だわ」

どういうことだ？

「なぜ？」

「明日、俺はきっと忙しくなるんだも」

「おめぇ、明日は大変だぞ」

「そうだ。明日は、イイモリは大忙しだ」

「体、きつくてよ。この頃は」

「したけど、お前、あれだ。体がきついのと、体がきつくないのとじゃ、体がきつい方がなんぼいいかわからんべや」

「そりゃそうだけどな！」

そして四人は大声で笑い出した。

「なぁ、あんた、そうだべ、桑畑さんも、そう思うべ？」

言っていることがわからない。警戒すべき状況なんだろうか。俺はとりあえず「さぁ……」と中途半端に声を出した。四人の男たちは、いかにも面白そうにゲラゲラと笑いだした。山中を見ると、真っ直ぐ前を見たまま、チラリと俺に視線を投げ、ほんのちょっと目尻にシワを作り、軽い苦笑を見せる。

俺の背中に、じんわりと汗が薄く浮かんだようだった。

＊

温泉は〈町営保養施設　湯ったりパレス〉という名前だった。溜息をつく元気も出ない。大きな建物で、水銀灯があちこちから光を投げていて、とても明るい。駐車場は広く、そして車の数はほんの少しだった。十台もないだろう。みな、よく手入れされて、水銀灯の光を受けて輝いている。セダンも二、三台あるが、たいがいはごつい RV 車だ。
車から降りて入り口に向かう途中、突然風が吹き付けた。雪は降っていないようだが、周囲に積もって世界を覆っていた雪が舞い上がって、洪水のように空間を満たす。地吹雪だ。

俺だって、北海道生まれだから地吹雪のひとつやふたつには驚かないが、この突然の変化には、やや戸惑った。

「来たな」

痩せた癖毛が言った。

「明日は荒れるど」

ヒゲ面がそう言って、「な、明日は忙しいど」とポニー・テイルに言う。

「なんもだ。明日はまだ、動けんべさ」

そういう会話の中で、山中が俺に言った。

「今晩から、暫く荒れるんだとさ。天気予報で言ってたんだ。日本海側に、台風並の勢力の低気圧があるんだって」

「なるほど」

「だからきっと、明日はバスも不通になるだろうな」

「ほう」

「で、イイモリさんは、雪かきの仕事が大繁盛、というわけさ」

「バスが動かなくなると、この町はどうなるの？」

「まぁ、静かに眠るわけさ。よほどのことがある人間は、自家用車とかタクシーでなんとかするけどね。でも、まぁ、たいていは……」

「じゃ、私も、もしかすると動けなくなる可能性があるのかな」

「可能性じゃないね。もう、そう決まったようなもんだよ」

なるほど。俺は静かに頷いた。

車から出ると、一瞬、吹き付ける風のせいで息ができなくなった。この温泉は、渓谷の川沿い、谷底にあるようだった。周囲の黒い山から、風の唸る音が、世界を揺るがした。俺は夜空を見上げた。真っ暗だ。凍った風が、俺をぐいぐいと押す。この頃、俺はとことんツイてない。

*

〈湯ったりパレス〉は、外観は大きくて真新しいが、中はそれ以上に広々として、ピカピカだった。半地下、一階、中二階、二階、吹き抜け、段差のある広間など、空間構成に凝りに凝った、ということが力強く伝わって来る。だがもちろん、バリアフリーにも熱心で、これだけ段差がある空間なのに、車椅子でどこにでも行けるように造られていた。風呂の種類も多いらしい。物産センターの品揃えも豊富で、利尻昆布もあるし、根室特産のカニ味噌から、函館の名物塩ラーメンセットまで、全道の名産品が並んでいる。カフェテラスも洒落ているし、ビヤ・スタンドも、まるでミュンヘンの街角に来たような雰囲気だ。ミュンヘンには行ったことがないが。洒落た制服を着たスタッフたちがあちこちにいて、お互い同士立ち話をしている。客がほとんどいないからだ。

俺はフロントで、現金とキャッシュ・カードを預けた。四人が、俺の手許を気にしているように感じたのは、妄想だろうか。俺は、封筒をどうしようか、あれこれと考えた。

で結局、豪華で白木と入浴剤の香りが漂う脱衣場で裸になり、腰にタオルを巻いてソファに座った。ピースを取り出して、火を点けた。

「じゃ、お先に」

山中が言い、先に浴場に行く。俺は〈湯ったりパレス〉に来ることができた幸せを噛みしめている表情を作り、とても満足しているのだ、と自分に言い聞かせながら、ゆったりゆったりピースを喫った。そのうちに、ポニー・テイルやヒゲ面など、四人とも浴場に行った。脱衣場には誰もいなくなった。俺はおもむろに立ち上がり、自分の衣類を入れたカゴから靴下を取り出し、中に畳んで入れてあった封筒を取り出した。そして、デジタル体重計の下、床との隙間に押し込んだ。

＊

〈湯ったりパレス〉には、露天風呂のほかに浴槽が五つあった。それと、高温サウナと低温ミストサウナ。そのほかに打たせ湯がある。客は、俺たち五人のほかに、小さな子供をふたり連れた中年の男がひとり、老人が五人。ここでも、俺以外は、みな顔見知りだった。

「あの、あれだ」

ヒゲ面が、子供を連れた中年男に言う。

「この前、八線のナカガワ、ペンケのイトウんとこにいたな」

「ナカガワ？」

「ああ。八線の」

「八線のナカガワ？」

「ああ」

「なしたって？」

「ペンケのよ」

「ペンケ？」

「そうだ」

「ペンケがどうした？」

「ペンケにいるべ、イトウ」

「イトウ？　あの、ペンケのか？」

「そうだ」

「ペンケのイトウが？」

「おう」

「イトウが、なした？」

「イトウんとこによ」

「ペンケの？」

「おう」

「ペンケのイトウが、なした？」

「いるべ、八線のナカガワ」

「あ⁉　ナカガワ？」

「おう」

「あの、八線のか」

「おう」

「八線のナカガワが、なした？」

「いるべ、ペンケのイトウ」

「イトウ？　ペンケのか？」

いつまでたっても終わらない。

俺はひとりぼっちで、いろんな風呂に入ってみた。黙って風呂に入っているのは、幸せだ。変な連中と、変な話をせずに済む。だが、漏れ聞こえてくる繰り返しの多い意味のわからない会話がうるさいので、露天風呂に出てみた。吹雪が相当厳しくなっていた。だが、吹雪の中で露天風呂に入るのは、楽しくないことはない。首から上に、ものすごい勢いで雪が吹き付けるが、首から下は温かい。不思議な幸せだ。だが、壁をひとつ隔てた女湯の方から、オバチャンたちらしい声の会話が聞こえてくる。

「したから、私言ってやったんだわ」

「あ⁉」

「私、言ってやったの」

「なんて？」

「誰のおかげでまんま食えてるんだ、この穀潰しっちゅって」

「あ⁉」

「だから……」

「ほれ、マキさんとこ、コンピュータさ、いじってっから」

「コンピュータ？」

「えらい金かかる趣味だわ」

「趣味？」

「あんた、ソフトとやら、レコード一枚買うのにも能書き垂れてさ、あのバカ」

「バカかい」

「なに楽しいんだか、デジタルばっかし」

「あらぁ……デジタルかい」

「やっぱ、そうみたいだよ」

「デジタルじゃねぇ……」

「ギャハハハハ！」

ススキノでは今ごろみんな、楽しく酒を呑んでるんだろうな。とにかく早く帰りたい。そうだ、宿に戻ったら、誰かに電話しよう。

＊

ひととおり風呂を試してから、体全体に染みついたような塩素をシャワーで洗い流した。それなりに目立たないように時間を見計らっていたので、〈山の中〉ツアーのメンバーの中では一番早く出ることになったが、それほど目立たないし、不自然でもない。癖毛が「お、桑畑さん、早いね」と声をかけたが、「のぼせそうでね」と答えると、納得したように頷いた。俺は脱衣場に出た。誰もいない。腰にタオルを巻いてから、デジタル体重計の下を探った。そこには、封筒はなかった。

なるほど。

俺は、とりあえず腰を伸ばした。それから念のため、床に這いつくばって、体重計の下を覗き込んだ。何もない。

立ち上がって、あたりを見回した。天井の隅に、カメラがあった。さっきは気付かなかった。いや、そんなことの可能性を考えもしなかった。

迂闊だった。

ススキノに帰るわけにはいかなくなった。

俺は、あれこれ考えながら、ゆっくりゆっくり服を着た。

16

ツアーのメンバーと、ビヤ・スタンドで地ビールを呑んだ。なかなかの味だった。ドンケルとヴァイセンを試してみたが、特にヴァイセンの香りが素敵だった。

どうでもいい。

封筒を持ち去った人間は、少なくとも、このツアーのメンバーではない。俺が最後に浴場に行き、最初に出て来たからだ。露天風呂にいた間は、彼らがどうしていたか、はっきりとは確認できなかったが、それほど長い時間ではなかった。それに、体重計の周囲には、水滴はなかったし、ついさっき拭き取った、というような跡もなかった。風呂に入っていた人間が、俺が露天風呂にいたほんの短い間に、脱衣場に出て、体重計の周囲に水滴などを全く残さずに封筒を手にするのは難しいだろう。持ち去ったのは、もともと体が濡れていなかった、おそらくは服を着ている人間に違いない。

俺はつくづく後悔した。中身を見ておけばよかった。手紙かなにかだったら、コピーを取っておけばよかった。そのことを考えないではなかったが、純子の言う通りにしよう、と決めていたから……

成り行きを純子に報告することを考えると、気が重かった。彼女の頼みと期待に応えることができない、というのは、とても情けないことだった。

俺は、首を回してロビーを見渡した。客がほんの少し、そしてあちこちに制服を着た従業員。あの連中の誰かが、今、俺のあの封筒を持っているのだろうか。それとも、従業員控え室ロッカーの中にしまったか。あるいは、すでに車で奥寺の家に運ばれているところだろうか。

俺は立ち上がった。

「しょんべんか？」

ヒゲ面が言う。俺は軽く頷いて、あたりを見回した。

「そこの、螺旋階段の脇ば左に行くんだ」

ヒゲ面が親切に教えてくれる。俺は礼を言って、そっちの方にとりあえず向かった。そして、そのまま、適当にぶらついた。ロビーの壁に、この建物の平面図が掲げてあった。だが、トイレや浴場などの客用の施設と、非常口や消火器の場所が示してあるだけだ。行き当たりばったりで探しても、見付かるわけはない。だが、僥倖、というような言葉が頭の中に浮かぶ。万が一の幸運。従業員控え室の扉を開けたら、信じられないことに、テーブルの上にあの封筒がある。そんな光景。あるいは、ロッカーを適当に開けたら、そこにあの封筒が突っ込んであったり、というような。可能性は、皆無ではない。

いや、そんなこと、あり得ない。そう思う。だが、フロントに、「体重計の下に封筒を隠しておいたんだけど、誰かが持って行ったらしい」と申告しても、取り合ってもらえないに決まっている。おそらく、封筒を持ち去ったやつは、組織ぐるみの確信犯のような感じだろう。この〈湯ったりパレス〉全体が、しらばっくれるに決まっている。となると、……もう車で運び去られているなら仕方がないが、この建物中にまだあるのなら、最大限の努力をしたい。

そこで思い付いて、大きなガラスの壁から駐車場を見てみた。外は荒れ狂う猛吹雪で、ほとんど視界が利かない。だが、駐車していた車が全部、雪に埋もれているのはわかった。いきなり物凄い量の雪が降って来たらしい。雪をかき分けて出て行った車の跡は、少なくとも見えなかった。

これに、なにかの意味があるとは思わない。従業員用の駐車場が別なところにあるかもしれないし、ほかにもいろいろなことが考えられる。だが、希望はほんの少しにせよ、濃くなる。

どうしようか。

あまり長く探す時間はない。やはり、諦めるしかないか。それしかない、と頭ではわかる。だが、せめてほんの少しくらいは。

俺は、さっきから制服を着たスタッフたちが出入りしているドアに向かった。物陰になっていて、目立たないドアだ。〈PRIVATE〉と札がかかっている。俺はあたりをちょっと見回した。誰も見ていないようだ。そのまま一気に近付いて、ドアを押した。

中には、誰もいなかった。長いテーブルが二つ、くっつけて並べてある。その上に、スーパーのポリ袋やお菓子などが並び、個人の私物が並んでいる。壁際のテーブルの上に十四インチのテレビが置いてある。そのわきに「テレビは最後の人が消しましょう」と書いた汚れた紙が貼ってある。その横にポットや茶碗、各種のティー・バッグを載せたトレイ。もちろん、「汚れた茶わんは自分で！」と書いた紙がそのわきに貼ってある。そして流しには汚れた食器。

見渡した限りでは俺の封筒はない。ひとつひとつの袋や棚を調べたいが、心が逸っていた。奥にもうひとつ、ドアがある。俺は足早に部屋を横切って、そのドアを押した。

下着姿のオバチャンが俯いて、たるんだ腹の皮を引っ張って、ゴムの跡の薄赤い筋をしげしげと眺めていた。驚いてこっちを見る。いきなり、ばかでかい声で叫んだ。と同時に、俺の後ろでドアが開いた。オバチャンがふたり立っている。ふたり同時に叫び出した。

17

迷ったのだ、と俺は何度も言ったが、それは通用しなかった。控え室のドアを開けただけじゃなく、その奥の、更衣室のドアまで開けたからだ。ポマードできちんと髪を撫でつけた支配人が、慇懃無礼な沈黙で私を見つめている。そのわきで、警備員の制服を着た訛り丸出しの老人が、唾を飛ばす勢いで、金を盗むつもりだったのか、と詰る。それはありえない、第一、と俺はフロントに預けておいた金を見せた。金ならこんなに持っている。だが、なぜこんなに金を持っているのだ、と尋ねられた。数十万の金は、やはり不自然だろうな、と俺も思った。仕事は何をしてるんだ、と聞く。無職だ、というと、もう、決定的に俺の立場は悪くなった。で、結局、警察がやって来た。

警官は、とても貧相な初老の男だった。背が低い。制帽をかぶった頭は、俺の肩よりも下にあった。ヒゲの剃り跡が疎らに残っていて、見苦しい。非常に痩せていて、腰が定まらないような歩き方をする。少し左足を引きずっているようだった。

警官が登場すると、支配人が前に出て来た。きっと、なにかの間違いなんじゃないか、と思うんだが、とりあえず、お話を伺ってみて下さい。私たちは決して、そんな、この方が盗みを働こうとした、とは考えておりませんが、なにしろ女性スタッフが驚いてちょっと騒いだものですから、いちおうケジメとして……。

警備員はむすっとした顔つきで、俺を睨んでいる。貧相な警官は、「ああ、ああ」と頼りなく頷いて、俺に向かって「したらあの、ちょっと、こっちさ来て下さい」と言った。仕方がない。俺は荷物をまとめて抱え、警官のあとに従った。さり気なくあたりを見回したが、山中や俺の〈ツアー〉の仲間の姿はなかった。俺を見捨ててフケたらしい。たくさんのスタッフと、そして数少ない客たちが、俺をじっと眺めていた。

靴をはいて、警官の後に続く。自動ドアの分厚い大きなガラス戸が開いた。激しい勢いの吹雪が吹き込んでくる。顔に雪が叩き付けるので、目を開けるのにも苦労した。

「いやぁ、とうとう始まったなぁ」

警官が呟き、「したらあの、こっちさ来て下さい」と俺をパトカーの方に導く。どうやら、ここに来ているのは、彼ひとりらしい。

おかしくないか？

そう言えば、この警官は、ピストルを持っていない。そして、パトカーには、〈北海道警察〉ではなく、〈交通安全指導車〉と書いてある。パトカーと同じく黒と白の塗装で、赤いパトランプも屋根の上に乗っているが、これはパトカーではない。俺は立ち止まった。

「ほれ、早く乗って下さい。風邪引きますよ」

「あなた、警官ですか？」

「あたし？　あたしは……」

「名刺をもらえるか？」

「いや、名刺はいくらでもあげっけど……とにかく、早く乗んなさいや」

「名刺が先だ」

警官は、さっと俺の後ろに視線を投げた。振り向くと、〈湯ったりパレス〉の玄関先に、スタッフや客たちがズラリと立っている。俺たちふたりを気にしている。

「とにかく、早く乗んなさいや。悪いこと、言わないから」

走り出して、逃げるか。この警官を倒して逃げるか。しかし、逃げる、というのは、どこへだ。猛吹雪の山奥で。また、背中一面に汗が浮く。

警官が、俺の目を見て、耳に口を寄せて言った。

「心配しなくていい。俺に任せなさい」

俺は、自分のことを誰かに任せるのが本当に嫌いだ。

どうしようか。

……とりあえず、ようすを見よう。……まぁ、それしかできないよな、現実には。

俺は、助手席のドアを開けて中に入った。警官もどきは、後ろに座れ、というようなことを言わずに、そのままあっさりと自分も乗り込み、ぎこちなくパトカーもどきを発進させた。駐車場をぐるりと回って、道に出る。その途中、〈湯ったりパレス〉の玄関が見えた。暇な田舎もんが群がって、俺たちをじっと見送っていた。

＊

道路に出てしばらく走ってから、警官もどきが呟くように言った。

「あのね……」

「は？」

「名刺は、ないんだわ」

「はぁ」

「したけどね、身分証明書っちゅうかね、資格証だら、あるんだわ」

そう言って、右手でハンドルを操りながら、左手で胸ポケットから運転免許証のようなものを取り出し、寄越す。受け取って眺めた。交通安全指導員の資格証明書だ。氏名は梨元壽朗。十年くらい前に講習を受けて、斗己誕警察署に資格を認定されている。

だからなんだ。

「それで？　どこに連れて行く気だ？」

「おたくさんの話さ聞きたいっちゅ人がいるんだわ」

「それで？」

「したから、ちょっと、そんなに手間はとらせないから、付き合ってもらいたいんだわ」

「面倒臭い」

「ちょっと、我慢してもらわないばないな」

「面倒臭い」

「いや、そんな遠くでないんだ。一時間もかかんないんだわ。四十号の近くで、そんな遠くでないから」

俺は黙って返事をしなかった。警官もどき……交通安全指導員の梨元も、口を閉じた。そのまま、灰色の世界を、車は延々と走り続ける。両側は真っ黒な闇で、ガラスのすぐ向こう側に細かな雪が舞っている。車体の周りには渦ができるので、その中を雪が回るのだ。正面、フロントグラスの向こうは、ヘッドライトに照らされた灰色の闇だ。雪はどんどんグラスにこびりつき、ワイパーもあまり役に立っていない。

「あのう……」

おずおずと、梨元が沈黙の中にくちばしを突っ込んだ。

「え？」

「あのう……おたくさん、……逃げっかい？」

「え？」

「いや、ホントの話、逃げた方がいいわ」

「なぜ？」

「逃げた方がいいんだ」

「でも、あんたはどうなる？」

「大丈夫だ。オレ、もうちょっと行ったところで、吹き溜まりさ突っ込むから。で、あんた、オレの頭ば一発殴って、逃げれ。後はどうにでもなる。逃げた方がいいど。して、もう、二度と斗己誕さ来るな」

「しかし……」

「オレはあんた、殴られて、逃げられたっちゅえば、それで大丈夫だんだから」

「ここで逃げても、どこに行けばいいかわからないよ。この吹雪だし」

「したから。その吹き溜まりさ突っ込んでから、あとは真っ直ぐ行け。したら、道が二股になっから。普通に歩いても、一時間もかかんねぇ。その二股を右に行って、ずっと行ったら、バス停があるから。そこで朝ば待てばいい。……そこで待たないでも、ずっと歩き続ければ、二時間くらいで国道に出っから。したら、どうにかなるべさ」

「……」

「あんた、札幌の人でも、吹雪の中、歩けるべ」

「そりゃまぁ、もちろん」

「したら、逃げれ」

逃げる方が危ないかもしれない。この男がなにを考えているのか、判断が付かない。それに、状況が理解できずに逃げ出すのは、どうにも面白くない。

「まぁ、とりあえず、行こうとしているところに連れて行ってくれ」

「したけど……」

「逃げるのは、いつでもできるだろう」

「いや、あんた。今しかねぇぞ」

「……」

「オレのことだら、気にすんな。言い訳はいくらでもできっから」

「……いや、とりあえず、このまま行こう」

「……悪いこと言わねぇから……」

「なんで急に態度が変わった？」

「あ？」

「さっきまでは、連れて行く、と言ってたじゃないか」

「ああ……最初っから、気は進まなかったんだ」

「ほう……」

「あんた、夕方、オレの息子ば気にかけてくれたってな」

「え？」

「いじめられそうになってたんだべ？」

あ、そうか、と思った。あのケンジ君の父親らしい。そう言えば、さっきヴァンの中でナシモトという名字を聞いた。どうやら、彼らにとても軽んじられている一家らしかった。

「あの子か」

「そうだ。可哀想な子でな。あんな口して」

「あの程度なら、いくらでも目立たなくできるはずだよ。ちゃんとした病院に……札幌じゃなくてもいい、名寄とか、旭川とか、連れて行ったのか？」

梨元は答えなかった。そのまま黙って車を走らせる。

二十分ほどして、呟いた。

「ほれ、見えるべ。あの吹き溜まりだ。よく車が突っ込むんだ」

緩い右カーブの左側に、雪がこんもり盛り上がっているようだ。ライトの灰色の闇の中でほとんど気付かない。言われなければ見落としていた。

「まぁ、いいよ。このまま行ってくれ」

「いいんだな」

梨元はちょっと溜息をもらし、そのまま走り続けた。

＊

　道の脇、森がちょっと開けたところに、明るい一画が見えて来た。激しい吹雪の夜の中の、照明のある場所というのは、実はとてもきれいだ。闇の中に浮かび上がった、砂糖を振りかけたミニチュアのように見える。

「あそこだ」

　梨元が呟いた。きれいだ、という気分がしぼんだ。近付くにつれて、非常にいやな予感が、みぞおちのあたりでうごめいた。

　味もそっけもない、プレハブの倉庫のようなものが並んでいる。雑な仕上がりの看板がそれぞれにくっついている。視界を覆う吹雪のせいで、ライトに照らされていても読みづらい。だが、近付くにつれて、〈ポーカーハウス〉〈海の館　熱帯魚販売！　TOROPIKAL FIHS MAAKETTO〉〈レンタルビデオ各種〉という文字が見えて来た。〈ポーカーハウス〉の近くに、大きなセダンが四台並んで、雪に埋もれていた。プレハブ群の後ろにある大きな雪山は、おそらくはなにかの廃材などが積んであるのではないだろうか。その周りに、ブルドーザなどの重機らしいものもあるようだ。

　さっき、逃げればよかったかな。

　そんな考えが頭に浮かんだが、もちろん、本気じゃない。……本気じゃないはずだ。

「なんなんだ、あそこは」

「モリっちゅってな……」

　それしか言わない。しばらく黙って言葉の続きを待ったが、梨元は唇をきつく引き締めて、真正面を見つめている。俺と梨元は、黙ったまま、闇の中の明るい一画にどんどん近付いて行く。

18

梨元の運転は、それなりに的確だった。駐車場の雪を乗り越えて、慎重にプレハブの建物に近付ける。積もったばかりの雪なので、スタックする心配はないが、おそらく地面は圧雪だろうから、場合によってはタイヤが空回りして動けなくなることもある。だが、梨元は頼りない外見のわりには、運転は達者らしかった。凸凹のあるらしい雪の底をうまく捉えて騙し騙し進み、建物に寄せてジワリと停めた。

「したら、行くか」

そう言って、ひょい、と降りる。俺もドアを押し開けた。いきなり、突風と雪が吹き込む。雪はすでにタイヤの中ほどの高さまで積もっていて、「車から降りる」ということと、「雪の中に足を埋めて立つ」ということが、全く同じことになっていた。風が俺を押し倒そうとする。雪に埋まった足が、歩きづらい。顔に雪が叩き付ける。目を開けて、前に進むのが一苦労だ。梨元が俺の先に立って、雪をかき分けるように歩いて行く。その後に続いた。左端のプレハブ二階建ての倉庫に向かう。壁に、下手くそなペンキの文字で、〈ポーカーハウス〉と書いてある。それが、近くのライトの光を受けて、吹雪の中でぼんやりオレンジ色ににじんでいた。

一階の壁には、ガラス窓が並んでいるが、全部カーテンが下がっているのがわかった。光は漏れてくるが、中のようすは見えない。近付くと、誰かが立っているらしい。カーテンに人影が浮かんでいる。梨元が入り口の前に立つと、中の男がドアを開けた。梨元は急いで中に入る。俺も、とりあえずそれに続いた。走って逃げ出そうとは思わなかった。車からここに辿り着くまでの十秒ほどで、この吹雪の中、山に逃げ込むのは不可能だ、ということがよくわかった。さっき、梨元の言う通りにしていたら、もしかすると今ごろはどこかで行き倒れていたかもしれない。とすると、やはりあの提案は罠だったか。

「おい、さっさと入ってくれや。雪が吹き込むべや」

ドアの所に立っていた二十代半ばくらいの若僧が、一人前の口を利く。俺はとりあえずそいつの目を睨んで、生意気なことを言うもんじゃない、ということを、言葉を使わずに教えてやった。そいつは、あまりはっきりとは理解しなかったかもしれないが、それでも、生意気なことを言わない方がいい相手、いい場合ってのがあるのかもしれないな、ということが頭に浮かんだような表情になった。一点先取だ。俺は、足をドンドンと踏み鳴らし、体中に積もった雪を振り落とした。頭を振り、そしてコートを脱ぐ。部屋はよく暖まっていて蒸し暑いほどだ。顔がすぐに火照ってくる。足が濡れていて、気持ちが悪い。

風が吹き付け、建物全体が揺れた。ゴウゴウという風に、ガタガタと応えている。今にも壊れるのではないか、と思われるほどだ。その物凄い音の中で、気付いてみるとUAの『青空』が聞こえて来た。不思議な趣味だ。だが、悪くない。……まぁ、有線を流しているんだろう。

ポーカーハウスの中は寂しい。八台ずつ、五列並んだポーカーゲームの機械が並んでいる。そして、入り口にいた、この二十代半ばの若僧のほかには、もっと若い、高校生くらいの子供がふたりいるだけだ。この三人とも、客には見えなかった。特に用事があるわけではなくて、適当に座って暇潰しをしているらしい。ほかに行くところもないので、ただここにいる、という感じだ。どの街にも、こういうのはいるものだ。

「上に、専務がいますから。ちょっと、上がってってくれますか」

若僧が、さっきと比べて、やや丁寧な口調で言う。しかたがない。俺は頷いた。梨元が、自動販売機の隣にあったポットから、茶碗にお茶を注いだ。それを両手で支えて、近くにあった椅子に座る。茶碗をふうふう吹いて、いかにも「はぁ、やれやれ」という感じですすりはじめた。嬉しそうだ。

「ごくろうさん！」

若僧がそう声をかけた。もう帰れ、ということらしい。だが梨元は、ヘニャヘニャしただらしない笑顔を浮かべて、小さく頷き、そして椅子にすっかり落ち着いて、満足そうに茶をすする。

「したら、ちょっと上に……」

「タオル、あるか？」

「は？」

「顔を拭きたい。タオルかなにか、あるか？」

「あ、はい。すんません」

若僧が言うと、向こうの方の子供のひとりが、慌てて立ち上がり、両替コーナーらしいところから、濡れた布巾を持って来た。

「どうぞ」

と言うので受け取り、そのガキの頭を左腕で押さえて、汚らしいその布巾で、顔を拭ってやった。一瞬驚いて「ん」と声を漏らしたが、あとはされるがままになっている。素直な、可愛らしい、田舎のガキだ。自分が行なったこと、それについての相手の感情、その原因などを理解するだけの頭がある。手を離し、布巾を顔に叩き付けてやった。ガキは顔から落ちる布巾を両手で受け取り、俯いて小走りに両替コーナーに戻った。で、ティッシュ・ペイパーの箱を持ってやって来る。箱を持たせたままティッシュを数枚出して、顔を拭った。それを丸めてガキの袖口に押し込み、「怪我しないで済んでよかったな」と言うと、薄く笑って会釈した。そして「恐縮です」と言う。俺は思わず笑っちまった。

「上だな」

尋ねると、また薄く笑って会釈する。俺はなるべく悠然と、鉄パイプとベニヤ板のちゃちな階段を上った。

上るに連れて、UAの歌声が大きくなってきた。『あめふりヒヤデス』に替わる。

二階は、講堂のようなスペースだった。

長いテーブルが並び、椅子もきちんと並んでいる。正面にホワイト・ボード。その上に、神棚。そのわきに〈克己自彊〉と書いた扁額。ホワイト・ボードを背にして、講師のためらしい椅子とテーブル。

そこに、こちら向きに、短い髪を金色に染めた、六十くらいの太った大男が座っていた。ブランド物らしいセーターの上に、ジャージを羽織っている。下もジャージだ。金色のネックレス、金色のブレスレット。右の耳に金色のピアス。左の中指と薬指に、いくつも宝石を光らせている。小指は長さが足りないがそれでも根本に宝石を光らせている。グリコのオマケを集めるのが好きな、チンパンジーのゴンタ君みたいだ。テーブルの上に両肘をつき、組んだ手の上に顎を載せている。真っ黒のサングラスなので目は見えないが、どうやら、UAの歌詞に感動しているらしい雰囲気が漂っている。曲は、テーブルの上に置いてあるCDデッキから、流れているのだった。少し音が大きすぎるようだが、とりあえずUAなら文句はない。村田英雄や松山千春だったら、無言でスイッチを切ってやるところだが。

俺が階段を上りきると、そいつは、顔は正面に向けたまま、「御苦労さん」と言った。俺は黙って頷いた。サングラスのせいで、俺を見ているのか見ていないのか、わからない。まぁ、どうでもいいことだ。

「おたくさんが、札幌から、来た人か」

俺は黙ったまま、突っ立っていた。

「奥寺さんは、今は斗己誕にはいないんだよ」

「あの『青空』の詩は、いいな」

「ん？」

男はこっちに顔を向けた。少々、頬が赤らんだ。

「空の悪口を言うわけだ。少しだけ、な。この〈少しだけ〉、というのが、まぁ……俺なんか、ちょっとこう、感動の嵐が心の中に吹きまくるね」

「ＵＡが好きか」

「この『青空』はな。ひとりで、頑張ったわけだよ。だが、失敗した。負けたことを、他人のせいにはしない、と決意している。だが、まだ子供だ。責任は自分で取るんだ、失敗は俺のせいだ、と思い切り覚悟しているわけだが、でも、泣いちゃうわけだ。で、少しだけ、空の悪口を言ってしまうんだ」

「……」

「それくらい、仕方ないよな。子供なんだから」

「……」

「その時に、ふと、見えるわけだ。誰も見たこともない、青空がな」

男はふと天井を見上げた。

感動が甦ってきたらしい。

俺は数歩進んで、男の前の椅子に座った。

「で？　連れて来られたから来たんだが、なんの用だ？」

「ん～と……」

「話し相手が欲しいのか？」

男は薄く笑った。それから不意に、目には見えない「社会人のぬいぐるみ」を着込んだらしく、すっと立ち上がって腰を屈め、テーブルの上に置いてあった小さなバッグから、名刺入れを取り出す。

「わざわざ御足労頂いて、どうも」

差し出した名刺には、〈モリ興産　副代表専務取締役　森剛介〉とあった。俺はそれを、座ったまま受け取った。一瞬、どこかで聞いた名字だ、と思った。そうだ、金属バットでぶん殴られて重態になっている、あの高校生が、確か森という名字だった。そして、タクシーの坪内翁は、奥寺と森は仲良しで、そして非常に悪いことをしている、というようなことを言っていたのではなかったか。この男は、その「森」だろうか。だが、高校生の父親にしては、ちょっと歳を食いすぎているような感じがするが。

「ええと……」

ちょっと考えた。まず、名刺を貰ったのだから、名乗らなければならない。ええと、俺は、誰だ。森が、ヘンな顔をしている。そうだ、桑畑だ。

「桑畑です」

「はぁ」

「ここは、警察？」

森は、ははは、と笑った。

「ご冗談を」

「警察に電話していいか？　オバチャンの下着姿を見て悪かった、と自首してもいい」

「そんな、畏まった話じゃないすから」

そう言って、腰を下ろす。

「畏まっちゃいない」

「警察はね。いろいろと忙しいし。この吹雪だ。事故も、きっとあちこちでね……」

そう言って、唇をすぼめて、可愛らしい笑顔を作る。

「で、札幌から、いらっしゃった、と」

「よく知ってるな」

森は、当然でございますとも、というような表情で、眉を吊り上げ、顎を引いて、謙虚な感じで頷いた。

どうするつもりだ。

「マスコミ屋さん？」

「違う」

「じゃ、何屋さん？」

「何屋でもない」

「じゃ、なんでこんな田舎まで……」

「奥寺に、渡し物を頼まれたんだ」

「誰から？」

「そちらには関係ない」

「まぁ……そんなことはおっしゃらずに」

「俺は来月、友だちと大阪に遊びに行く予定だ」

「はぁ？」

「その時、わざわざあんたに……森さんに電話して、誰とどこに行くか、報告しなけりゃならないのか？」

「……まただ。そんな話じゃないから」

「とにかく、あんたには関係ない」

「そうでもないだろう。ここは、私が住んでる街だ」

「街なのか。俺はまた、森かと思ってた」

森は、肩を揺すって、一瞬笑った。

それから立ち上がり、窓際に向かう。二階の窓にはベネシャン・ブラインドが下がっている。指で押し下げて、駐車場の方を見た。

「まだいるのか」

口の中で呟いて、それから階段の降り口に向かった。

「梨元！」

下から、すぐに頼りない声が応えた。

「はぁい⁉」

必死に叫んでいる感じだ。

「まだいるのか？」

「いやぁ、あのう……ちょっと暖まって……」

俺は手を伸ばして、ＣＤデッキのヴォリュームを小さくした。あんなヘニャンとした小男に、大声を出させるのも可哀想だ。それに、この方がふたりの話がよく聞こえる。森は俺の方を見て、それから階下に視線を戻した。……のかどうかはわからない。黒いサングラスなので、視線や表情が読めない。

「もう、帰ってもいいんだぞ」

「はぁ……その人を送っていかないば……」

「こっちで送るから」

「いやぁ……したけど……」

「俺の車で送るよ」

「それは、手間だべさ。俺はもう、あと今晩はなんもないから……」

森は溜息をついて、戻って来た。そして再び深い溜息をついて、椅子に座り込む。左肘をテーブルについて、左の頬を載せ、「疲れた」と呟いた。俺は聞こえないふりをしていた。森が手を伸ばし、CDデッキのヴォリュームを元に戻した。UAは、夜の風の中で恋に揺れる女の想いを美しく唄い上げている。これもまた、名曲だ。森も、彼女の声に耳を傾けているらしい。

「桑畑さん、あんた、いくつだ？」

「四十五だ」

「若いな」

「比較の相手によるね」

「そうでもないよ。……俺は、六十二になった」

「で？」

「ちょっと、やっぱ……三十九から四十になった時は、別にどうとも思わなかったんだよ。四十九から五十になる時もな。でも、五十九から六十になった時は、ちょっと……参ったな。体の具合も変わってくるしな」

「老け込む歳じゃないだろう」

「いや、実際……」

「若いころ、相当無理をしたのか」

「どうなんだろうなぁ……」

「……」

ふたりはまた黙り込んで、UAの声を聞いた。

「……」

「別にこう……」再び森が口を開く。「身構えないでさ。ただこう、何をしに来たのか、それを教えてくれないかな」

「だから言っただろう。人に頼まれて、奥寺に直接、物を渡しに来ただけだ。それさえ手渡せば、それでフケるよ」

「誰に頼まれたのか、別に教えてくれてもいいだろうよ」

「まぁな。でも、別に教えてやらなくてもいいだろうよ」

「なにを渡されたんだ？」

「それは、わからない。包みを開けていないんだ」

「封筒くらい、ちょっと開けてみればいいじゃないか」

「ほう。封筒だと、どうして知ってる？」

「人から聞いたよ」

そうだったかな。まぁ、誰かには言ったような気はする。

「へぇ」

その時、俺の右側、道路側の窓のブラインドが光った。どうやら、正面から車のヘッドライトを受けているらしい。吹きすさぶ風の音のせいで、音は聞こえないが、車が近付いて来ているようだ。森が、左手首の金色の時計に目を落とした。

「来たかな」

　そう呟いて、大きな体を持ち上げる。森の尻の丸みが、なにか肉感的だ。少々下品さが目立つ。一度テーブルに両手をついて、それからもったいを付けて自分の足の上に大きな尻を載せた。悠然と歩いて、窓際から下を覗く。俺は、ただひたすら、黙って座っていた。

「なぁ。あんた知ってるか？」

「なにを」

「この歌のラストのところ、このリフレーン、UAはなんて唄ってるんだ？」

「わからない。何語だろうな」

「歌詞には、出てないんだ」

「へぇ」

「だから、なんて唄ってるのかな、と思ってさ」

「いい話だ。その歳で、UAの歌詞カードを読んでいるかと思うと、心が温まるね」

　森の真っ黒のサングラスの上で、眉毛がゆっくりと動いた。眉間にしわが盛り上がった。

　俺は、どこを見ているのかわからない森のサングラスに、笑顔を見せてやった。

　下で、ドアが開き、誰かが入って来た。風の音が聞こえ、そしてほんの一瞬、温度が下がった。

「ムラか!?」

　森が怒鳴った。

「はぁ！」

下から大声で応える。

「ちょっと、上がってこい。例の桑畑さんがいるから」

「うぃっすっ」

テレビのチンピラドラマか、インチキ・ドキュメンタリーで聞き覚えたのだろうか。そんな番組によく似合う返事をして、これもまた二十代半ばくらい、もこもことしたジャンパーを着た若僧が姿を現した。そいつが近付くにつれて、空気がひんやりとする。冷気がたなびいているのが目に見えるようだ。

「御苦労さん」

そう言う森に、ムラと呼ばれた若僧が、封筒を手渡した。二つに折った跡がある。俺が、靴下に入れる時に折った、その跡だ。

「見覚えがあるだろ？」

「ああ」

「中を、ちょっと見せてもらえばいいから。あとはすぐに返します」

「やめろ」

俺はゆっくりと立ち上がった。

「あ、まずいな。座っててもらわないと」

「誰に向かって口を利いてる」

森は、封筒の上のあたりをビリッと破った。と同時に、俺がテーブルを蹴倒したので、そのへりが森のすねを痛打し、そのまま足の甲に落ちた。

「うっ」

呻く森に体当たりして、ホワイト・ボードに一緒にぶつかった。その時、この男がやけに頑丈な筋肉をしていることがわかった。だが、そんなことは構わない。もつれあって倒れ、お互いに「やめろ」「やめろ」と同じようなことを喚きながら、俺たちは相手の喉を狙って、猫のケンカのように腕を振り回した。一瞬、俺の左腕が、森の喉をキメた。すかさず俺は右の拳で森の横っ面を張り飛ばした。と同時に、森の右の掌底が俺の左顎を捉えた。思いがけず強い打撃で、頭の芯が痺れた。森の両腕が、俺を捉えようとしている。俺は素早くふりほどいて立った。いや、素早いつもりだったが、やはり動きが鈍かったらしい。左足首を取られて、俺は横ざまに倒れた。

これで、負けた、とわかった。

だが、諦める気にはならない。

俺は、いつの間にか動かなくなっている両腕を突っ張って、腰を浮かし、反動をつけて、俺の右脇に立っている森に足を絡めて、倒した。右の下足を倒れた森の腰に叩き込もうとした。その瞬間、右目を中心にしてその辺り一面に火花が散り、一瞬意識が暗くなった。頭を振って暗闇を吹き飛ばしたが、今度は左のこめかみ。これは効いた。

「あんたにだ」

音は聞こえるし、目も見えているのだが、世界が取り留めなくなって、自分がどうなっているのかわからなくなった。俺はゆっくりと首を上げて、周りを見た。俺の顔のすぐ横、両側に、汚らしい男の顔が二つある。さっき下にいた、高校生くらいのガキどもらしい。右側のやつが拳を振り上げて、殴ろうとした。俺は、必死になってそいつの目を見つめた。一瞬、そいつが躊躇した。

「ちょっと、おとなしくしろ。話がある」

森が言った。やけに落ち着いた口調だが、はぁはぁと喘いでいるのは隠せない。まともに呼吸できないやつに「おとなしくしろ」と言われて、おとなしくするやつがどこにいる。俺は大声で唄った。

「西から上ったお日様がぁ〜！　東に、しっずぅ！」

「うるっせぇ！」

森が俺の右の肋を蹴った。そこにはひびが入っているんだ。ひびが入った肋を思い切り蹴られると、まるでナイフで切られたような痛みが走る。俺は歯を食いしばって呻いた。

「……こ……これ……で……いいのだ……」

俺は、あたりをぼんやりと見回した。真っ赤な顔で激怒している、サングラスのない森の紅白饅頭のような顔。もちろん、桃色の方の饅頭だ。その横に立っている、暴力に興奮した二十代半ばのバカ面。俺の両肩を押さえている、チンケなチンピラの情けない低能面。そして、……梨元もいた。しょぼんとした貧相な男。悲しそうな顔をしている。

「梨元！」

森が怒鳴りつけた。

「下、行ってろ！」

梨元は、へにゃん、とした辛気くさい笑いを顔に浮かべて、「すんません」と呟いて、階段に向かう。俺の方をちらりと見て、また悲しそうな表情になって、階段を下りて行った。

「あのなぁ……」

森が、ちょっと可愛らしい目で俺を睨んで言う。こんな目をしていることが恥ずかしくて、それでサングラスをかけているのかもしれない。サングラスはどこに行ったんだろう。俺が壊したんだろうか。もしもそうだったら、とても嬉しい。

「あんた、これはなんの冗談だ？」

「俺は、天才バカボンの歌は五番まで全部唄えるんだ」

「うるっせぇ！」

森は怒鳴って、俺にまたがり、俺のTシャツの襟元を絞る。いきなり両耳の奥に圧迫を感じた。右の脇腹から、体中に痛みが走る。

「まともに答えろ！　これは、なんの冗談なんだ！」

手を放し、俺の顔に紙を叩き付ける。そして、立ち上がった。俺は両肩のチンピラの腕をふりほどいて、紙を手に取った。

「なんだ、これは」

「ふざけるな。封筒の中身だ」

なにも書いてない、真っ白なB5の紙が二枚。重ねて畳んであったらしい。いくら見てみても、なにも書いてない。蛍光灯の光に透かしてみたが、無駄だった。床に落ちていた封筒を手に取った。間違いない、俺が純子から受け取った、あの封筒だ。中身は、何も書いていない、真っ白の二枚の紙だったわけだ。

「なんの冗談だ？」

「いや……さっきも言っただろう、俺も中身は知らないんだよ。ただ、届けろ、と言われただけだから」

「子供の使いだな」

「そう見えるだろうな。まぁ、実際、そうなんだよ。俺は、事情はなにも知らないんだ」

「あんた……まずいぞ。状況は、非常にまずいぞ」

「俺もそう思うね」

俺は必死に考えながら、のろのろとしか動かない体をなんとか操って、椅子に腰を落ち着けた。姿勢を変えようとする度に、肋から痛みが飛び散る。息をするのも苦しい。なんとか背中を伸ばして、手に持った紙を見つめた。いくら見つめても、紙は真っ白のままだ。こりゃ本当に、まずいだろう。

「おい！」

森が大声で怒鳴る。とりあえず俺は平静を装って、「あ？」と問い返すことができた。

「さっきまでは、もしかすると、話し合いの余地がある相手かな、と思ったんだけどな、ちょっと難しいぞ」

下手くそな脅しだ。……脅しだろう、きっと。

「そんなおっかない顔するな。俺にも、事情があるんだよ」

「話せるうちに、話してみないか?」

俺は、黙って天井を見上げた。

「誰に頼まれたのか、それだけでも言え」

「昔からの恩義のある相手でな。ちょっとそれはできない」

「なぜ」

俺の事情や恩義にはなんの興味も示さずに、森はまっすぐに尋ねる。そして、すっと手を伸ばして、俺の喉を摑んだ。と同時に、またチンピラふたりが俺の肩を押さえる。ふりほどこうとしたが、肋が痛いので、活躍するのは次の機会にした。おとなしく森の目を見つめた。

「なぜ言えない」

「……本名を知らないんだ。居場所と、それから通称しか知らない。多分、俺がその人の本名を知らないから、だから俺は頼まれたんだと思う」

森はちょっと考えた。そして、「どこの誰よ」と静かに言う。

「新宿の歌舞伎町に、タチバナ会館というのがあってな。そこの地下のカジノバーの……オーナーかもしれない、いつもそこにいる」

「なんて名前だ」

「ゴモラ……だったかな」

「そいつの名前だ」

「みんなには、リーさん、と呼ばれてる。サインをする時もエル・イー・イー、リーと書く。エルが大文字で、イー・イーは小文字だ」

「……」

「でも、〈業界〉じゃ、イノウエ、と呼ばれてるようだな」

「……」

「ただ、一度、どうやら向こうの連中らしいのと話してた時、『私はウリナラが話せませんでね』なんてことを言って、『ナ・ヌン・イ・ミンフンなんとかこうとか』、と言って、みんなを笑わせてたから、本名はイ・ミンフンというのかもしれない。どういう字を書くのかはわからないけどな」

「歌舞伎町、タチバナ会館の『ゴモラ』、通称リーかイノウエ、本名はもしかすると、イ・ミンフン。間違いないな」

口から出任せを喋ると、こういう時、辛い。確認されると、ボロが出ることがある。

「ええと……ああ、そうだ。間違いない」

「そいつについて、ほかになにか知ってることは？」

俺はちょっと考えるふりをした。いや、実際に考えた。嘘を創り出すのは、これでなかなか微妙なテクニックが必要なのだ。

「あとは、まぁ、特に思い付かないな」

「女は？」

「ああ、女な。フィリピンの女をいつも連れてる。……おそらくフィリピン系なんだろう。いろんな血が混じってるかもしれないがな。ちょっと小柄だが、いい女だ。スタイルも素晴らしい。ジュリーと呼ばれてる。酔っ払うと、リーに『マハル・キタ』と言いながら抱きついて甘えるんだ。見てるこっちはえらい迷惑でな」

「……」

「あと、気が小さい女で、ちょっと話が揉めてくると、日本語がよくわからなくても雰囲気で感じるんだろうな。『アヤウ・コ・ング・アワイ』と泣き出すよ」

そろそろヤバいかもしれない。ネタ切れだ。俺が知ってるタガログ語は、この二つしかない。あ、あと、アノング・オラス・ナってのも知ってるが。

「で、そいつに頼まれて、いい大人が、子供の使いか」

「いろいろとこっちにも事情がある」

「昔、世話になったからか」

「そうだ」

「笑わせるな」

「……まぁ、もちろん、タダじゃない」

「いくら貰った」

「まだ貰っちゃいないよ。封筒を、奥寺に直接渡して、歌舞伎町に戻ったら、七十万、という話だ」

「ススキノから来たんじゃないのか」

「ススキノから来たさ。先週、ススキノに着いて、で、昔なじみに会って、ちょっとぶらぶらしてから、昨日の夜に札幌から電車に乗ったんだ」

「……バンスは？」

「まだ、一銭も貰っちゃいない。電車賃も、自腹を切ってるんだ。……借りた金だけどな」

「しょぼい話だな」

「こっちにも、いろいろと事情があるんだ」

「で、あんたこれからどうするつもりだ」

「戻るさ。歌舞伎町に」

「……で、そのリーだかイノウエだかに、失敗した、と話すわけか」

「まぁな。そうするしかないさ。それとも、あんた、なんとか話を合わせてくれるか」

「……」

森は考え込んだ。

「俺としては、リーから七十万貰えないと、マジで困るんだ。その金をアテにして、借りて来たからな。別口から」

森は、ふん、と鼻を鳴らした。

とにかく、少しは生き延びられそうだ。森も、歌舞伎町のリーを探してみなければ、俺には手を出す気にならないだろう。危険すぎる。

「まぁ、とりあえず、宿に戻れや」

「言われなくても、そのつもりだ」

俺はゆっくりと、足と腰だけで立ち上がった。右手で体を支えようとすると、肋のあたりが痛む。実際、参った。

「こうなってみると、梨元がいて、よかったな」

森が誰にともなく呟いた。

金属バット事件のことを尋ねてみようか、と思った。だが、今はやめておこう。この後また、こいつとは会う機会があるはずだ。少なくとも、俺はこいつをぶん殴らずには済ませない。

19

「梨元さんがいてくれたから、なんとか無事だったよ」

俺が言うと、梨元は「なぁ〜んもだ！」と素っ頓狂な声で大袈裟に言った。そう言いながらも、目は真剣に前を見ている。ほとんど視界の利かない吹雪だ。

「してあの、おたくさんは、なんだの？」

「さぁな。自分でも、わからなくなった」

「これから、どうすんだ？」

「とりあえず、札幌に……東京に戻ろう、と思ったんだがな」

だが、森にあんなにいいようにやられて、それですごすごと消えるのも腹立たしい。肋を蹴られた分だけでも、仕返しをしてやりたい。だが、歌舞伎町に関して俺が喋ったデタラメは、まぁ、いくら楽観的に考えても、明日中にはバレるだろう。

さて、どうしようか。

それにしても、純子はどういうつもりなんだろうか。

「あのぅ……」

梨元がもごもごした口調で、考え考え、言う。

「あのな……息子な……」

「ん？」

「息子だ、俺の。あんたがさっき……」

「ああ、あの子な。ケンジ君だったっけ？」

「ああ。あいつは……なんも言わんかったけどな。でも、嬉しかったんだべな」

「……」

「……帰って来た時、ちょっと違ってたから」

「へぇ」

「いつもはあれだ、俺ば見たら、顔さそっぽ向けてよ。さもさも、いやそうな顔して、部屋に入るんだ」

「いつも？」

「いつもだ。……それがな。今日は、ちょっと……見た目、どうだっちゅことでないけど、なんか、雰囲気が、ちょっと明るかったんだ」

俺は黙って頷いた。

「して、そのあと、ルミちゃんから電話さあって」

「ほう」

「ちょっと危ないところだったけど、殴られないで済んだ、って。札幌から来た人が、守ってくれたっちゅってたわ」

「……」

「して、ルミちゃんが、メールで助けてくれたんだと。そうだべ」

「そうだ」

梨元は、小さく頷いて、黙った。真正面を必死になって見つめながらハンドルを操る。そのまましばらく黙っていたが、またポツリと呟いた。

「都会の人間には、わかんないべな」

　俺は、特に返事をしなかった。続く言葉を待った。

「ここらの子供は、可哀想だんだ」

「なんで」

「中学校の卒業が近付くと、もう、暗い顔してよ。……行ける高校がひとつしかなくて、それが、メチャクチャおっかない高校だ。どんな思いすると思う？」

「……」

「神経すり減らして、うまく立ち回って、無事に卒業しても、行くとこはなくてよ。ちょっと気の利いたのは、町から出てくのさ。残ってるのは、どうしょうもねぇ連中ばっかりだ。な～んも、することがなくてよ。まぁ、役場にもぐり込んだりすんのはまだいい方だ。仕事なんか、なんもないけど、ちゃんと給料さ貰えるから。あとはあんた、そこらで半端な仕事ばして、ぶらぶらするだけだ。残ってんのはどうしようもねぇモンばっかりだ」

「引っ越すわけにはいかないのか」

「引っ越すっても……どこに、なに、することある？　札幌さ行くか？　東京さ行くか？　行って、なにできる？」

「……」

「行くとこないから、ここに残ってんのに」

「できることは、なにかあるだろう。だれだって、なにかはできるさ」

「そうだな。……金のやりくりは、みんなうまいど。役場や組合に習って、申請書ば何枚も書いて。貰えるもんは全部貰わないば損だべさ。金貰って、ぶらぶらして、テレビ見て、ビデオ見て、ゲームして、カラオケ唄ってよ」

「……」

「若いうちから、みんな、そうだ」

「それぱっかりでもないだろう。まともなのもたくさんいるだろう」

「そうだ。さっきから言ってるべさ。まともなのは、もう、高校出たら……もっと前から、中学校出たら、もう、この町にいないんだ。どっかに出てくんだ」

「……」

「よそから、ここに来るのも、どうしようもねぇのばっかりだしな」

「……」

「あんた泊まってる民宿あるべさ。あの山中ってのは、どっかで昔、学生運動さやってた男だ。なにやってたか知らねぇけど、運動してたせいで、どこにも就職できねぇで、なんかうろうろしててよ。役場にうまいこと言って、空き家借りて。家賃なんか、月何千円てなもんだ。それであんた、能書き垂れてぶらぶらしてよ。一人前の顔してよ」

「……」

「なにかっちゅうと、東京じゃああだこうだ、札幌じゃああだこうだ、ジャズがどうした、美術館がどうした、滑った転んだ鼻かんだってよ。いかにも得意そうに喋るんだ」

「……」

「してまた、その話さありがたがって聞くバカもいるしな。自分らは、ほかの俺らよりもちょっと偉いつもりでよ。文化人ごっこだっちゅって、俺なんかいつも言ってやってんのよ」

「……」

「そんなん、ばっかりだ。離農した農家を借りて、自給自足の有機農業さやるって若いのも来たことあるんだ、団体で。冬が越せねぇでまた、戻ってってよ。俺らばさんざんバカにして、して、結局冬が越せねぇで。バカな連中だった」

「……」

「いっぺん、町から出て、戻って来たやつもろくなもんでない」

「たとえば？」

「さっきの森なんかがそうだ。いっぺん、高校を卒業して、東京さ行ったんだ。したけど、兄貴の仕事ば手伝わないばないっちゅって、戻って来たのよ。ああいうのが、一番程度が悪い」

「……どうして、こんな町になったんだ」

「どこでもそうだべさ」

いや、そんなことはない。こんなに錆び付いた田舎ってのは、いくらなんでも珍しいんじゃないだろうか。詳しくは知らないが。

「そうかな」

「そうさ」

「……奥寺は、いい町長だったの？」

梨元はプッとわざとらしく吹き出してから、ゲラゲラと笑った。車内に、胃の悪そうな口臭が漂った。

「いい町長！　ハハハ！　いい町長かってか、ああんた！　この世の中のどっこにあんた、いい町長ってのがいるっちゅのさ！」

「探せばいるかもしれないぞ。今は、スープのないラーメンもある時代だから」

そう言って、「はっは！」と笑ったら、肋に激痛が走った。ここしばらく、笑うのは無理だな。

「はぁ？　スープがなした？」

「いや、なんでもない」

「……奥寺も、江尻も、どうしようもねぇさ」

江尻？　ああ、斗己誕町史に出て来た。現町長だった、確か。

「ま、町長なんて、そんなもんだべ」

「……そうなのかな」

「奥寺は、十年くらい前に、引退するっちゅって、助役の江尻に譲ったんだ。でも、まだ元気で動き回ってるさ。斗己誕にはあまりいないで、札幌だ、東京だ、いっつも外を飛び回ってるんだ」

「元気だな」

「政治家だもｊ」

「まぁな」

「したけどあんた、オレぁ思うんだけど、あいつ、心配で心配でたまらなくて、あちこち動き回ってるんだべ」

「心配で？」

「そうだ。目ぇ放すと、昔の悪事がボロボロ出て来るんだべさ。そうなんないように、ああやって飛び回って、いろんなところの綻びを必死になって縫って歩ってんでないか」

「……まぁ、ありがちなことだな」

「あんた、この町じゃ、誰も信じたらダメだからな」

「そうなの？」

「そうだ。特に、山中は危ない。あいつ、あの空き家ばあんなに安く借りたのは、奥寺となにかあるんでないか、っちゅう噂だから」

「へぇ」

「とんでもないやつだから」

「たとえば？」

「……具体的には、俺の口からは言えねぇな」

芝居がかった口調で言う。

「ただ、信用できないってことだ。金にも汚ねぇし。あんなやつ、信用したら、もう、どんな目に遭わされっか、わかんねぇぞ」

「……今、この町で一番問題になってるのは、なんだ？」

「さぁなぁ……」

「俺のことを、どうしてみんな、気にするんだろう？」

「そりゃあんた、あんたがなにしに来たか、わからんからさ」

「みんな、俺がマスコミかどうかってことを気にしてる」

「したって、こんな町に、こんな時期に来るってのは、マスコミしかいないべさ。観光客が来るような町でもないし」

「マスコミに知られたくないなにかがあるのか？」

「特にねぇけど……でも、どこの町にも、マスコミに知られたくないことはあるべさ」

「同級生を金属バットでぶん殴って、行方不明になっている高校生がいるだろ？」

「……ああ」

「あの事件を気にしてるのかな」

「別に……ただ、あの時は、それこそマスコミがいっぱい来たからな。景気がよくなったし、毎日テレビで自分の町が出てくるし。面白いことは面白かったさ。小学校の子供らはみんな、箸ば持って、アナウンサーごっこばやってたくらいだ。楽しかったさ。あれがあるから、またマスコミかな、と思ってんでないかな」

「あの、重態の高校生は、さっきの森の息子かなにかか？」

「甥っ子……の息子、だな。森の兄貴ってのがあの会社の社長で、その息子が常務かなんかだ。で、その息子が、殴られたんだ」

「……あの、加害者……殴った高校生は、今ごろどこにいると思う？」

「ぶん殴ったやつな……」

「ああ」

「……それはもう……わかんね。北海道にはいないんでないか？」

確かに、そういう見方は一般的らしい。苫小牧のフェリー乗り場で見た、とか札幌駅で寝ていた少年がよく似ている、というようなニュースが報道されたことがある。もう、すっかり忘れ去られた事件になったが。

「あれは、この町じゃ、被害者に同情する人間はあまりいないらしいな」

「あんた、誰から聞いた？」

「そんな噂を聞いたよ」

「あまり、利口じゃないな、そいつは」

「え？」

「そんな話してると、誰かに聞かれたら、わやなことになるんだよ。覚えといたほうがいいんだよ」

妙に説得的な口調で言う。

「滅多なこと、言うもんでないよ」

その時、前の方、白い闇の中に、ライトの光が浮かび上がった。梨元がハッと息を呑んで、ハンドルにしがみついた。

「でかい車だな。……道幅が……」

独り言のように呟いて、口を引き締め、ハンドルを抱え込む。なおさら運転しづらくなるんじゃないか、と俺は心配になった。

前方のライトも、こっちに気付いたらしい。スピードを落とした。慎重に進んでくる。

「あ」

梨元が口の中で呟くのと同時に、前の車のライトが点滅した。

「どうしたの？」

「あれはあれだ、山中だ」

「ほう」

「あんたのことば、心配して、迎えに来たんでないか」

「森のところにいることが、どうしてわかったんだろう」

「誰でもわかるさ」

「へぇ」

梨元は、道路の左端にじわりと停めた。

「あんた、山中に、俺があいつのことば悪く言ってたって、言うんでないよ」

「わかってるよ」

「あっちの車さ乗って、帰ればいいわ」

「梨元さんは?」

「この車ば役場の駐車場に戻して、帰るんだ。駐車場までは、マイカーで行ったから」

「役場の車を勝手に使ったのか」

「そうでないよ。俺は、課長から言われたのさ。こういう時は、たいがいそうだんだ。課長に、森が話ば通して、俺が行かされんのさ」

「課長ってのは?」

「林業課だ」

どうもやはり、話がよく見えない。

ヴァンのサイドウィンドウがするすると下がって、山中が首を出した。叩き付ける吹雪に顔をしかめ、首を振りながら、俺に向かって手を振る。乗れ、ということらしい。

「行った方がいいわ。俺も、民宿まで回らんでいいから、楽だ」

「わかった。助かった。ありがとう」

「なんもだ。早く、帰った方がいいわ。札幌だか、東京だかに」

俺は交通安全指導車からそろそろと降りて、ドアをそっと閉め、そろそろと歩いた。ほんの少し姿勢を変えるだけで、肋が痛い。吹き付ける風に押されて、ちょっとよろけるだけで、右上半身に痛みが駆け抜ける。

「ちょっと! 早く!」

山中が気短にせかす。うるさいやつだ。俺は彼の苛立ちには構わず、そろそろとヴァンの周りを回り、助手席のドアにつかまった。そっとドアを開け、「う」と呻きながら、なんとかシートに這い上がった。そして、とても上品にドアを閉めた。

「いいね!?」

山中が元気に言って、車を勢いよく発進させた。俺は、ちょっと揺れた。肋がものすごく痛んだ。

20

「迎えに来てくれたのか」

俺が言うと、山中は横顔でニヤッと笑って頷いた。

「まぁね。そういうことになるかな。……ちょっと、決死隊の気分だったけどね」

俺は思わず笑った。肋が痛んだ。

「梨元が来ただろ？　だから、まともな話じゃないな、と思ってさ。まぁ、連中が早く帰ろう、と言うから、いったんは宿に戻ったんだけどね。……どうも、気になってしょうがないから。だから、女の子たちを送ってから、とりあえず、……決死隊さ」

「ありがとう」

「やっぱりね。宿泊客の安全を守るのは、宿主の責任だからね。で、あのダルマと会ったの？」

「森のことか？」

「そう。弟の、森」

「会ったよ」

「で、どうなったの？」

「ちょっと話をした。で、さっさと札幌……東京に帰れ、と言われた」

「え？　札幌じゃなくて、東京？」

「元々はね」

「へぇ。……で、帰るの？」

「どうしようかな、と思ってる」

「帰った方がいいね。絶対、その方がいいよ」

「みんな、そう言うんだな。梨元さんも、同じ意見だったよ」

「梨元か。……あいつから、なにか聞いた？」

「いや。別に。なにか、あるの？」

「あいつは……もう、どうしようもねぇやつでさ。奥寺一派の使いっ走りさ。森にいいように使われてるやつでね」

「ほう……」

「今の農家としては最低のやつさ。減反奨励金でがっぽり儲けて、味をしめたクチさ」

「……」

「米が穫れ過ぎるから、米作をやめろ、と。やめたら、その分、休業補償として金をやる、と国が言ったわけだ。で、米作農家は、大反対して、農業団体総出で反対運動をしたわけだ。日本の農業を守れってわけね」

「そういう騒動もあったね」

「ところが、減反奨励金が、思った以上に額が大きかったわけだ。反対運動の結果、それを宥めるために、大幅に増額されたわけ。典型的な、ゴネ得の構造さ。それで、一部の農家は考えた。休耕して夏の間はぶらぶら遊んで、で、冬に出稼ぎに行けば、がっぽり儲かるぞってなもんでね。苦労して米を作るよりも、ずっとリッチになっちゃうわけだ」

「なるほどね」

「そうなると、日本の農業を守れ、もなにもなくなっちまってね。遊び癖がついてさ。それに、水田てのは、一年ほったらかしておくと、どんどんダメになっていくんだ。特に、このあたりは稲作の北限だからね。ちょっと手を抜けば、もう、すぐに一から出直しってことになるのさ。だから、いくら減反奨励金が出ても、休耕に協力しない農家も多い。いや、そっちの方が多いのさ。うちはコメ農家で頑張るんだってのが大半さ」

「……」

「そんな中で、梨元の家は、あっさりと水田をやめにして、減反奨励金や休耕田の補償金を貰えるだけ貰って、引っ張ってるわけだ」

「……」

「で、ついでに白蠟病にもなった」

「白蠟病？　あの、手が痺れたりする病気だろ？」

「ああ。国有林ってのも利権の巣でさ。営林署と役場の林業課がグルになれば、いくらでも金を引っ張れるのさ」

「で？　それでなぜ梨元は白蠟病なんだ？」

「いや、梨元は白蠟病じゃない。白蠟病だ、ということになっているだけさ」

いきなり車が揺れた。横風に、ハンドルを取られたらしい。この重たいヴァンがあおられるのだから、相当な風なのは間違いない。外は真っ白い闇で、何も見えない。それはそれとして、車が揺れるたびに肋が痛む。

「あれも大変な病気でね。営林署の作業員とかね。チェーン・ソーを使うから。あと、工場の機械工とか、珍しいところでは、レーシング・ドライバーとか、震動する機械を始終使う人たちがかかりやすい、深刻な職業病なんだ。手が自由に動かせなくなったり、感覚がなくなったりするわけ。とても痛むこともあるらしいよ」

「なんとなく、知ってるよ」

「そういう病気をなくすために、機械の方もずいぶん進歩したらしいんだ。相当辛い病気なんだそうだ」

「そうだろうな」

「で、その一方で、望んで白蠟病になろう、とする奴らもいるわけさ。職業病、ということは労災が利くからね。いい仕組みだ」

まぁ、それは想像が付く。クズにとっちゃ、小指を飛ばして、身障者手帳を受給するクソヤクザもいる。自分の子供を殺して保険金を受け取ろうとする親もいるくらいだからな。

「実際には、なにも症状がないのに、手が痺れる、と申告して、白蠟病の診断を貰うやつがいるわけだ。チョコチョコっとチェーン・ソーを使って働いて、『手が痺れる。辛い』と言うわけだ。一度白蠟病だ、と診断されたら、あとはもう、遊んで暮らせるのさ。一日中ぶらぶらして、酒を呑んでても、生きていける。で、年に一度の検診の時には、その前日に原チャリ……バイクを一日中乗り回すのさ。そうすると、翌日は手の動きが悪いから、医者は『症状あり』って診断をしてくれるわけだ」

「多いのか、そういうやつは」

「いや……まぁ、梨元くらいだろうな、ここらへんじゃ」

「みんな、知ってるのか」

「そうだよ。斗己誕の常識さ」

「本人は、それで平気なのかな」

「梨元本人が、ということ？」

「ああ」

「平気らしいね。まぁ、そんなもんだよ。この町じゃ、みんな、なにかにか、そんなような不正で、国や道から金を引っ張ってるわけだから。公共事業と、地方交付金と、社会福祉予算で食いつないでる町だから」

「……」

「そう。梨元のことはみんな知ってる。でも、別にどうとも言わないよ。面と向かってはね」

山中は、楽しそうにペラペラしゃべる。梨元の悪口を言うのが、嬉しいらしい。……まぁ、そう言えば、さっき梨元も、山中の悪口を熱心に語っていた。そういう意味では、おあいこか。車がゴン、と跳ねた。雪のかたまりかなにかを踏み砕いたらしい。肋が痛む。頼むから、静かに運転してくれ。

「二十年くらい前かな。水田を捨てた梨元は、森の建設会社で働くことになったのさ。まぁ、暇潰しみたいな小遣い稼ぎだったらしいけどね。山奥で林道を造ってたわけだ。その時に、人がひとり死んだ。それが、きちんと決まっていた作業マニュアルを守っていなかったらしいんだな。これは、営林署と、林業課と、そして森の建設会社の責任、てことになるわけだ。死んだ作業員にも、相当の補償金が支払われることになる。それればっかりじゃない。きちんとマニュアル通りに作業していなかった、ということになったら、森の会社は指定業者から外される。そうなりゃ、あっさりと仕事はなくなるんだ」

「何人で作業してたんだ？」

「ふたりらしいよ」

「そう。梨元が、チェーン・ソーで木を切って、もうひとり、死んだ男は、これは重機を運転するやつで、切り倒した木を、そいつがクレーンで積み上げてたらしい」

「ふたりっきりでか」

「そう。そこからすでに、マニュアル違反らしくてね。見張りに何人、交代要員何人、と細かく決まってるらしいんだ。ただ、作業ってのは、まぁ、そんなもんだけど、現場じゃ誰も守らないわけだな」

「……」

「で、その事故の時も、いろいろと、マニュアル違反はあったわけだけど、うやむやになった。その功労者が、梨元さ。森に言われた通りの証言……というのかな、供述、というのかな。それをして、で結局、事故の原因は死んだ男の不注意、ということで一件落着さ」

「そのまま見逃されたのか」

「ちょこっと、組合が抗議したらしいよ。林業従事者どうのこうの、という組合があるらしいんだ。それが問題にしたらしいけど、まぁ結局、うやむやで終わったらしい。少しは金も動いたんじゃないのかな。あと、人事とかね。組合ってのも、大きくなると、そのトップは贅沢三昧らしいからね」

「……まぁ、よく聞く話だ」

「ただ、この話はちょっとオマケがあってね」

「……」

「その死んだ男が、反奥寺派の運動員だったのさ。選挙の時は、この町はまっぷたつに分かれるからね。お互いに、利権と生存権を賭けて、そりゃもう熾烈な戦いをするのさ。で、勝った方が、負けた方に報復人事……要するに、役場から追放したり、指定業者から外したり、町営施設の職員だったのを首にしたりするわけだ」

「……なるほど」

「この町は、ずっと奥寺派と森が実権を握ってきたわけさ。あと、物好きな前衛党シンパが、たまには対立候補を擁立して、百票前後を獲得して、『善戦空しく敗退。斗己誕の夜明けは遠い』みたいなお芝居をしてたわけね。でも、あの選挙の時は、久しぶりに燃えたらしいね。奥寺陣営も相当な危機感を持ったらしくてね」

俺は、斗己誕町史を思い出してみた。奥寺は、前衛党の候補以外には、対立候補と戦ったことがないはずだ。少なくとも、町史にはそんな熾烈な選挙戦のことは出ていなかった。田舎の、のんびりした無風選挙が続いていたという印象があるが。

「ほとんど選挙は無風だったんじゃないか？」

そうだ、安定した町政が長く続き、というようなことが、嬉しそうに書いてあったぞ。

「まぁね。選挙自体はね。選挙戦ってのは、その前の年あたりが、一番盛り上がるんだ。この場合は。選挙の前年に、全部つぶすわけ。対立派をね。だから、選挙の時は対立候補はいなくなってるわけだ。前衛党以外はね」

「……」

「その時は、結局戦いが長引いて、選挙戦に突入しそうになったんだな。だから、町の選管
……選挙管理委員会が、対立候補の立候補届けを受理しなかったんだ」

「なに？　そんなことが実際に起きるのか？」

「そうなんだね」

「今の、この日本で？」

「あるわけ。まぁ、実際には、今じゃなくて、二十年くらい前の話らしいけどね」

「……」

「僕もね、こっちに来て、この話を聞いたときは驚いたけどね。対立候補が立候補届けを出しに来たのを、役場の前で、森の手下どもが邪魔したんだね。『実力』でね。で、もみ合って、殴り合いになってるところに、警察が介入して、制圧して、警察署で事情を聞きましょう、と。皆さん、来て下さい、と。そんなこんなで揉めている間に、受付時間が過ぎてしまった、と。まぁ、そういうわけさ」

「……」

「ただ、まぁ、これも結局は出来レースだった、ということになってるらしいよ。対立候補は、真剣に立候補を狙っている、というポーズで、あちこちで運動を展開する。支持者も集まる。なにしろ、長年の奥寺町政に不満を持っている住民はたくさんいるからね。で、いよ

いよ立候補受付、という時期まで、引っ張るわけだ。受付が迫れば迫るほど、その対立候補の値段は高くなる。で、ギリギリのところで、最高額の金を奥寺から受け取って、対立候補は逃げちまえばいいのさ。立候補届けが出せなかった、もうオシマイだ、と。斗己誕の夜明けは遠い、と。で、悲劇的な顔つきで、トボトボと町を出て行けばいい。懐はホクホク温かいわけさ」

「なるほどな」

「で、いい面の皮なのは彼の支持者だ。頑張って応援したのに、タマは消えるし、なんのおこぼれも貰えないし、そして反奥寺派だ、と知られちまったわけだからね。相当の数が役場を首になるか降格されるかしたし、指定業者から外されるしさ。建設局や道路局から、老健施設のおしめ洗いの仕事に回されたやつもいたらしいよ」

「……」

「そういう、反奥寺派だったわけさ。梨元の目の前で死んだやつは。山林作業員の何十人かを、オルグしてたらしいね」

「……」

「だからね。中には、梨元がやったんじゃないか、という意見もあるらしいけど、あの男には、そんなことは無理だろう。腰抜けだから。でも、現場には複数の人間の争った後がある、と林業従事者どうのこうのの調査委員会報告にはあった、というんだけどね。それも結局、うやむやさ。警察は事件性はない、ということでほとんど捜査もしなかったしね。奥寺や森にとっては、ハッピー・エンド。これもみな梨元君のおかげだよってわけで、梨元はめでたく、インチキ白蠟病の申請を受理して貰って、国のお墨付きで遊んで暮らしてるわけさ。子供の口の手術は放っておいてね。あと、こういう連中は制服を着るのが好きだからね。交通安全指導員の資格を取って、交通安全週間には、警官と一緒に、道道で旗を振ってるよ。制服着てね。で、選挙の時には封筒に入った金をもらって、『こんなもん、もらっていいんだべか』って、唇をひん曲げて、喜ぶんだ。町中の笑い者さ」

「……」

「そんなのばっかりさ、この町は」

「しかし、詳しいね」

「自分の町のことだから」

「よそから来たのに？」

「よそから来たから、なおさらさ」

「なるほどね。若い頃は、学生運動とかした口かい？」

「そりゃ……人並みにはね……梨元が、なにか言ってた？」

「いや。今の話の口調がさ。ちょっと、市民運動活動家って感じだったから」

「……あれ？　……桑畑さん、オレをバカにしてる？」

「いや、そういう意味じゃない。全然違うよ。ただ……懐かしい話し方だったからさ」

「学生運動かなにかやってた、とか。そんなようなこと、梨元が言ってたんでしょ？」

「いや、違うよ。だいたい、学生運動なんて年じゃないだろ」

「桑畑さん、いくつ？」

「四十五だ。安田講堂でいざこざがあった時、小学校六年生だったよ」

「そうか。じゃ、ボクの方が、十年近く年上だね」

「え？」

驚いた。

「若く見られるんだけどね。でも、そうなんだ。あそこには……安田講堂にはいなかったけどね。ボクは、御堂筋を埋め尽くした方で」

「……若く見えるんだな。本当に」

「余計な苦労はしてこなかったからね。食うための苦労は相当したけど、くだらない苦労とは無縁の人生だったから」

気楽な口調で言う。なるほど。気楽なやつだ。

「なるほどね」

俺は話を合わせて頷いて、頭の中にUAの『青空』を流した。いい曲だ。六十ヤクザがしみじみ感動する歌詞だもんな。

しかし、……あの男の存在も妙だな。

「あの、ダルマみたいな森ってのは、どういう男なんだろう」

「あれは、社長の森の弟で……」

「ああ、それは梨元さんから聞いたんだ。でも、ちょっと雰囲気が変わってた。ほかのこの町の連中とは、少し違うようだった」

「それはあれじゃないかな。言葉が違うからじゃない？」

「言葉？」

「そう。あの男もここの生まれだから、普通に話す時はこの町の言葉なんだけどね。でも、東京でしばらく暮らしてたから、東京の言葉も話せるのさ。だから、僕と話す時は、東京イミテーション言葉で話すよ」

「そうか……」

「だから、桑畑さんにも、そんな感じで話したんじゃないかな」

「東京では、なにをしてたんだろう」

「家業を嫌って、大学に行かせて貰ったらしいよ。早稲田の国文だってさ。で、いろいろんなことをやったらしいんだけど、結局、オヤジ……父親のコネで、建設業者の業界団体みたいな、なんか……財団法人だかなんだかにもぐり込んだ、と聞いてるな」

「それは、東京で？」

「そう。もう、その段階で、結局はオヤジさんの言いなりだ、ということになっちまったんだろうな。オヤジさんが引退して、兄貴の代になって、仕事が忙しい、ということで、帰って来い、と言われたらしいや。本人は、相当抵抗した、という噂だけど、誰のおかげで食ってるんだ、という話になっちゃ、もう四の五の言えなかったんだろうね。十年くらい前に戻って来て、今はまぁ、あんなような感じだけど、東京から戻って来たばっかりの頃は、バブル紳士ってな感じだったたってさ」

しかし、本当にこの男は町の事情に詳しい。……きっと、みんなそうなんだろう。暇だから、みんなでみんなの噂を、熱心に語り合っているんだろうな。……同じことを繰り返して。

「あいつ、小指、ないでしょ？」

「ああ。そうだった」

「こっちに戻って早々、旭川の方でなにかしくじってね。それで、なくしちゃったんだってさ。いま時、指を飛ばすなんて流行らないのに、やっぱり田舎だとそのあたりが一昔遅れてるらしくてね。以来、すっかり東京くささをなくして、田舎の土建ヤクザとして、精進してるらしいや。あ、ははは。精進。ははははは」

さもおかしそうに笑う。それから、ちょっと真面目な口調になって呟いた。

「それにしてもねぇ。……東京のバブル紳士が、こんな町に来て、本当に、退屈してるんだろうなぁ。……その点は、同情しちゃうね」

そしてまた、さもおかしそうに笑った。俺も笑おうかな、とは思ったんだが、肋が痛いので、笑うのをやめた。

好きなことができなくなるのは辛い。

21

しかし、ヴァンの座席は高い。いつもは全く気にならないが、肋が痛いと、不自由でしょうがない。俺は呻きながら、苦労して座席から降り、静かにドアを閉めた。山中はさっさと自分の〈晩警備〉に入って行ったので、ぶざまな姿は見られずに済んだのがありがたかった。

ドアを押して中に入ると、ルミとかいう娘たちはいなかった。そのかわり、客は七人に増えていた。温泉に行った仲間たちがまだ粘っていて、そのほかに、なにかこう……覚悟を決めてお洒落して、その覚悟が行き過ぎた女がふたりいた。ふたりとも四十代くらいで、ひとりは髪をまだらに染めている。太った顔に、あまり似合ってはいない。もうひとりはあまり手入れをしていない髪を、なんだかややこしい形にまとめて、なんというのか知らないが、ショッキングピンクの紐のようなもので縛っていた。これもやや太っている。スパッツをはいているので、どっしりとした尻が強調されて、椅子が可哀想だった。

まぁ、俺も人のことは言えない。

「おう。無事に帰ってきたか」

オカリナ奏者がそう言って、さもおかしそうに笑った。ほかのみんなも笑った。

「温泉の、女子更衣室は覗いたんだってな」

そうじゃないが、きちんとした話をするのが面倒だった。

「迷ったんだよ」

みんなの笑い声を背中で聞いて、俺は自分の部屋に戻った。

「もう寝るのか？」

「都会の人は、夜が早いもんだな」

あえて返答する気にもなれない。みんなはゲラゲラ笑っている。

部屋に戻ると、俺の風呂道具がテーブルの上に置いてあった。すっかり忘れていた。誰かが持って来てくれたんだろう。それはそのままにして、ぶら下げたスーツのポケットに入っている名刺入れを取り出した。中に、ほとんど使っていないテレホン・カードが入っているはずだ。クソッ、肋が痛い。しゃがみ込むのも辛い。桐原の誕生祝いの引き出物だった、寄席文字で〈至誠〉と麗々しく印刷してあるもの、友だちの男女と女男が結婚した時の記念品など五枚ほどがあった。それを確認して名刺入れを尻ポケットに入れて、再び〈晩警備〉を通り、外に出ようとした。

「あ、お出かけですか？」

山中が言う。また、みんなが笑った。死ぬまで笑ってろ。

「ちょっとね。街を散歩してくる」

「この吹雪の中を？」

すっかり忘れていた。だが、別にどうってことはないさ。

「まぁね。せっかく来たんだ。ほかの所でも、ちょっと呑んでみたい」

「まともな店はないですよ」

またみんなが笑った。死ぬまで笑ってろ。

「そんなに、遅くならないから」

「タケムラでも行くんでないか？」

誰かが言って、またみんなが笑った。特に女たちは、嬌声に近い、騒がしくわざとらしい声で笑った。死ぬまで笑ってろ。俺は相手にせずに、ドアを押した。

「門限は、別にないけど、ボクはあれだ、十二時過ぎたら、寝てるから」

「今、何時？」

「そろそろ十時を……二十分」

「わかった」

「起こさないようにしてね。一度目が覚めると、なかなか寝られないんだ」

「わかった」

「早起きして、朝飯作るんだから。期待しててよ」

わかったよ、と適当に頷いてから、さっきの夕食が思いのほかうまかったことを思い出した。ちょっと期待できるかもしれない。

外に出ると、相変わらず、とんでもない吹雪だった。目を開けるのにも苦労する。一歩踏み出して、油断していた、転んでしまった。右の肋を庇って、受け身しながら一回転した。どっちにしても同じことだ。息が詰まって、俺は大の字に倒れたまま、呻いた。

〈晩警備〉からは、楽しそうな笑い声が漏れてくる。

死ぬまで、笑ってろ。

＊

立ち上がるのにも苦労した。仰向けの姿勢から、横向きになるだけでも、相当の時間がかかる。それから両腕を突っ張って、ゆっくりと上体を持ち上げ、膝をついて、それから地面から手を離すのだ。背筋に力を入れて、上体を手を使わずに持ち上げる。とても不可能だと思われたが、人間、諦めずに挑戦すれば、こんな困難なことをも成し遂げることができるのだ。いや、素晴らしい。

ようやく立ち上がり、転倒しないように細心の注意を払いながら、叩き付ける風と雪の中、まず俺は交通センターを目指した。歩道の雪は、膝まで埋まる深さで積もっている。外を歩く人間は、ひとりもいないらしい。

交通センターは、すでに真っ暗で、中を覗き込むと、〈非常口〉の緑色の灯りが点いているだけだった。まぁ、そんなもんだろう。目当ては、玄関わきの緑色の公衆電話だ。

まずは、池谷の携帯電話を呼んだ。ややしばらく時間がかかった。なんだか騒がしい中で池谷が、警戒心丸出しで「もしもし」と言った。俺が名乗ると、安心したような口調で、

「いよう、どうしてる？」と続ける。

「どうした？　トラブルでも抱えてるか？」

「え？　どうして？」

「すっかり怯えたような声だったぞ」

「公衆電話って表示が出たからな。最近、珍しいんだよ。公衆電話なんてな。だから、昔の女が遥か過去から恨みの電話を寄越したかと思ったわけよ」

いい加減、酔っている。池谷の近くの誰かが「お！　昔の女！」と喚いて、みんなが笑った。

賑やかそうで、いいな。

しかし、昔の女か。俺も、いったいここで何をやっているんだろう。

思いがけず、純子が生きていて……

「おい、どうした？」

「ああ、すまん」

「で、どうしてるんだ？」

池谷は、立ち上がって歩いているらしい。喧噪がだんだん遠くなった。

「酔ってるのか？」

「いや。それほどでもない。ちょっと会合でな。もう、そろそろ病院に帰るところだ。で、今どうしてるんだ？」

「田舎で、頭が腐りそうになってる」

「お前の頭は腐りやすいからな」

「……ええと、どういうことだ？」

「冗談だ」

「どういう意味の冗談だ？」

「意味はない」

「……で、この前頼んだ、付添婦のことなんだけど、どうだ、わかったか？」

「わからないよ、まだ。わかるわけないだろ。みんなそれぞれ、てんやわんやで仕事してるんだから。のんびり遊んでるのは、お前だけだぞ」

「……のんびり遊んでるわけでもないんだけどな。殴られたり、蹴られたりもしてる」

「好きだな、お前。そういうのが」

「好きなわけないだろ」

「薬は服み続けろよ。ちゃんと服み切るんだぞ」

「わかったよ」

「あ、それからな、例のドンパチは、まぁ、あれっきりだ。お前のことも、うまくうやむやにすることができたから、安心しろ。病院も、面倒臭いことをあれこれ言われるのは面倒臭いからな。あれ？　あれ？……俺、酔ってるか？　なぁおい、俺、酔ってるかな？」

「なんで」

「面倒臭いことは面倒臭いって、いま俺、言ったよな」

「ああ」

「酔ってる証拠かな。赤いリンゴは赤い。はははは！　現代詩だ。あいだみつをだ。はははは！」

　確かに、酔っている。楽しそうだな。

「どうでもいいよ。とにかく、付添婦のことは、まだわからないんだな」

「そうだ。ま、しばらく待ってくれ。わかったら、こっちから連絡するよ」

「いや、それはいい。俺の方から電話する」

　なるべく早く札幌に戻って、純子に会って話をしたい。それに、どことなく牧歌的な池谷からののんびりした電話が斗己誕にかかってきて、それでなにか話がこじれる、という可能性もないわけじゃない。

「あ！　そうだ。そうだよな。お前、携帯持ってないんだもんな」

「ああ」

「不便なやつだ」

　それでいきなり電話が切れた。面倒臭くなったんだろう。

　さてと。どうしようかな、とあれこれ考えたが、まぁ結局は、やはり松尾にいろいろと聞いてみるのが一番だろう。こいつは北海道日報、通称北日の社会部記者だ。お互いに、まだ二十代の頃からの付き合いだから、相当な腐れ縁だ。東京支社で官庁回りをしたり、ソウル支局に行ったりと、時折横道に逸れたが、ほとんどずっと社会部にいる。俺は、新聞社の機構はよくわからないが、要するにサツ廻り、というようなことをずっと好きでやってるらしい。夕刊を作るデスクになったり、論説委員になったこともあるが、いろいろとゴネて、今はまた社会部の遊軍というようなことをしている。結婚していて、東北大学の国文科に通っている息子もいるが、実はホモで、歯科医院を開業している、ハンサムな恋人がいる。この恋人にも、ちゃんと奥さんがいて息子がいるから、よくわからない。松尾は、この恋人と、深夜、シングルモルトを傾けながらバックギャモンをするのが無上の喜びなんだそうだ。これも俺にはよくわからない。バックギャモンをしているところを何度か見たことがあるが、俺にとっては、お互いに意地悪をし合うゲームにしか見えなかった。

「もしもし」

落ち着き払った松尾の声。どうもこの、携帯電話の持ち主は、普通自分で名乗らない。これが不思議だ。無礼ではないか。

「俺だ」

「おう。どうした？」

「しかし、普通は電話に出る時は、『はい、松尾です』とかなんとか言うもんだろ。二十年前に新人研修で、電話の取り方を習ったんじゃないのか、サラリーマンは」

「公衆電話からだからな。相手が誰かわからなかったから」

「……」

「相手の名前がわかってれば、ちゃんと応対するさ。でも、公衆電話じゃ……」

「世の中は、どんどん悪くなるな。そんな気がする」

「俺もたまに思うよ。無理して子供作って、失敗したな、と」

「本当に無理したんだろうな、お前の場合」

「まぁな。お前は、楽しかったんだろうな。子作りが」

「……その話はやめろ」

松尾は、さもおかしそうに笑った。

「で？　なんの用だ？」

「実は、今俺、斗己誕にいるんだ」

「なに？　なんだ、いきなり」

俺は、ここ数日の事情を、非常に大雑把に説明した。純子のことは、ただ「昔の恩人」で済ませた。簡単に話をまとめたつもりだったが、テレホン・カードが二枚なくなった。携帯電話相手だと、金がかかる。

「斗己誕の奥寺か。まぁ、いろいろとあるんだろうな。その金属バット事件にしても、ウチの若いのがひとり、気にしてずっと追っかけてるよ。加害者のことを気にしてる。その、行方不明の高校生だな」

「そうか」

「ああ。そいつも高校の頃、いじめられてたんだそうだ。線の細いやつなんだ。しかも成績がよくてな。母子家庭で、相当苦労したらしい。そこにつけ込まれて、詳しくは聞いたことがないけど、いろいろと、ひどい目に遭ったらしい。そいつが、まぁ、他人事じゃないんだろうな。なにしろ襲撃の動機が、イジメの復讐、ということになってるだろ？　自分も、まかり間違ったら、同じようなことをしたかもしれない、という思いらしい」

「行方を探してる、ということか？」

「まぁ、それもあるけど……事件の背景、というかな」

「……なにか裏がある、ということか？」

「というか……まぁ、今お前が言ったような、町の連中が、妙に周りを憚るような態度なんで、もっとなにかあるんじゃないか、と思ってるようだな。時間が空くと、ポケット・マネーで斗己誕とか、名寄とか、深川とか、いろいろと歩き回ってるようだ」

「なるほど……」

「そんなこともあって、街の連中、お前に対しても警戒してるんじゃないか？」

「なんてやつだ、そいつ」

「トビシマって名前だ。アダ名はラピュタ。飛ぶ島ってわけだ」

「ああ、わかるよ」

「でも、今は日曜版の取材で、デルフトに行ってるよ。フェルメールの生涯をどうのこうの、というわけで。日曜版の『美の歩み』、知ってるだろ？　わりと評判がいいんだ」

「なるほど」

「それから、今思い出したんだけど、確か明後日、SBCのクルーが斗己誕に行くはずだぞ」

「え？　テレビが？　なんで？」

「昨日、〈ケラー〉で、偶然SBCのソベジマと隣り合わせになってな」

「ソベジマ?」

「知らないかな」

「知らない」

「きっと、会えばわかるよ。たまに〈ケラー〉に来る」

「へぇ」

「SBCの報道制作局の制作副部長だ」

「早口言葉みたいだな」

「……」

「で?」

「斗己誕歌舞伎っての、知ってるか?」

「いや」

「戦前、そのあたりで金が採れたってのは、知ってるか?」

ええと。そのあたりは読み飛ばしたが、そういえば町史に書いてあったような気もする。

「まぁな」

「……知らなかったろ?」

「まぁな」

「採れたんだよ。斗己誕金山てのがあって、少し賑わったことがある。その時に、町の……

当時は村だったのかな、村人たちが、手作りの歌舞伎をやって楽しんだわけだ。そして、そのための、こぢんまりとした劇場も造った、と」

「……」

「もう、何十年も見捨てられてた建物なんだけどな。それを、再建しよう、という運動があるらしいんだ」

「斗己誕で？」

「斗己誕というか……。要するに、中心人物は、旭川の民芸店の社長夫人らしい。文化好きオバチャンのグループみたいだな」

「……まぁ、いいさ。暇は文化の母だ」

「で、斗己誕町とか、道庁とかに働きかけて、再建、保存、を訴えてるわけだが、もちろん、行政は理解を示さない」

「まぁ、そうだろうな。裏金作りにはあまり結び付きそうもないもんな」

「ああ。ケタが、ちょっと小さいからな。でも、新卒女学生ひとりと、窓際のジイサンふたりくらいは養える話なんだけどな」

「……しょぼい話だ」

「ま、そんなわけで、SBCが午前中のローカルワイドで、そのことを取り上げるんだそうだ。やっぱりこの時期、毎日毎日、各地の雪まつりやスキー場近くのカフェ・バーの話ばかりだと、飽きるだろ。ちょっと文化の香りもするし、目先が変わっていいんじゃないか、と」

「何人ぐらいが来るんだろうか」

「詳しくは知らないけど、四、五人てとこじゃないか？　その旭川のオバチャンに案内してもらって、建物を紹介する、という話だったぞ」

「へぇ」

「いや、つまり、そっちは今、猛吹雪だろ？」

「そうだ」

「だからさ。ソベジマが、天気を心配してな。あまりとんでもない吹雪だと、撮影ができないからな」

「なるほど」

「それに、そのオバチャンてのが、なんだか騒がしい文化オバチャンでな。喋り始めたら止まらないんだそうだ。で、ソベジマ本人は行かないから、それはラッキーなんだけど、ディレクターがえらい災難だな、って話になったわけだ」

「なるほど」

「もしもあれだったら、俺の方から、ソベジマにちょっと一言、言っておこうか？」

「なんて」

「斗己誕に今、ひとりバカがいるから、金を借りに来たら、五千円くらい用立ててやってくれ、とかなんとか」

「いいよ、別に」

「お前に連絡する時は、どうすればいいんだ?」

松尾には、教えておいた方がいいだろう。池谷はこういうことに慣れていないから、ボロン、と丸出しで連絡を取ろうとする危険がある。だが松尾なら、適当に判断して、迷彩を施すはずだ。

「できるだけ早く札幌に戻るつもりなんだけどな、とりあえず、こっちでの俺の居場所は、交通センターの近くに……」

「交通センター?」

「ああ、つまり元のJRの駅だ。そこが、今は交通資料館とバスセンターになってるわけだ」

「そうか。廃線になったのか。しかし……田舎の事情に詳しいな」

「……まぁ、それで、そのセンターの近くの、〈山の中〉って民宿に泊まってる。桑畑、という名前だ」

「用心棒気取りか」

「そうじゃないよ」

「四十郎か?」

「……まぁな」

松尾はゲラゲラと笑った。

「お前、ホントに、バカだな」

「好きでやってるんだよ」

「ま、充分気をつけろ。ほかになにか、あるか？」

「その斗己誕歌舞伎の建物は、どこにあるんだ？」

「そこまでは知らないよ。斗己誕歌舞伎のことを聞いたのも、この前が初めてだ。そっちの地元だろ？ 自分で調べろ。田舎の事情に、もっと詳しくなれるぞ」

「わかったよ」

「じゃぁな」

さて。次は桐原だ。

「もしもし……」

神妙な、探るような声が言う。

「俺だ」

「なんだ。まぁ、公衆電話からだったからな。お前しかいない、とは思ったけどよ」

どうも、俺は歴史の流れにひとり取り残されているようだ。それがどうした。

「で、お前、なにしてるんだ？」

いきなり、探るような口調で言う。

「なに？」

「今、どこにいる？ 稚内か？」

「違うよ。斗己誕だ」

「トコタン？　なんだ、そりゃ。どこよ」

「深川からバスで北へ行ったところだ」

「そうか……いや、ウチの若いのが、お前が稚内行きの夜行に乗るのを見たってからよ。何しに行くんだろうな、ってよ。お前みたいなアホゥが稚内とかでフラフラしてたら、ロシア人に泣かされるぞ」

「斗己誕て、わかるか？」

「いや。どんな字、書くのかもわからねぇよ。クイズか？」

「金属バット事件、覚えてるか？」

「ああ、あの。ああ、思い出した。ガキがひとり、フケた事件だな」

「そう。あれがあった町だ」

「なにしてる、そんなとこで。補導員か？」

「ちょっと用事があってな」

軽く、事情を説明した。

「で、そんなわけなんだけど、その森ってのが、どんなやつか、あんた知ってるか？」

「トコタンの森？　……奥寺のからみでな。聞いたことがあるような気はするな。イシザワの系列じゃねぇか？」

「イシザワ？」

「旭川の、……まぁ、業界のちょっとした顔だ。今、信組が潰れそうだってんで、その受け皿をどうする、ってなことで揉めてるだろ」

「旭川が？」

「おう。そこに刺さり込んで、商工会議所の幹部どもをえらく怯えさせてるやつだ。どいつもこいつも叩けば埃が出る連中だからな。特に旭川は、しばらく革新系の市長だっただろ。えらく古い話だが」

「ああ」

「その尻拭いがまだきちんとできてないんだ。そこを突かれたら、ちょっとみっともないことになるんでな。自治労も満天に恥を晒すことになりかねないんだ。地方から吸い上げた金で、東京の幹部が贅沢三昧してるからな」

「……あのな。いつもそうなんだけど、あんたらの業界の話は、よくわからないんだよ」

「お前はわからなくていいよ。話が逸れたな。森だろ？　そうだ、トコタンだ。思い出した。イシザワとつるんで、道北の公共事業をあさってるやつだよ。そうだ、奥寺だったな。そうだそうだ。元町長かなにかだろ？」

「ああ。どんなやつだ？」

「コジキだろ。連中は、みんなそうだ」

「とんでもなくでっかい家に住んでるんだ」

「コジキの証拠よ」

俺はふと、桐原のビルを思い出した。細長い、いわゆる鉛筆ビルの典型だ。悔しいんだろうな。

「やけにガードが堅いんでな。なにを気にしてるのかな、と思ってさ」

「そりゃいろいろとあるだろうよ。なんだよ。俺に、調べてくれって話か？」

「いや、なにか知ってたら、教えてもらおう、と思っただけだ。改めてなにか調べてくれ、という話じゃない」

「いくら出す？」

「またまた。そんなに今、苦しいのか」

「おう。店が一軒、やられた。ハメられたんだな、ありゃ。女が、本番やっちまってよ。で、挙げられた。ありゃ、イヌだったんだろうな」

「客がか？」

「ああ。もう、名前や住所は調べてある」

「……」

「こっちとしては、朝礼の訓話の記録とか、ビデオとか、全部残してあるからな。本番は、店の方針じゃない、女が勝手にやったことだ、ってことで突っ張る気だ」

「本気か？　本気で突っ張るの？」

「おう。そのつもりだ。もう、やってられっかよ！」

いきなり怒り出した。

「まぁ、冷静になった方がいいよ。本気で突っ張ったら、ほかの営業もヤバくなるんじゃないか？」

「俺んとこはよ、今はもう、全部合法的にやってるんだよ。それを、なんだ、あの連中は、しつこくいつまでもいつまでも……」

「ま、ここが我慢のしどころだな」

「うるっせぇ！」

いきなり電話が切れた。桐原の手近にグラスや食器がないことを願った。この頃は、とみに気が短くなっているようだ。

受話器をフックに戻して、ボックスのドアを押した。吹雪は、相変わらず荒れ狂っていた。俺はまた、転ばないように細心の注意を払いながら、ゆっくりゆっくりと〈山の中〉を目指した。

22

〈山の中〉の並び、暗い家を二つはさんで、赤提灯がぶら下がっている。太い針金を工夫して、揺れないように吊るしてあるようだが、〈かあさんの味　おたけ〉の文字はレース中の高橋尚子の太股のように激しく動いていた。磨りガラスの戸をガタガタと開けて中に入ると、カウンターの向こうのお婆ぁさんが俺の方を不思議そうな顔で見た。ほかには客は誰もいない。

「あら」

そう言って、俺の顔をじっと眺めている。

「入っていいですか」

俺が尋ねると、どうしたもんだろう、という真剣な表情でしばらく考え込んでいる。それから、はっと我に返ったのか、「あら、もちろんださ。入んなさい。寒いっしょ」と言う。「寒い」のは、俺のことじゃなくて、戸を開けっ放しにしていると、自分が寒い、ということのようだった。

「おにいさん、札幌から?」

「まぁね」

曖昧な返事をして、カウンターの椅子に座った。店の中は、一気に汗が噴き出すほどに、暑い。おしぼりを寄越す。右腕を伸ばして受け取った。だんだん、肋を庇いながら右腕を動かすやり方がわかってきた。だがもちろん、油断はできない。

おしぼりを広げると、プンと嫌なニオイが漂った。俺はそれを畳み直してカウンターに置いた。それから、両手の指先をジーンズの腿で拭いた。こういう時、ジーンズはいい。

「あの山中んとこに泊まってるんだもね」

お婆ぁさんが横目で俺の顔を見ながら言う。

「そう」

「……こんな吹雪だからね。誰も来ないと思ってたから、料理も……あまり、できないんだわ。マグロの刺身……山かけとか、食べるかい？」

それはいやだ、と思った。この店で、刺身を食べる勇気はない。食中毒を心配しているわけじゃないが、火を通した物を食べる方が無難だ。

「焼き鳥は……」

「ああ、あれはねぇ。……もう、やってないの。うちほれ、あたしがあんた、とうさんと別れたっしょ」

知らないよ、そんなこと。

「したから、ほれ、焼き手がいなくなったもんだから」

「はぁ」

「したから、やめたの。焼き鳥は。もう、五年くらい前だわ。ほれ、あたし、とうさんと別れたもんだから」

なるほど。赤提灯というのも、なかなか値段の張る物なんだろうな。メニューが変わったからと言って、そうおいそれとは新調できないらしい。少なくとも、この町では。それで通用するんだろう。

「あの人もねぇ……。全部呑み込んで、この町さ来たはずだったんだけどね。やってられないっちゅって、出てってさ。それっきりだもねぇ……。男は、いざとなったら、薄情なもんだねぇ……」

そんなもんですか。

「ま、焼き鳥はね。どこ行っても焼けるからさ。だからまぁ、なんとかやってんでないの？」

「じゃぁ、あの、そこに書いてある、モツ煮は……」

「ああ、あれもね。父さんいなくなって、ほれ、あたしはほれ、どっか父さんと違うんだろうね。みんなほれ、あたしのモツ煮は、父さんのとは、どっか違うっちゅうんだわ。したから、ほれ、あたしもほれ、こんな性分だからね。嫌なら食うなっちゅうもんでさ。だって、そうだべさ。いやなら食うんでないって、そう言ってやんの、あたしは」

「はぁ……」

「したからね、やめたの」

「ないんですか」

「だってあんた、ほれ、あたしはほれ、どっか父さんと、やっぱあれだべね、なんか違うんだべね、父さんはほれ、もともと料理人だったっしょ？ したから、そういうところは、やっぱあたしはね。ほれ、あんた、あたし、料理も下手だから。したけどあんた、自分から注文しといて、それでわざわざ食べてさ。それであんた、『父さんの方がうまかった』っちゅうんなら、ほれ、あんた、あたしこんな性分だもんだから、したらあんた、食べんくていい！ っちゅうことになるべさや。したもんだから、やめたの」

わかった。聞き返してはいけないのだ。ほんの軽い相槌のつもりで「そうですか」とかなんとか言うと、再び同じ内容のことを、もっと詳しく聞かされる羽目になるらしい。

「鮭の切り身があんだけど、焼いて食べっかい？」

「ああ、じゃ、それお願いします」

お婆ぁさんはよっこらしょ、と立ち上がり、家庭用の冷蔵庫を開けて、パックに入った鮭の切り身を取り出した。見えないところでゴソゴソとなにかやっている。それから、突然ハッとして顔を上げ、「あらわたし」と言った。

「は？」

「あら、ほれ、わたしあんた、いやぁ、わたしだらほんとに。ははは！　ビールもまだあげてない。ははは！　いやほれ、わたしもあんた、もう、年だわ。年だねぇ、ホント。いや、わたしだら、ほんっとにね」

「いやあの……」

ビールの銘柄はなんなのか、俺はサッポロの黒生かエビスしか呑まないのだ、国産ビールの場合は、でも、きっとこういう店ではビールは冷え過ぎているだろうから、できたら日本酒が呑みたいんだけど、この店ではどんな酒を置いてますか、というようなことを言いたかったのだが、言っても無駄……というか、意味を理解してもらうのに相当の時間がかかり、しかも結局は理解してもらえず、お婆ぁさんが不機嫌になってしまう、という近い将来の出来事がありありと目に浮かんだので、俺は口を閉じた。

「はい？　なんか、言ったかい？」

「いえ、あの……なんでもないです」

お婆ぁさんは、ちょっと不審そうに横目で俺をちらりと見た。多分、俺のことを、頭の悪いバカだと思っているに違いない。そのままお婆ぁさんは、俺を放置して、鮭の切り身を焼くことに集中し始めた。しばらくしてからはたと気付き、瓶ビールを注いでくれる。とても冷たかった。だが、俺はアルコール分が入っているものは、出されたらなんでも呑む、と決めている。で、とにかく呑んだ。

「あらちょっと。おにいさん。呑みっぷり、いいねぇ」

お婆ぁさんは嬉しそうに言って、「こんなお婆ちゃんのお酌じゃつまんないだろうけど」とお約束のセリフとともに、ビールを注ぎ足してくれる。俺は嬉しそうな笑顔を浮かべてやった。

ほどなく鮭の切り身が焼けてきた。塩味と鮭のニオイがしみ込んだボール紙を焦がしたものを噛みしめた時とそっくりの味わいだった。もちろん、実際には、そんなものは食べたことがないが。

「味はどうだい？」

お婆ぁさんが言う。俺は、「おいしいです」と答えようとした。だが、どうしてもそれはできなかった。意地でどうのこうの、というわけじゃない。俺はもう四十五年も生きて来た年季の入った嘘つきだから、そんなことくらい、屁でもない。だがしかし、ちょっと疲れているのか、心にもないお世辞を言う、というのは結構大事業で、それを敢然身を挺して実行するだけのエネルギーが、どうやらちょっと枯渇していたようだ。

おいしいです、と答えて、にっこりと微笑むのだ！　と俺は自分を鼓舞したが、その自分は、「はぁ」と答えるので精一杯だった。当然、お婆ぁさんはちょっと面白くなさそうな顔つきになった。気まずい沈黙が漂った。俺はその沈黙の中で、焦がした段ボールをもそもそと噛み続けたが、噛み続けるうちには、呑み込まなくてはならない。それをまた敢えて行なうだけのエネルギーがちょっと足りなくて、もそもそ噛み続けるうちに、口の中のものは、呑み込むのが不可能なものに徐々に変わって来た。お婆ぁさんは、しんねりむっつりとした目つきで、俺をじっと眺めている。固い沈黙。

俺はやり切れなくなって、勇気と力を振り絞って、一気に口の中のものを飲み下し、勢い余って「え～と……」と意味のない声を出してしまった。

「なに？」

「いやあの……ええと……」

「……」

「あのう……ああ、あの、こちらは『おたけ』と提灯に書いてありましたけど」

「そうだよ」

「つまり、こちらはタケモトさんなんですか？」

さっき、〈晩警備〉で「タケモト」と誰かが言い、みんなが笑ったのだった。そのことをちらりと思い出したのだ。

「ちょっと、おにいさん、あんた、それ、なに？」

いきなりお婆ぁさんが激怒した。

「ちょっと！　あんた！　それ、なんの話さ！」

「え？」

「誰に言われたの！」

「いや、あのう……」

「どうせあれだべさ、山中のドンタクレにでも、知恵ばつけられてきたんだべさ！」

「ドンタクレ？」

それは、どういう意味なんですか、おばぁさん。

「あの男！　カラッポヤミのドンタクレ！」

「は？」

「冗談でないよ！　うちはあんた、女郎屋と一緒にされて、黙ってるわけにいかないよ！」

確かに、黙っているわけではない。

「ふざけんでないよ！　あんた！　このバカ！」

俺は立ち上がった。どうも風向きがおかしい。

「なんか、間違えたようですね。失礼しました。おいくらですか？」

「このバカ！　金、払うのか！」

「はぁ」

「したら、一万円、置いてけ！　このバカ！」

「一万円？」

「そうだ、このドンタクレ！」

　ススキノじゃぁこういう時は、「てめぇなんか客じゃない、金は要らないからとっとと帰れ」という場面だが、斗己誕では、一万円をもぎ取って放り出す、ということがマナーらしい。ところ変われば品変わる、というわけだな。それじゃ、こっちも郷に入ったら郷に従え、で行くしかないか。

「わかりました」

　俺はなんとなくぼんやりと一万円札をカウンターに置いた。

「あら」

　お婆ぁさんは、てきめんに機嫌がよくなって、さっと金を手の中に握り込んだ。それから
「吹雪がすごいから、帰り、気ぃつけなよ」と愛想良く言って、そして続けた。

「怒って、悪かったね。あんたも悪いんだよ。うちばタケモトと一緒にするからさ。山中に知恵つけられたのかも知れないけど、まぁあんた、騙されたんだわ。うちとタケモトは、なんの関係もないからね」

「はぁ」

「ま、気にすんでない。あたしはね、あれだから。気持ちはさっぱりしてるから、言う時は

言うけどね、根に持たないからね。気にすんでないよ。またおいで」

「はぁ。そうですか」

「そうさ。あたしはね、あれだんだわ。さっぱりしてる方だから。気持ちはね。言う時はすごいよ、そりゃ。言いたいこと、バンバン言うけどね。したけど、気持ちはさっぱりしてるから、根には持たないの。ね？　だから、気にすんでない。ね。またおいで」

「わかりました」

「そうだよ。あたしはね、あれだんだよ。気持ちはね、さっぱりしてるんだから。言う時はね、バンバン言うさ。そりゃね。言わないばないことっちゅうのも、あるからさ。したけどね、気持ちはさっぱりしてるから、根に持つっちゅうことがないからね。したから、別に気にしないで、また来なさいや」

俺は頷いて、素早く戸口に向かった。早く外に出ないと、明日の朝までずっと、「私は気持ちはさっぱりしていて、根には持たない」ということを、延々と聞かされることになる、と気付いたからだ。

「じゃ、ごちそうさま」

そう言って戸に手をかけた時、突然ガッシャンという激しい音がして、世界が揺れた。俺は思わず戸を開けて外に飛び出し、足を滑らせて転倒した。背中を思い切り打って、息が詰まった。右の肋が痛みを喚き散らしている。俺は手足をゆっくりと動かしながら痛みに耐えた。

「あらちょっと。大丈夫？」

お婆ぁさんの声が上の方から聞こえた。それから彼女は「あら」と口の中で小さく言い、戸をピシャン、と閉めた。ガチャガチャンと小さな音が聞こえるのは、きっと鍵をかけたのだろう。いきなり店の明かりが消えた。提灯も、店の中も、真っ暗になった。

人が大声で話している。何人かが、外に出てきたらしい。俺は、うんうん呻きながら、なんとか上体を起こし、慎重に姿勢を整えつつ、四つん這いになった。首を上げてあたりを見回す。〈山の中〉の玄関、〈晩警備〉に、軽トラックが一台めり込んでいた。

なるほど。俺がさっき森ダルマに話した、歌舞伎町のカジノクラブに関する口から出任せは、すぐに嘘だとばれたらしい。ま、当然といえば当然だ。

……もう少し長持ちするか、と淡い期待を持っていたのだが。

23

人間は優雅でなければならない。そして、優雅であるためには、動作がゆっくりしていなければならない。そんなことを書いたのは、確かバルザックではなかったろうか。で、この意見に従うと、人間、優雅になるための一番手っ取り早い方法は、肋を折られることにつきるな。俺はつくづくそのことを実感しつつ、〈山の中〉に、優雅に威風堂々と向かった。…

……しかし、足許に慎重を期したために、歩幅が狭く、ゆっくりと進んではいたが、足取りはちょこまかしていたかもしれない。そこのところが、ちょっと悔しいが、体の不調を完全に克服できる人間など、そうざらにはいないのだ。これでよしとしよう。

民宿の正面、というか〈晩警備〉の入り口の周りの壁というか、それは完全にバラバラになっていた。もともとヤワな造りだったんだろう。そこに軽トラックがめり込んで、壁は真横に二つに割れた感じで、枠から外れて、下半分は店の中に倒れ込み、上半分はその上に斜めになって落ちてきている。非常に風通しのいい状況で、ドアの開け閉めなしに外に出られる状況だが、別な言い方をすれば、壁がなくなったので、店の中も外になった、ということでもある。みんな、店の中から、遮る物なく吹雪を直接照らしている蛍光灯の光の中で、頼りなさそうに寒そうに、立ち尽くしている。

「あ、帰って来たね」

ちょっと青ざめた顔つきで、それでも朗らかな口調で山中が言う。その朗らかな口調に、いささかの興奮が感じられた。

「どうした？　相当揺れたけど」

「いや〜、わりぃわりぃ」

なんだかむくっとした無精髭の男が、ニヤけた笑顔で頭を掻いている。こいつが運転していたらしい。少し酔っているようだ。焼酎のニオイがする。モコモコした厚着で、首の周りに巻いた毛糸のマフラーが垢じみていた。

「ごめんな、いきなり吹雪にまかれてよ」

「したけどおめぇ、いくら視界ゼロでも、お前だら、ここんとこ、目ぇつぶってても走れるべや」

温泉ツアーの仲間だった、癖毛が言う。こいつも、ちょっと興奮している表情だ。

「こっちぁおめぇ、ホント、驚いたなんてもんでないど」

「いや〜、わりぃ、わりぃ。ブレーキ、踏み損ねたなぁ。ついついよ……ほら、オレ、……ちょっとまぁその、一杯よ……いや、まいった」

運転していた無精髭が、それほどまいったふうでもなく、しかしやや大袈裟すぎるニヤケ面で、携帯電話を取り出して、耳に当てた。小声でなにか話している。

「したらあれだ、オレは、これで帰るわ」

「じゃぁね。山ちゃん、また」

口々にそんなことを言いながら、客たちが散って行く。みんな、吹雪の白い幕の中に溶け込んで、すぐに見えなくなった。

「飛び込んで来たの？」

俺が尋ねると、山中が相変わらず不自然な上気した笑顔で、うんうん、と頷いた。それから、無精髭の運転手をちらりと見ながら小声で言う。

「被害はないんだ、ほとんど。壁が壊れたくらい。……だから、まぁ、どうってことはないんだろうけど、……これはあれだね、桑畑さんが泊まってるからだね」

「俺のせい？　オレを狙った、と？」

「いや、狙った、というとちょっと違うんだろうけどね。ただ、こんなことがあった後じゃ、まぁ、この町の人間は、もう、誰も桑畑さんとは、話をしなくなるね」

「今だって、充分に邪魔にされてるよ」

「いや、実際は、そうでもなかったんだけどね。もうみんな、これでお灸を据えられた気分だと思うよ」

「……」

「僕は、逆に面白くなったけどね」

「……なるほど」

「あの、運転してた男は、森重機のオペレーターなんだ。会社に……森に連絡してるんだろうね。僕はこれから警察に届け出るけど、ここで事故にすると、あのオペレーターが、しばらく仕事ができなくなるわけだ。見たとおり、酒に酔ってるからね。そこでいろいろと話し合いで、まぁ、あの壁の修理費……森建設がタダで直してくれる、ということになるんだろうな。で、ちょっと迷惑料で、何十万かくれる、ということになるんだろう、と思うよ。で、ボクは、恐れ入って、桑畑さんを放り出すことになる、というシナリオさ」

「平凡だね」

「田舎だからね」

「札幌でも、そんなもんだよ。東京でも、そうだろ、きっと」

「ボクはね、札束で横っ面を張られる、というのは、まぁ、それほど嫌いじゃないんだ。金ってのは、大事だからね。でも、それほど嫌いじゃない人間だ、と、頭っから判断されると、ちょっとムッとするんだ」

「素直じゃないね」

「札束で横っ面を張るにしても、そこにはマナーってものがあって然るべきだと思うんだ」

明るい表情とは裏腹に、どうやら山中は、強く憤っているらしい。

「我が物顔に振る舞うのを、端で見てるのは……不愉快だろ」

「当然だ」

「しかも、こっちがそれを受け入れることしかできない場合、なおさらだよね」

「確かに」

山中は静かに深呼吸した。自分を落ち着かせよう、としているらしい。

「そりゃまぁ、たいがいのことは金で片が付くさ。いや、そういうものとして、金を発明したわけだ、人類はね。そこんところが、ボクとマルクスとの考えがずれる、そもそもの原点なんだけど……」

そう言って、俺の視線に気付いて、そっぽを向いた。

「ま、とにかく、そういうわけだ」

「え？」

「電話が終わったようだ」

言われて無精髭男を見ると、確かに携帯電話を畳んで、ムクムクした作業ジャンパーの胸ポケットに収めながら、ちょっと危なっかしい足取りで近付いて来る。

「今、アレだ。会社に電話して、ウチの社長がすぐ来るっちゅってっから。すぐ来るとよ。な。ちょっと、待っててくれや」

山中は眉毛を持ち上げてうんうん、と頷き、「ま、寒いから中に入ろうや」と俺と無精髭に言った。

「そんだな」

無精髭が先頭になって、〈晩警備〉に入った。

俺と、半ば酔っ払った重機のオペレーターは、カウンターに並んで座った。山中がちょっとぎこちない手つきでコーヒーを出してくれた。オペレーターはズズッとすすり、「やっぱ、酒は飲めねぇしな」と言って、ぎらりと光る銀歯を剝き出しにして大声で笑った。

その前で、山中がなにか考え込んでいる。なにを考えているのか知らないが、とりあえず、さっきから気になっていたことを尋ねた。

「ここらへんの言葉で、ドンタクレってのは、どういう意味だ?」

「ドンタクレ? 聞いたことないなぁ」

「さっき、そこの〈おたけ〉って店のオバアチャンがそう言って、怒ったんだ」

「は! ははは! あのババァ、なに言われて怒ったってよ」

オペレーターが割り込んで来た。

「いや、別に……ほら、さっきここでみんながタケモトって名前を言って、笑っただろ？」

「タケモト！　は！　は！　ははは！」

オペレーターが心から嬉しそうに笑った。山中も、ちょっと笑顔になる。

「なるほど。で、あの〈おたけ〉がタケモトなのかな、と思ったわけ？　そう、あのバァサンに聞いたの？」

「まぁ、そういうわけだ」

「じゃ、怒っただろうなぁ」

「ものすごかったね」

「は！　は！　はははは！」

「タケモトってのはね……」

「女郎だ、女郎！」

「あの〈おたけ〉のオバァチャンも、そんなこと言ってたけど……」

「まぁ、ここらには、女と遊べる場所は少ないから。深川とか、旭川とか、あそこまで行かないと、ヤレないわけだ。女子高生を相手にするのも、ちょっと問題あるしね。いや、女子高生自体は、そこらでやってるんだよ。ただ、斗己誕の男は相手にしないからね。深川や旭川のテレクラに電話して、話をまとめるわけだ。で、相手の男は、クルマで迎えに来るわけね。金曜とか土曜の夜は、交通センターの周りに、そんなクルマがたくさん来るよ」

「ほう」

「で、斗己誕の男も、テレクラなんかを使う場合もあるけどね。急ぎの用には向かないし。それに、テレクラでアポが取れても、実際に会ってみたらパスされる、ってのも多いから。斗己誕じゃ」

「……」

「そんなわけで、まぁ、それなりに需要があるんだろうな。タケモトって家があってね。家っていうか……一応は、おでん屋なんだけどさ。ママ……まぁ、オバチャンが二階に住んでて、そっちの方の面倒も見てくれる……見てくれないこともない、という家があるのさ。……田舎じゃ、特に珍しい話じゃないよ。やっぱり、需要があるからね」

「は！　は！　ははは！　傑作だ、こりゃ。〈おたけ〉のババァが、タケモトと間違えられて、怒ったってか。は！　は！　はははは！」

気に障る笑い方をする田舎のバカだ。

「普通に、街で暮らしてるの？」

「いや……別に、そこらへんを歩ってても、どうってこともないんだろうけどね。やっぱり、それなりに遠慮……してるのかどうか、自分でも、ちょっと気が引けるのかな。あまり街には出てこないよ。……まぁ、それなりに、昔から世話になってる男も多いからね。それに、金は持ってるし。だから、自分から街に出てこなくても、電話で取り寄せるとか、通販で買うとか、あと昔なじみの男たちが折々必要なものを届けるとかね。そんな感じで暮らしてるんじゃないかな」

「は！　は！　は！　ははは！　世話んなったってか。俺だらお前、俺だら、金払っても、嫌だ！　は！　は！　ははは！」

「幾つくらいなの？」

「でもまだ……そうだな、五十代ってところかな。僕がこっちに来た時には、まだキレイだったよ。最近は会ってないけど」

「……」

「まぁ、そのあたりは滅茶苦茶でね。田舎ってのはね。タケモトさんは、まぁ、このあたりの奥さん連中全員の恨みみたいなのをひとりでかぶってるんじゃないかな。でも、奥さん連中もすごいんだけどね」

「は！　は！　はははは！　イイジマんとこ、あれ、結局別れるとよ」

「ああ、やっぱり」

山中はそう答えてから、簡単に説明してくれた。

「ソーラン・ダンス・フェスティバルってあるでしょ？」

「ああ」

十年くらい前に新しくできた祭り、というかイベントだ。ここ数年、規模がどんどん大きくなっている。北海道各地で愛好者がチームを作り、踊る。そのコンテストを、札幌で行なうのだ。その時期、札幌は趣味の悪い衣装を着た、妙に潑剌とした明るい田舎もんが街を我が物顔で練り歩く、なんだか騒々しくて、落ち着けない空間になる。

「斗己誕にも、熱心なチームがあってね。で、毎年札幌まで踊りに行くんだけど、毎年必ず不倫騒動が起きてね。すったもんだの末、結局は元の鞘に収まるのが多いんだけど、今年はとうとう別れるのが出たってわけ」

「なるほど」

「大変なんだ、あのチームは。なにしろ、あの祭りに参加するのには、異様に金がかかるからね。この町の商店街も、こんなに不景気なのに、協賛金をせびられてさ。斗己誕の町起こしに繋がるんだから、金を出すのは当然だ、という態度なんだけど、どうもね……。彼らが好きでやってることに、どうしてウチらが金を出さなきゃならないのかな」

「は！　は！　はははは！　そう言うな。あれはあれで、なかなかいいんだぞ。シナダのマチコ、知ってるべ？」

「ああ……」

山中は疲れたような顔で頷く。

「知ってる、知ってる」

「知ってるべ？　あのスケ、金出せば、誰にでもやらせるど。チームへの寄付だっちゅえば、誰でもやらせるど。二万で。は！　は！」

「……僕も、言われたよ。やらせてやるから、寄付してくれって」

「は！　は！　ははは！　鏡ば見たことねぇんだべな！　いっくらお前、亭主が能なしだっちゅっても、ありゃひでぇど。あれはお前あれだ、金もそうだし、寄付も欲しいんだろうけどよ。したけどあれはお前、あれだべな、根っから好きなんだべ。あの顔でよ。……は！　は！　はははははは！」

俺は、なんとなく溜息を吐いた。山中がすっと立ち上がった。なにか、さっきから考えていたことに答えが出た、というような顔つきだ。

「ちょっと、トイレに行って来ます」

ポツリとそう言って、奥に消えた。

「な、あんた、おもしろいべ？　斗己誕ってよ。面白い町だべ。な、そう思うべ」

「おもしろいよ」

「……あんた、あれだべ。札幌から来たんだってな」

「そうだよ。もうすぐ、帰るけどな」

「ああ、ああ。その方がいい。ここらにいても、なんも見るもん、ないからな。だべ？　それともあれか。見物に来たんでないのか？」

「ちょっと、用事でね」

「じゃ、なおさらつまらんべさ。帰った方がいいわ」

「どうやら、そうらしいね」

「その前に、タケモトで一発やってくか？　は！　は！　ははは！　いや、シナダのマチコでも呼ぶか？　は！　は！　ははははは！」

そこに、ほとんど間をおかずに車が二台やって来た。壁がないので、よく見えた。吹き込む雪の灰色の幕が黄色く照らされ、なんだか豪華なパジェロがジワッと姿を現して、停まった。すぐにまた黄色い光がパジェロを照らし、ちょっと変わった形の、人間を数人、そして荷台に荷物も積めるようになっているらしい、実用トラックがその後ろに停まった。パジェロからは、この街ではあまり見かけなかった、スーツを着た男が降りて来る。それに続いてトラックのドアが開き、作業服姿の太った男が、ポン、と飛び下りた。

スーツの男は中肉中背、右腕に、気取った感じでコートをひっかけて、ふてぶてしい態度で、壊れた壁をまたいで入って来る。四十にはまだ間がありそうな感じだ。

「お宅さんか？　札幌から来たって人は」

「あんたは？」

「ミドリサワ」

「生まれ故郷の窪地の名前か？」

ミドリサワはクスッと笑った。

「失礼。俺の名前だ。ミドリサワヤスフミ」

「山中は⁉」

いきなり、作業服の太った男が、酔っ払った重機のオペレーターに怒鳴るように尋ねた。

「トイレ行った。今さっき」

「出て来いや、早く」

怒鳴るべき相手がここにいないのに、無意味に怒鳴っている。せかせかした口調だ。太った男がせかせかしていると見苦しい。俺も気をつけよう。

「で？」

俺はミドリサワに顔を向けて尋ねた。

「ちょうど勤務明けなんでな。なんだか、札幌から来た人が、深川まで行きたいって言ってるって聞いたもんだから。今のこの吹雪じゃ、まぁ、明日になってもまずバスは走らないだろうし。だから、連れて行ってやろう、と思ってさ」

「ほう。優しいんだな」

「そんなもんなんだ、田舎の人間は」

「田舎の人は、スーツも似合うね。趣味がいいよ」

ミドリサワは露骨に嫌な顔をした。

「俺は、生まれは東京……千葉だ。中学から、ずっと東京だ」

「へぇ」

「……じゃ、行くか？」

「今、すぐにか？」

「そうだ。俺も、明日はまた朝から忙しいから。そんなにゆっくりもしていられないんだ」

「なんだか、せわしない親切ごころだな」

「親切にしてもらえるだけでも、感謝してくれ」

「ミドリサワさん、仕事は？　さっき、勤務明けだ、と言ってたけど」

「仕事か。……まぁ、そこんとこに勤めてるよ」

「焼鳥屋？」

「いや。そのもうちょっと向こう……まぁ、斗己誕警察署だ」

「あらまぁ」

「そうそう。そんなわけでさ。お宅あれだろ、昨日、深川に泊まっただろ？」

「ああ」

「駅前交番でホテルを紹介してもらっただろ？」

「そうだよ」

なんで知ってる、などと愚かな質問は絶対にしねぇぞ。

「で、そのホテルにまた泊まることができるから」

「そりゃそうだろ。資本主義の国では、料金さえ払えば、なんでもできるさ」

「ん？」

ミドリサワは、ちょっと考え込んだ。それから、すぐに考えるのをやめて、「じゃ、送りますよ。行きましょう」と優しい口調で言った。

そこに山中が戻って来た。

「おう！　山ちゃん！」

作業服の太った男が、威勢のいい猫撫で声で言う。

「悪かったなぁ。申し訳ない。こいつ、ホント、クセぇ悪くてなぁ。もう、二度とこんなこと、ないように、きつく言っとくから。悪いけど、今回だけは、目ぇつぶってくれや」

「まぁ……気をつけて下さいよ、これからは」

オペレーターが、神妙に頭を下げる。

「申し訳ない」

「じゃ、とりあえず、これ。お詫びってことで」

作業服が、封筒を差し出した。わりと厚みがある。

「そんなつもりじゃなかったんだけどな」

山中が曖昧なことをもごもご言いながら、受け取った。

「で、修理は、もう、明日朝イチで、アッという間に片付けるから。なに、二時間もかかんない。元通り……もっとカッコよくしてやっからよ」

山中は、当然だ、という顔で、うんうん、と頷く。

「な、いいべ？　ほら、刑事さんも証人だ」

「いや」

ミドリサワは言下に首を振った。

「俺は、ここにはいないから」

「わかってるって。ま、一応、マジナイみたいなもんでよ。心配しねぇでくれ。俺ら、きちんとすっから」

ミドリサワは顔を背けて、片頬でニヤリと笑い、そのまま俺の方を見た。

「じゃ、行きますか？」

俺は、ほんの一瞬、山中の方を見た。小さく頷く。腹の中が冷たくなった。だがまぁ、ようすを見るさ。

「荷物を……」

そう言って俺は立ち上がった。

「ああ、別に慌てなくていいよ。こっちは、そんなに急いでないから」

ミドリサワが丁寧で横柄な口調で言う。なにもかもが気に入らない。

部屋に戻ろうとした俺に、山中がなにか言おうとした。だが、ミドリサワが「山中、紅茶くれや。ハチミツ入れてくれ。例の、能書きハチミツだ」

と、穏やかだが有無を言わせぬ口調で言ったので、結局、ふたりで喋るチャンスは消えてしまった。

＊

残念なことに、荷造りはすぐに終わってしまった。俺の荷物は、本当に少ない。こうやってバッグに詰め込むと、スーツはしわくちゃになってしまう。だがまぁ、それは別に大した問題じゃない。

……問題は、なんだ。なにが問題か。

物騒な田舎刑事とふたり、吹雪の中、ほかに誰もいない密室で並んで座って、事故が続出しそうな山奥の雪道を、……おそらくは疾走するのだろう。周囲に誰もいない田舎の道を。

連中の狙いはなんだ。

純子はなにを考えているんだ。

……高田は今、なんて曲をかけているだろう。

今この瞬間、桐原が寝ている女は、例の通り巨乳なんだろうな。

どうでもいいよ、そんなこと。

肋が痛い。

ぐずぐずしてても、しょうがない。

俺はバッグを肩にかけて、立ち上がった。結構慣れたので、肋をうまく庇うことができた。

だが、殴り合いになったら、いっぺんでオシマイだ、ということはわかる。

*

精算しようとしたら、「前金でもらってるから、いいです」と言う。確かにそうだった。でも、酒を呑んだじゃないか、と言ったら、「桑畑さんの持ち込みですよ」と答える。そうだ、それも確かにそうだった。

「じゃ、まぁどうも。いろいろ、世話になった。ありがとう」

「また来て下さい。あのう……忘れ物があったら、必ず届けに来て下さいよ」

なに？

どういうことだ、と尋ねようとしたが、山中が目顔で止めた。なんだろう、と思ったが、そのままとりあえず、バッグを肩にかけて外に出た。ミドリサワが、「そっちは開いてるよ」と言いながら、運転席に座る。

普通、こういう場合、乗せてもらう方は礼を言うもんだろう。「お手数をかけます。よろしくお願いします」とかなんとか。だが、今の状況は、きっと、「普通」の場合じゃないはずだ。だから、俺は礼を言わなかった。それでもミドリサワは俺を自然に乗せた。そして、俺が礼を言わないことについても、自然に受け入れたようだ。俺が、これを「普通」の状況じゃない、と思っていることを知っている。そして、それでも別に構わない、と思っている。そして、その「構わない」と思っていることを、俺に知られても、これまた構わないと思っている。

最高に不吉だ。

そして、偉そうで、傲慢で、無礼だ。

俺は、こういうのが、心の底から嫌いなのだ。

フロントグラスには、雪がびっしりと積もっていた。ミドリサワがワイパーを動かすと、すっすっと雪がくずれ、風に飛び散った。だが、その向こうは灰色の闇で、なにも見えないことに違いはなかった。

24

延々と走り続ける。どこにいるのか、すでにもうわからなくなっている。ミドリサワは、なにも言わない。いや、走り初めてすぐ、俺がピースを取り出したら、「悪いけど、このクルマ、禁煙なんだ。悪いな」と言った。俺は驚いて、なにも言わずにピースをしまった。言うべき言葉が頭に浮かばなかったのだ。以来、ずっと沈黙が続いている。ミドリサワが流れている曲に合わせて時折顎を動かす、その時にシャツの襟がスーツと擦れてかすかにシュッシュッと音がする、それだけだ。流れている曲は、さっきはカーペンターズだった。それからアバもあった。そして気付いたらカラベリときらめくストリングスだのポール・モーリアだのが流れていた。そういうCDを買ったらしい。そして、自分でMDかなにかに編集したんだろう。バート・バカラックが何曲か続いた。

一時間以上走ったところで、道は本格的な上りになった。クネクネと右カーブ左カーブを繰り返しながら、どんどん高くなっているらしい。

「このあたり、事故が多いんだ。出合い頭のな」

ミドリサワが笑いを含んだ声で言う。

「なるほどね」

「いや、そうなんだ。実際」

また、沈黙。延々と走る。

突然、電子音のメロディーが流れた。「あ〜、だから今夜だけは〜」と、チューリップの昔の曲のメロディーだ。ミドリサワのだろう、と思って、俺は無視した。だがミドリサワは、不思議そうな顔つきで、俺の方を横目で見る。

「なんだ？」

「ん？」

「お宅さんの携帯か？」

「なに？」

と答えてから、さっきの山中の意味不明なセリフを思い出した。

このことか？

「ああ、そうだ」

「早く出ろよ」

どうやら、後部座席に乗せたバッグの中で鳴っている。

「忘れてた。バッグの中に入ってるんだ」

「じゃ、放っときゃあきらめるだろ」

「そうはいかない。心配するだろう、きっと」

シートをスライドさせて、上半身を捻り、痛いよ痛いよとめそめそする肋を宥めながら、俺は体を乗り出して後部座席のバッグの中をかき回した。

携帯電話は、バッグ本体の中ではなく、外側のポケットに入っていた。取り出して、電話から受話器が外れているマークの下のボタンを押して、耳に当てる。

これくらいのことは、知っている。

「もしもし」

「ああ、山中です」

「どうも。ありがとう」

「今、上り坂のところ?」

「ああ、そうだ」

「そうか。そこらへんから電波が届くんだ。深川まで、大丈夫だから」

「……」

「さっきから、何度かかけてたんだ」

「なるほど。ありがとう」

「ようすは?」

「まぁ、……普通だ」

「気をつけてね。たぶん、そのパジェロは、森が買ってやったもんだと思うんだ」

「わかった」

「くれぐれも、気をつけて。その電話、返しに来てね」

「必ず、そうする」

「じゃ」

電話機に受話器が置いてあるマークの下のボタンを押した。これくらいのことだって、できるのだ。だが、これで本当に電話が切れたのか、ちょっと自信がない。だが、まぁ、どうにかなるさ。

ミドリサワはなにも言わない。ただ黙って前を見ている。

俺は、電話機から受話器が外れている絵のボタンを押した。モニターというのか、画面というのか、とにかく液晶の窓が明るくなった。で、松尾の携帯の番号を打ち込んだ。

「もしもし」

松尾が慎重な声で答える。

いやぁ、携帯電話ってのは、便利なものだ。

自分で持とうとは思わないけどな。

「俺だ」

「なに？　お前、携帯を持ったのか？」

「いろいろと事情があってな」

「で？　今何時だか、わかるか？」

「申し訳ない」

「なんの用だ。今、どこだ？」

「斗己誕から、深川に向かってる」

「ん？　なにかあったのか？」

「ちょっとな。まぁ、詳しい話は後で、直接会ってからにするよ」

「……そばに、誰かいるのか？」

「吹雪は、結構すごいよ」

「そうか。で？」

「深川に支局はあるか？」

「あるよ。番号を教えようか？」

「いや、それはいいよ。今はメモするのが面倒だから。電話帳に出てるだろ？　北海道日報深川支局とかって」

ミドリサワが一瞬、こっちに顔を向けた。すぐに前に戻す。

「ああ。出てる。なんだよ、ちょっとヤバいのか？」

「どうかな。今は、斗己誕警察署の刑事さんが、深川まで送ってくれてるんだ。なにしろ、こっちは吹雪がすごいから」

「……なんかキナ臭いな」

「まだ、そうでもない」

「お前がそう言っても、安心はできないからな」

「なぜ？」

「お前、バカだから」

「なるほど」

「いい加減なところで、見極めをつけろよ。なにかあったら、すぐに連絡しろ」

「わかった」

「ほかには？」

「今んとこ、特にない」

「じゃぁな。気をつけろ」

俺は電話機に受話器が載っているマークの下のボタンを押した。

「友だち？」

ミドリサワがさり気ない口調で言う。

「ああ」

「ブン屋さん？」

「さぁ。それ、どういう意味だ？」

「字を書いてる人？」

「……ミドリサワさんは、字を書かないの？」

「書くけど」

「俺もだ」

ミドリサワは小さく頷き、前をじっと見つめた。

＊

また電子音が鳴った。今度は“Why do birds suddenly appear～”のメロディーだった。

「おっと」

ミドリサワが胸ポケットから携帯電話を取り出し、スムーズに操作して、耳に当てる。

「ミドリサワ。……ああ。……ああ。……いや……そう。そう。そういうことで。……そうだな、ちょっとあれだな。……無理だよ。……深川。……ああ。……ああ。先方に、話しとけ。……そうだ。深川だ。……そんなこと、俺にはどうしようもないよ。……だろ？　無理すんな。……それは、あんたの勝手だ。じゃぁな」

スムーズに電話を切って、胸ポケットに収める。

「運転しながら携帯で話すと、警察に捕まるぞ」

ミドリサワは俺をチラリと見たが、なにも言わずに、また前に顔を戻した。

上りがいよいよきつくなった、と思ったら、不意にちょっと広々した感じのところにでた。雪の舞い方から、それがわかる。風が、道とは関係なく、それなりの広さのあるところで回っている、という感じだ。おそらくは、峠の頂上の展望台なのだろう。ミドリサワはそのままペースを落とさずに、突っ切った。ほんのしばらく、道は水平の感じだったが、すぐに下り始める。駐車場のあたり、吹雪の灰色の幕の向こうに、クルマが数台、駐まっているのを見たような気がするが、これは思い込みが見せた錯覚かも知れない。

「……お宅さぁ……」

ミドリサワが、たまっていた思いを吐き出す、というような感じでボソッと言った。

「携帯、持ってないんじゃないのか?」

「なんで」

「斗己誕じゃ、公衆電話使ってただろ」

「ああ、まぁな」

なんで知ってる、などという愚かな質問は絶対にしないからな。

「使い慣れてないんだよ。それに、公衆電話の方が安いし」

「ああ、そうな。なるほどな。……高いよな、携帯はよ」

それでまた、延々と沈黙が続いた。

で、俺は、無事に深川にたどり着くことができた。山中には、いくら感謝してもし足りない。

25

深川の方は、それほど吹雪いてはいなかった。だが、街に人がいないのは斗己誕と同じだった。まぁ、もう日付が変わったから、人通りが少ないのも当然か。

「じゃ、気をつけて」

ミドリサワが、無愛想な顔つきで言う。俺はなにも言わずにパジェロから降りた。ドアをバタンと閉めて、後部座席のドアを開け、バッグを引きずり出し、ドアを閉めた。ドアを開け放しのままホテルに入ろうか、とも思ったんだが、そうはしなかった。なぜだろうな。大人げない、と思ったからか。俺も成長したもんだ。四十五だからな。

ホテルのガラスの大きなドアを押すと同時に、パジェロが走り去った。俺は真っ直ぐフロントに行った。昨日とは違う若い男が、眠たそうな表情で迎えてくれた。

「ご予約、承っております」

夜分遅く申し訳ない、と言おうとして、俺はハタと気付いた。俺は昨夜……もう一昨日の夜か、チェック・インの時に、ここで事実そのままの住所や電話、本名を書き込んだはずだ。ということは、もう、俺の個人情報が、あいつらにわかっている、ということになるか。ミスだった。〈山の中〉に泊まる時は、それなりに警戒して、偽名を使ったのだ。だが、ここに泊まった時は、こんなに話がこじれる、とは思っていなかった。

失敗だ。

連中は、いつ、俺の本名その他を知ったのだろう。森に話した嘘が、あっさりとばれたのも、おそらくはこのせいか。しかし、少なくとも森は、俺がデタラメを聞かせた時は、俺の正体を知らなかったと思う。

連中の中で、情報がどのように行き来したのだろう。……とにかく、失敗は失敗だ。

……だがまぁ、失敗は失敗として、今、俺はどっちの名前を書くべきだろうか。

とりあえず俺は、〈山の中〉と同じことを書いた。桑畑四十郎、札幌市中央区……。書き込んで渡すと、フロントはちょっと怪訝そうな表情になった。

「ええと……桑畑様ですか？」

「そうだよ」

「ご予約では……」

フロントは、俺の本名を口にした。

「ああ、いや」

俺は動揺しつつも、踏み止まった。

「それはあれなんだ。友人がね。実は、後から女性が来るもんだから。そんなわけでさ」

フロントは、ちょっと考え込んでいる。

「わかるだろ？」

俺がニヤリと笑って頷くと、フロントはなんとなく納得した。まだ若いな。それに眠たいのだろう。

「はぁ……」

「じゃ」

あやふやな顔つきで差し出すキーを受け取り、俺はさっさとエレベーターに向かった。

連中は、俺の本名も、ススキノの住所も知っている。どうする。……今、あれこれ考えても、どうしようもないか。とにかく、今はここから抜け出す方法を考えることだ。そして、斗己誕に戻るのだ。誰にも気付かれずに。

＊

今度の部屋は三階だった。キーをかけてベッドに座り、コートを脱いで、俺はすぐに携帯から桐原に電話した。

「もしもし」

また警戒心に満ちた声で答える。

「俺だ」

「なに？　お前、誰の携帯借りてる？」

「ちょっと話がややこしいんだ。ゆっくり話してる時間はない」

「じゃ、切るぞ。こっちもあれこれ忙しいんだ」

楽しそうなざわめきが伝わって来る。

「じゃぁな」

「ちょっと待ってくれ」

「忙しいんだって」

電話の向こうで、酔っているらしい女たちの声が聞こえた。

「早く〜〜〜」

「楽しそうだな」

「まぁ、マンネリだ」

「頼みがあるんだ」

「いくらでも頼め。聞いてやるよ。ただ、明日にしろ。昼過ぎにまた電話くれ」

「急いでるんだ」

「うるせぇなぁ！　てめぇ、何様のつもりだ！」

「俺様ってのは、ダメか？」

「……どうしたのよ」

「今、深川なんだ」

「斗己誕じゃなくてか？」

「ああ。追い出された」

「やっぱりな。お前と、オウムと、人喰いグマは、どこに行っても追い出されるんだよ。撃ち殺されないだけ感謝しろ」

「いろんな御意見は、ありがたく承るけどな、今は、ちょっと俺の話を聞いてくれ」

「だからよ……」

「五十万払う」

「……とうとうお前も、札束で人の横っ面を張るようになったのか」

「話を聞いてくれ」

「斗己誕を追い出されたって？」

「ああ。刑事が、パジェロで深川まで送ってくれた。道中、ちょっと不穏だった」

「なによ。コジキデカか」

「たぶんな」

「飼い主は森か」

「じゃないかな」

「……田舎のコジキはこわいぞ。物事をスマートに行ないたいってなところが皆無だからな」

「……で、今、ホテルにいるんだけどな、ここから出たいんだ」

「出たきゃ出ろよ。一人前の大人なんだろ」

「……」

桐原はククと気持ちよさそうに小さく笑った。

「で？　行くアテはあるのか？」

「それを、あんたに頼もうと思ってんだけど」

「俺としては、頼まれようとは思ってねぇな、別に」

「……頼まれてくれよ」

「頼めよ。頼むのはあんたの自由だ。好きなだけ、俺に頼め。俺だって、いくらでも頼まれてやるよ。頼まれるだけならな。じゃぁな」

「探してくれるつもりだろ、本当は」

「今の声は、ちょっと情けなかったぞ。フンフン、鼻、鳴らしてよ」

「そんなことたぁねぇだろう」

「今度は空元気か」

「おめぇ、そんなとこまで追い詰められてんのか？」

「……」

「そんな感じだ」

「バカだなぁ。……じゃぁよ、ちょっと五分待ってろ。折り返し電話する」

「助かる」

「で、さっきの話の五十万、今、現金で持ってるのか？」

「ある」

「わかった。銀行が開いたら、あといくら寄越す気だ？」

「……五百万」

「それが、あんたのリミットか？」

「とりあえず、銀行が開いて、すぐに用意できるのは、五百万だ」

「……口座にはいくら入ってるんだ？」

「五百二万円と何千円か、だと思う」

「ほう。結構貯めてたんだな。……なるほど。……ってことは、要するに、本気なわけだな」

「そうみたいだな。自分じゃよくわかんないけどな。とにかく、金の問題じゃないんだ」

「わかった。明日の朝、現金で五百万、用意できるんだな」

「銀行が開けばな。……銀行に行ければな」

「ガキか？　問題は」

「違う」

「じゃ、別れた女房か？」

「いや……」

「……昔の女か？」

「近い」

「なるほど。わかった。……電話を待ってろ。荷造りしとけよ」

電話はあっさりと切れた。

どっちがいいかいろいろ考えたが、とりあえずスーツに着替えることにした。その方が落ち着く。新しいシャツとネクタイ、靴下、下着。それらを用意して、電話を待った。五分も経たずに携帯が鳴った。桐原だった。

「あのな」

「ああ」

「これから、すぐにホテルから出られるか？」

「ああ」

シャワーを浴びる時間がなくなった。

「いい心がけだ。じゃ、二十分後にな、そのホテルの裏に、駐車場があるはずだから、そこに立ってろ。そこに、カラオケ屋のワゴン車が行く。……カラオケ屋っつーか、オチアイゲームリース、と車体に書いたヴァンが行くはずだ。それに乗って、運転手に十万払え。で、そいつが鷹栖インターに連れて行く。そこで降りろ。サーブが待ってるはずだ。それに乗れ。運転してるやつに四十万やってくれ。それで、斗己誕の近くに場所を作ってくれるはずだ」

「わかった」

「二十分後だぞ」

「助かる」

俺は、顔を洗って、そしてシャワー・トイレがあったので喜んで排便をして、着替え、コートのポケットにピースを二缶押し込んで、荷物をそのままにして部屋から出た。

*

26

携帯電話は胸ポケットに入っている。それをもう一度確認してから、廊下に踏み出して、ドアを閉めた。キーは荷物と一緒に、部屋の中だ。カチリと音がして、ロックされた。もう、前に進むしかない。

エレベーターから降りると、フロントには誰もいなかった。奥の方で仮眠を取っているんだろう。いいことだ。ロビーをそっと通り抜け、自動ドアから出て、素早く左に折れて風に舞う雪の中に紛れた。仮眠室で、チャイムが鳴ったかもしれないが、なにかの間違いだ、と思い込んでくれれば助かる。

街は暗く、誰もいなかった。まぁ、この時間だからそれも当然か。雪も風も、斗己誕ほどではなく、駐車場の暗がりで待っているのもそんなに辛くなかった。ほどなく、年季の入ったヴァンが駐車場の入り口に、すっと止まった。桐原が言っていた通り、〈オチアイゲームリース〉と車体に書いてある。俺が運転席に近付くと、サイドウィンドウがするすると降りて、白髪混じりの中年男がこっちを見た。なんだかくたびれたような顔だ。……そりゃ、くたびれてるだろう。こんな時間にいきなり叩き起こされて、走らされているわけだから。

「桐原さんの？」

慎重な口調で言う。

「ええ。御世話になります」

「ま、乗ってや」

俺は会釈して、助手席に回った。このヴァンはそれほど車高が高くなく、乗り込む時もそれほど苦労はしなかった。だが、やはり肋は痛い。

「鷹栖インターまでって話だったね」

「ええ」

俺はそう答えながら、札を十枚、渡した。

「剝き出しで悪いんだけど」

「なんも。金は、金だ」

車内には、機械のニオイがこもっていた。ハンダ付した時の、煙のニオイ。機械油のニオイ。銅線や工具のニオイ。ちらりと見た限りでは、後部座席も荷台になっていて、そこに箱形のものが積んである。

「じゃ、行くかい。シートベルト、ちゃんとしてや」

そして男はむっつりとクルマを発進させた。

「この時間だから、下、走ってくから。時間は同じだ。あれだよ。高速代はケチってんでないよ」

「ああ、ええ」

「上さ走ると、吹雪んなった時、ちょっとおっかないから」

「わかります」

「それに、高速さ走ってると、なんかあってもよそに逃げられんから」

「……」

すぐに街の灯はなくなって、ライトの光の中、雪がちらつく、暗い道が延々と続く。

男はずっと無言で、音楽もかけないから、エンジンの音と、なにかピーッという音がずっと聞こえるだけだった。男が不意に言った。

「うるさいかい？」

「え？」

「この、ピーって音さ」

「ああ。いえ、別にそれほどでは。……なんの音なんですか？」

「松葉だべ、たぶん。松葉だと思うんだ」

「松葉？」

「ああ。剣淵でな。庭に松が植わらさってる家があるんだ。そこんチのカラオケさ修理に行った時、クルマを駐めて置いたわけさ。家の前さ。したらあんた、雪が降るちょっと前だったから、松葉がびっしり落ちてでさ。クルマの上に。風、強い日だったから。半日、ずっと修理してたから」

「はぁ……」

「して、そればパッパッてはらったわけさ。邪魔臭いから。したら、そのうちのどれかが、どっかに入ったんでないかな。空気の取り入れ口かどっかに。で、風を切って、ピーピー鳴ってるんでないか、と思うんだ」

「はぁ……なるほど。管楽器のリードみたいになってるんでしょうね」

「あ？」

「いや、なんでもありません」

「りーど？」

「ええ、まぁ。それが震えて、音がしてるんでしょうね」

「だべな。まぁ、そこらば開けて、調べてみればいいんだけど、まぁ、気にしないことにしてるんだ。面倒臭ぇから。これに乗るのはオレひとりだからよ」

「はぁ」

「ひとりで、仕事してるんだ。毎日。この車さ乗って」

「なるほど」

「……桐原さんとは、長いの？」

いきなり聞かれたので、ちょっとした感慨を覚えた。確かに桐原とは、長い付き合いだ。もう二十年以上になる。……二十五年くらいか。桐原と最初に出会ったのは、ちょうど俺が純子と出会った前後だ。俺が、「学校に通いやすいから」ということを口実に親の家を出て、ススキノから歩いて十五分ほどの木造アパートで暮らしていた頃からだ。

「改めて考えると、長いですね。二十年以上の付き合いです」

「そうか。……あの人は、変わった人だな」

「ええ。変なヤクザです」

「……あんた、あの人ば、ヤクザなんて言ったら、ダメだ。確かにヤクザはヤクザだかもしらんけど……あの人は、そんなに間違ったこと、しないんだよ」

「……まぁ、そうですね」

「……あの人がいなかったら、オレ、今ごろ生きてないんだから」

「はぁ……」

男の左手の小指がない。そのことに気付いた。なにがあったのだろう。穿鑿しても意味はないかもしれないが。直接尋ねる気にはなれなかった。だが、男は独り言のように語り続ける。

「……金で、しくじったさ、オレ」

「はぁ」

「親の金さ手ぇ付けてな。逃げたさ。逃げられんのに。逃げられんっちゅこと、わかってたのにな」

「……」

「十年……もっともっと前のことだ。指、飛ばしても、済むもんでなかったのさ」

「はぁ」

「それをよ……桐原さんが、預かってくれたんだ、オレを」

「なるほど」

「心から感謝してるって、桐原さんに伝えてくれや」

「わかりました」

「あんた、あれだべ？　札幌さ帰ったら、桐原さんに、会うんだべ？」

「ええ」

「したら、その時、伝えてや。オチアイが、心の底から、感謝してるって、伝えてや」

「わかりました」

「きっとだぞ。きっと、忘れねぇで、伝えてくれよ」

「わかりました」

男から、安心した、という気配が伝わって来た。きっと、ただただひたすら桐原に感謝している、というだけの話ではないんだろう。俺の口から、この話が桐原に伝わることで、自分の点数を上げよう、としているらしい。もしかすると、金の支払いが、ちょっと滞っているのかもしれない。

「仕事は何をなさってるんですか?」

桐原が預かった、ということは、要するにまとまった金を出してやってこの男を救い、そして仕事を与えて、細々と返済を続けさせている、というようなことだろう。

「オレの仕事か?」

「ええ」

そう尋ねたのは、別に興味があったからではない。ただ、この男がちょっと眠たそうで、結構なスピードで飛ばしながら、ふと、目元がたるんでくる瞬間があるようだったからだ。俺もいい加減疲れていたので、喋るよりも少し眠りたかったが、事故を起こされるのは困る。これ以上、痛い目に遭いたくない。

男は、おもむろに語り始めた。訥々とした口調で、自分がどのようにして生活の糧を得ているか、感動もなく、嫌悪もなく、喜びもなく悲しみもなく、そして苦労を嘆くでもなく、ただ平らな口調で語った。

この男は、たぶんオチアイ、という名字、あるいは通称なのだろうが、時代遅れのカラオケやゲーム機械を修理して暮らしているのだった。このヴァンに、工具や部品など一切を積んで、道北から道東の、田舎町の店を回っているのだそうだ。そういう田舎には、未だに通信カラオケや、LD、CD、モニター画面とそこに表示される歌詞、というようなものとは無縁の、八トラック・ミュージックテープを使い、印刷された歌詞カードを読みながら、もうすでに工場でも作られなくなった旧式のマイクで歌うカラオケが生き残っているのだそうだ。ゲーム機械にしてもそうだ。スペース・インベーダー、ペンゴ、ゼビウス、平安京など、懐かしい名前がいろいろと出て来た。こういうゲームが、田舎の食堂や、喫茶店の片隅で生き残っているのだそうだ。それを修理することを仕事にして、毎日相当の遠距離ドライブをして、時には仕事先で寝たり、このヴァンで寝たりして、生活費を稼いでいるらしい。とりあえず順調で、なにしろ日本の国土の二十分の一の広さをたったひとりでカヴァーしているわけだから、仕事が途切れることはないのだそうだ。

「だから、ちょっと入金が遅れても、なんともないからって。な、きちんきちんと払うからってよ。な、そう、桐原さんに伝えてくれや。オレの口からだと、どうも……」

俺は頷いて、必ず伝える、と約束した。

「元々は、そういう仕事してたんですか？　機械いじりとか」

「いや……そんな勉強はしてないんだ。……まぁ、オレは、学校とか、どこにあるのかも知らん男だから。……十人兄弟の長男だから。オレは。妹弟ば面倒見んきゃなんなかったから、小学校も行ってないさ。農家だったからな。したからあんた、電気とか機械とかのことも、なんも知らんのさ。したけど、なんかこう……機械いじりが好きだったからさ。そんだから、見よう見まね……っちゅうんでもないか、誰にも習ったわけでないから。でも、ああでないか、こうでないか、っちゅって、いじってたら、機械っちゅのは、なんとかなるもんだ。基盤の汚れば、キレイに洗うだけでも、結構、直るもんだんだわ。そんなことして……ハンダも、自分で練習してな。ああでないか、こうでないか、っちゅって、あれこれやってみんのさ」

「はぁ……」

「道具も、あれだ。自分で、ああでないか、こうでないか、っちゅって、いろいろと考えて工夫してさ」

「……」

「なんも、あれだ。なにしろ古い機械だし。万が一、直せんくても、喫茶店だの、スナックだのババァどももあれだ、『元々古かったからねぇ、ダメだったかい、仕方ないねぇ』ってなもんで、あんた。文句も言われんから、気楽は気楽さ」

「なるほど」

「して、部品もなんとか工面してさ。壊れた機械ばもらって……なんせ、捨てるのも苦労だんだわ。重いし。ババァども、ゴミ捨て場に持ってくのも苦労だんだ。したから、それ、タダでもらってよ。バラして、部品ば外して、使えるのは使ぅのさ」

「……」

「一番参るのは、虫だ」

「虫？」

「そんだ。機械ばバラしたら、やっぱ、ほら、いろいろ隙間あるべさや、機械には。熱持つから。したから、冷やすために、隙間ば作ってあるんだ。そっから、虫、入るんだなぁ。して、中で卵生んだりよ。巣ぅ作ったりな。あれはまぁ、見ると気味悪いけどな」

「……」

そんなような話を、オチアイは淡々と語り続ける。俺は、時折相槌を打ちながら、延々と聞いた。オチアイは、仕事を嫌だとも、つまらないとも、楽しいとも、なんとも思っていないようだった。ただ、おそらくは毎月桐原に返済し続けるなにがしかの金を、きちんきちんと払うことを第一の目標に、毎日、飯を食い、仕事をし、眠っているらしい。独身だろう。そして、酒はあまり呑まないのだろう。現に、今も素面だ。酒のニオイはしない。オチアイは、不幸ではない、と俺は思うことにした。幸せなのかどうかははっきりわからないが、幸せな人間なんて、今、どこにいるんだろう。だ
気の持ちようだ、というような、ありふれた、ツマラナイ話じゃなくて。

「今までで、一番苦労したのは……」

そんなことを、自分からポツリと話す。

「免許取った時だなぁ」

「自動車の免許ですか?」

「そうだ。なんせかんせ、字が読めんもんだも。オレはよ。漢字は難しい。でもあれだ、オレは、人が三年かかることを三ヵ月でやるんだ、そういう男だんだ。だから、試験の問題集さ買って、辞書引きながら、片っ端から覚えたんだ。漢字ば。オレはとにかくそうだんだ。人が三年かかることを、三ヵ月でやるんだ」

「それが一番の苦労だった……」

「そうだ。漢字だ。……金の苦労はしたけど、なんもあんた、金の苦労なんか、苦労でない。やれば、どうにかなるんだから。本人が、歯ぁ食いしばって頑張れば、金の苦労はどうにかなる。追い詰められたら、土下座して謝ればいいんだ。世間は、鬼ばっかりでもないからな。誰かが、助け船ば出してくれるもんだ。したけど、漢字には往生したさ。実際、あれくらい苦労したこと、ないよ」

＊

走っている間、時折周囲に気を配ったが、尾行されている形跡はなかった。なにしろ、前後にほとんどクルマが走っていない。

「あれでないかな……」

オチアイが呟いた。鷹栖インターへ向かう道の脇、街灯の光の中に、セダンが一台停まっている。と気付いた時、コオロギの声のような音が聞こえた。

「おっと」

オチアイが慣れた手つきで作業服の胸ポケットから携帯電話を取り出し、淀みなく操作して、耳に当てる。

「オチアイです。はぁ。ええ。見えてます。追い越して？　はぁ。二本目の交差点で……わかりました」

そして携帯電話を見ずに電話を切って、胸ポケットに戻した。

このしょぼくれたオチアイは、俺よりも遥かに携帯電話の操作に慣れている。俺もそろそろ年貢の納め時かな、とぼんやり考えた。もしも買うんだったら、一番操作の簡単な機種にしよう。

＊

サーブに乗っていたのは、俺よりもちょっと若そうな、しかし四十は超えているだろう、と思われる、痩せた男だった。頭は、いま時ちょっと珍しい、短髪の典型的なパンチパーマで、あばただらけの顔の、右の頬に傷跡があった。ルーズなシルエットの、非常に上等なダブルのスーツを着ていた。だが、ネクタイはしていない。中はランニングシャツだ。オチアイは、俺が降りると、その男とはなにも話をせずに、「じゃ」と俺に言って、そのまま走り去った。

「御苦労さんです」

男が、丁寧に俺に頭を下げる。

「桐原さんから、お話は伺ってます」

「よろしく」

「とりあえず、店に行きます。そこで、休んで下さい。斗己誕からは、山ひとつ越えたところで、すぐの場所ですから」

なんの店だろう、とは思ったが、とりあえず、任せることにした。俺もいい加減、疲れている。

「よろしく」

俺はサーブの助手席に乗り込んだ。柑橘系の甘い香りが漂っている。この男のコロンと、そしてクルマの香水が入り交じったような香りだ。男が運転席に座ったので、俺は四十万を差し出した。

「剝き出しで悪いけど」

「こちらこそ。桐原さんに、よろしくお伝え下さい」

男は金を受け取り、一度、額の高さに持ち上げて拝んでから、胸ポケットに入れた。そしてシートベルトを締めて、言う。

「音楽、どんなのがお好きですか？」

「え……ええと……」

「スタイリスティックス、嫌いじゃないですか？」

「ああ、嫌いじゃないです。好きですよ」

「それはよかった」

すぐに、パラララ〜〜〜とトランペットが鳴り響き、チャラララチャラララとハープが華麗にきらめいた。

「好きなもんで」

男はそう言って、車を発進させた。以後、延々一時間以上、『愛がすべて』を、『愛がすべて』だけを、何度も何度も繰り返し聞かされることになった。最初のうちは、ただ黙って聞いているだけだったが、十回ほど繰り返した後は、この男は、サビの部分で、「ア〜イキャントギヴューエーニシ〜ング、コーズマイラーヴ、コーズマイラアア〜ヴ！」と甲高い小声で唄うようになった。

よっぽど好きなんだろう。

そのうちに、サビだけではなく、「メイカクイ〜ン！」とか、「インナショーファードリムズィーン、ウィードルックソーファ〜〜〜イン！」とか、知っている歌詞の部分をポツリポツリと甲高く口ずさむようになった。

本当に、好きなんだな。

段々、吹雪が激しくなってきた。吹雪の中に、戻って来たわけだ。

＊

「着きました」

と言うので降りた。相変わらず真っ暗で、しかも風がものすごく、雪が叩き付けるので、周囲の状況はよくわからないが、とにかく人里離れた雪原にいるらしいことはわかった。目の前に、一軒だけ、建坪が百坪以上はありそうな、やや大きな建物がある。

「部屋をひとつ作りましたから。まず、そこで寝て下さい」

「ここは、どこなんですか？」

「斗己誕セッツリ原野、と言いまして。来内別原野につながっている、湿原です」

「で、この建物は？」

「まぁ、知り合いのやってる、……フィリピンパブ、と言いますかね。ま、そんなような店です。最近は、フィリピン女と、ロシア系が半々ですけどね」

「はぁ……」

「なにしろ、ここらは遊び場がないから。……もうこの時間だから、こんな真っ暗ですけどね。営業中は、ネオン、派手ですよ」

「はぁ」

「ま、どうぞ。こちらです」

男に導かれて、ドアを押し、中に入った。賑やかな声が聞こえてくる。

「フィリピン女ってのは、陽気なもんです」

男が冷静な口調で言う。玄関には、靴が散乱していた。その奥の扉を押すと、中はまぁ、ススキノにもよくある「パブ」というのか、「キャバクラ」という造りで、天井にはミラー・ボールがあり、カラオケのモニターもあちこちにある。全体として、ちょっと古臭い感じがするが、それはきっと、照明を全開にしているからだろう。明るくすれば、どんな洒落たクラブも、こんなもんだろう。ソファのブースでは、女たちが酒を呑み、騒いでいた。耳慣れない言葉が飛び交っている。

「営業が終わった後は、毎晩、これです。で、夕方近くまで、ずっと寝てるんですわ」

そんなことを言いながら、男は俺のコートを受け取り、近くに控えていた若い男にそれを渡す。

「で、ちょっと挨拶して下さい」

俺の先に立って、店の奥の方に行く。一番奥の、八人掛けのブースに、でっぷりと太った五十くらいのハゲが、ふんぞり返って座っていた。ジャージを来て、突き出た腹を苦しそうに波打たせながら、真っ赤な顔をしてジョッキに入れた、透明ななにかを飲んでいる。氷があって、炭酸の泡があって、おそらくはチューハイの類だろう。

「社長」

サーブの男が短く言って、最敬礼した。俺も、それに倣った。俺は、この連中の作法というのが、わざとらしくて嫌いだが、郷に入ったら郷に従え、だ。なにしろこっちは頼み事をしている立場だし。

「お！　いらっしゃい！　なんですか、桐原のお友だちなんだってな！」

「はぁ」

「いや、よろしく！　札幌に帰ったら、桐原によろしく伝えて下さい！」

エネルギーに満ち満ちた話し方をする。

「ご自由にして下さい！　自分のウチだと思って！　まぁ、夜はうるさいですが、あとはもう、静かなもんです！」

「ありがとうございます」

「で、二階の、ちょっと狭いですが、部屋をひとつ、用意してあります。……ううん……まぁ、はじめにお話ししますとね、つまり、後から知って、『ちょっとこれは』と思われてもアレなんでね、それでまぁ、最初にお断りしておきますけど、あれです。そのう……まぁ、そっちの方に使うこともないではない、というような部屋ですけど、ま、極端な話。しかし、あれです。ご用意した部屋はです。あまり、そっちの方には、使われない……まぁ、客もね、そんなにリッチでもないし。わははははは！　二万円、握りしめてやって来るような連中ばっかで。わはは！　わは……であのそれで、まぁ、普通は、そっちの奥の……ステージのわきにドア、ありますわな。見えます？」

「ええ」

「そりゃよかった！　あそこがね、個室。三つあります。ベッド置いたらもう、それで終わりっちゅう部屋です！　一番安直な客は、そっちを使います！　で、もうちょっとゆっくりしたいのは、二階に行って、あ！　誤解しないように！　そちらさんに泊まっていただく部屋じゃなくて、もうちょっと狭い部屋が、ふたつありまして。そっちを使う。で、もっとずっと懐が温かくて、時間にも余裕がある、と。泊まりたい、と。そういう客に、使わせる、特別室がありまして、まぁその。そういう時に、ま、そっちを使う……そんなあれです、そんな頻繁じゃない。頻繁じゃありませんよ。たいがいはまぁ、二万円握りしめて来るような客ばっかだから。わははは。……そういう部屋なんだけど、いいかい？」

「御丁寧に、ありがとうございます」

「いやいや、なんも、いや、なにしろ桐原さんのお客さんだから。なんもない田舎だけど、精一杯、お役に立てるように、こちらも……」

そう言って、女たちの方を見る。話の通り、フィリピン系らしいのと、ロシア系なのかどうか、色の真っ白なヨーロッパ女らしいのが、総勢三十人ほど、思い思いの格好で、楽しそうに酒を飲んでいる。中には、スタッフであるらしい若い男や中年の男も混じっているが、彼らは、女たちとはちょっと距離を置いて、友好的に振る舞ってはいるが、完全に楽しんでいるようには見えなかった。どこかに警戒心を囲い込んでいるようだ。

「で、あれです。どの女がいいですか？」

「あ、いや……」

「どれでも、どうぞ」

「いや、今は、そちらの方は、ご心配なく」

「え!?」

目をまん丸くして、心の底から驚いている。

「私は今、女の用事であれこれ動いているもんですから。で、ちょっと別な女にどうこう、という余裕がないんですよ」

「え!? そりゃすごい。そんな、いい女ですか」

「ええ」

「なんでもしてくれる?」

「そうです」

「いろいろと、ご奉仕が大変?」

「ええ」

「そりゃすごい! いやぁ! ははは! さすがは桐原さんのお友だちだ。いや、男冥利に尽きますなぁ!」

なにをどう解釈したのか知らないが、社長はひとりで呑み込んで、「いい、いい、素晴らしい!」と機嫌よく、俺の肩を叩いた。

「じゃ」

サーブの男がそう言って、「こちらへ」と頷く。俺は社長に丁寧に頭を下げて、サーブの男の後に続いた。

一度玄関に出て、別な扉を押すと、上に階段がつながっている。それを上ると廊下は二手に分かれている。

「こっちは、女たちの宿泊所です。で、こっちが、……まぁ、特別室、と申しますか。その、一番奥の扉です。ごゆっくり、お休み下さい」

丁寧に頭を下げて戻って行く。

ドアを押してみた。中は、まぁ典型的なラブホテルの一室だ。ちょっと狭い。二時間休憩四千円、というあたりの部屋、という感じだ。バスがやや広いのがありがたい。ここも、シャワー・トイレだ。下水道はここまで来ていないだろう、と思うが、まぁ、シャワー・トイレを設置することはできるんだろう。日本は、どんどん立派になっていくな。

ただ、部屋の中に濃厚に漂う室内芳香剤の香りが、ややつらい。この香りに塗りつぶされた、さまざまなニオイの存在を、どうしてもついつい考えてしまう。

だがまぁ、いいさ。

ベッドに座った。それから、スーツの上着を脱いで、手近の椅子にかけた。で、ズボンを脱いで、トイレで用を足して、またベッドに座った。自分が、思った以上に疲れている、ということがわかった。緊張を解くと、肋の痛みを意識してしまう。まぁ、あと少しの辛抱だろう。……二週間くらい。やれやれ。

いろいろと考えることがある。ピースに火を点け、仰向けになって、天井を見上げた。

俺は、なぜススキノに帰らないんだろう。……まぁ、答えは簡単だ。ススキノに帰れ、とみんなに言われたからだ。帰れ、と強要されたからだ。これできっと、お願いだから、ずっと斗己誕にいてくれ、ここに骨を埋めてくれ、と頼まれたら、きっと一目散にススキノに帰っただろう。

だがま、それはそれでいい。

だが、なぜ連中は、あんなにも俺を帰したがったのか。奥寺に届け物をしに来た、というだけで。もちろん、いろいろとヤバいことはやってるだろうが、それにしても、極端すぎる。なにか、タイミングの問題で、まずいことがあったか？

それに、そうだ。純子は、なんであんな白紙入りの封筒を奥寺に届けるように言ったのか。そこのところが、そもそも謎だ。

……指からピースが落ちたので、はっとして目が醒めた。いつの間にか、眠っていたらしい。これは危ない。立ち上がって、小さなテーブルの上の灰皿でピースを消し、またベッドに戻った。

朝になったら、なにをどうしようか。斗己誕に戻れば、すぐに誰かに見られるだろう。…… それでもいいか。札幌に戻らずに、また舞い戻って来た、ということを見せつけるだけでも、またなにかが動き出すだろう。お菓子屋があったたな。あそこで菓子折を買って、いきなり斗己誕警察署に行って、深川まで送ってもらって申し訳なかった、ありがとう、とあのミドリサワ刑事に会いに行くのもいいな。そして、森に殴られた、と被害届を出してみようか。それから、〈湯ったりパレス〉で変な言いがかりを付けられた、腹立ちが収まらない、と騒いでみるのもいいな。そして、梨元が警官のふりをした、これは身分詐称じゃないか、と世論に訴えてみるか。そして、梨元が無許可で交通安全指導車を使った、ということを言い立ててみてもいい。どれもこれも、下らない手段だが、こういうことを真正面からやってみると、相手は思わぬボロを出すこともある。……

「素敵ね」

と純子が言った。俺は、純子を抱き締めて、ただ頷いた。ふたりとも服は着ていない。昼下がりだ。ちょっと暑い。開けた窓から、街の音が、さり気なく耳に入ってくる。

「素敵ね。ふたりっきりでこうしてるの」

「うん」

「幸せだなぁって、思うわ。……私、初めてかもしれない。幸せだなって、実感するの」

「でも、私がしっかりしなきゃね」

俺は、なにをどう言えばいいのかわからなかった。

「どういう意味？」

「だって、世の中って、残酷だから」

「残酷？」

「だって、ほら」

そうだった。窓から、女たちの悲鳴が聞こえてくる。どうしたのかわからないが、大勢の女たちが、金切り声で叫んでいる。

「なんだろう？」

俺は、上体を持ち上げた。

「怖い」

純子が、小さな声で言って、俺の胸にしがみついた。

いや、純子はここにはいない。

なんだ、あの悲鳴は。

目が醒めた。いつの間にか、眠っていたらしい。

女たちが叫んでいる。男の怒号も混じる。

俺は慌ててズボンに足を通し、背広を着た。ドアに駆け寄る。開けた。悲鳴がひときわ大きくなる。廊下には誰もいない。しかし、階下でとんでもない騒ぎが起こっているらしいことはわかった。俺は小走りで階段へ急いだ。

銃声が響き渡った。腹に響く、相当威力のある銃声だ。俺は立ち止まった。男の声が錯綜している。日本語と、そしてどこの言葉かわからない怒鳴り声。女たちがただひたすら叫んでいる。また銃声。三発、続いた。

どうする。状況がわからない。これは、俺のせいか？　俺がここに来たから？　とにかく、下に降りてみよう。足音を忍ばせて、静かに、そっと、階段を下りた。中ほどまで降りた時、いきなり扉が音を立てて開いたようだ。壁にぶつかって、ガラスが割れたようだ。興奮している外国語の怒号が重なり合う。日本語は聞こえない。なんだ。なんだ。なんなんだ。なんだか、脂っぽいニオイ。脂とチーズと、そして魚かなにかの入り交じったようなニオイ。玄関に、店の方から数人の男たちが出て来たようだ。また、銃声が三発、続けざまに響いた。とんでもなく大きな銃声だ。俺はすっかり震え上がって、階段の壁にぴったりと体を寄せた。これで、あの連中がこの階段まで来れば、俺は多分、グチャグチャになってあたりに飛び散るだろう。

冗談じゃねぇぞ。

男たちは、外国語でワァワァと怒鳴り合い、そして不意に静かになった。外に出たらしい。と思ったら、いきなりまた銃声が、今度はもう数えることができないほどに続けざまに鳴り響いた。あちこちでガラスが割れる音がした。俺の鼻先をかすめた。右を見ると、玄関に面した壁に穴が開いている。左を見た。そっちにも穴が開いている。俺の前を、一発、すっ飛んで行ったらしい。

クルマが発進する音が聞こえた。

でも、だらしないことに、俺はしばらく立ちすくんでいたようだ。三分ほどだろうか。ずっと続いていた女の悲鳴の中に、男の声が混じるようになった。日本語だ。俺は、恐る恐る下に降りて、店の中を覗いた。

中は、もう、滅茶苦茶だった。あと一歩で、ススキノの外れのビルにある、俺の部屋だ。俺の部屋は、掃除も片付けもしないので、日本で一番汚い部屋だと思う。さっきまで、それなりに普通の「店」だった場所が、今は、あと一歩で俺の部屋だ。とんでもないことが起こったらしい。

あちこちで、床に伏せた女たち、壁にもたれた女たちが泣き喚いている。そして、一番奥、俺の正面で、社長が……社長の一部が……違うな。社長の大部分が、椅子に座っていた。ただ、顔が半分なくなっているし、右肩もどこかに……いや、おそらくは、その周りの血しぶき血だまりになっているのだろうが……なくなっている。人間は、顔が半分なくなると、そこから物凄い量の血を流す。初めて見た。体のあちこちに穴が開いているようだが、残った半分の顔から流れて出している血液の量が一番すごかった。

壁際に突っ立っていたサーブの男が俺に気付いて、はっとした表情になった。青ざめた顔に、血の気が戻って来た。

「大丈夫でしたか」

「どうしたの？」

「ウクライナの連中だな」

「ウクライナ？」

黙って頷き、「誠に申し訳ない」と言う。

「いや、それは……」

「とにかく、行こう」

誰にともなくそう言って、「シュン！　マエダ！」と大声で言った。若いのがのろのろと立ち上がる。

「行くぞ。まず、女たちに用意させろ」

ショックがさめやらない緩慢な動作で、数人の若い日本人たちが仕事に取りかかった。

「どうするの？」

俺が尋ねると、サーブの男はこともなげな口調で言った。

「女どもを連れて、とにかく小樽まで行くさ」

「小樽？」

「これからだと、まぁ……雪の状況にもよるけど、昼過ぎには着く」

「で？」

俺はどうなる？

「ウチんとこは、小樽に支店があるんだ。そこでちょっと落ち着いて、女たちの割り振りをちょっといじる」

「ここは？」

「もう、ダメだろう」

やけにあっさりとした口調だ。そんなものなのか、とぼんやり立っていると、「ああ、そうか」とサーブの男が呟いて、続けた。

「ウチは、まぁ別にこの店にはなんの関係もないんだ。女を調達して来て、ここに連れて来るだけでな。この店は社長のもんで、ウチらとは関係ない。ただ、女になにか問題があると困るし、それに……まぁ、こっちで男を作ったのもいるから、その男も食わせるって意味で、俺を含めて、五人がこっちに来てるけど、この店との関係じゃないんだ」

「ああ、なるほど」

「なんであの社長がバラされたのか、そりゃウチらにはわからん。クスリかカニか、銃か、4WDか、そのやりとりがややこしくなったんだろう。さっきの連中は、特に金を探すような真似もしなかったからな。金でどうにかなる段階じゃ、もうなくなってたんだろう。ただバラしに来たんだろうな。体がでかいだけで、肝っ玉の小さいのが多いからな。ひとり殺すのに何人も来るわけだ」

「はぁ……」

で、俺は？

「あんたには、申し訳ないことになった。すぐに場所は手配するから。斗己誕に、目当てがあるから、安心してくれ」

ありがとよ。

女たちは、ショックのせいかしばらくはまともに動かなかったが、スイッチが入ると、慣れたもので手際よく荷物をまとめ、ちゃんと着替えて、化粧を直した。二十分ほどで準備が整った。俺はその間、まぁ別に呆然としていたわけではないが、なんとなく現実のこととは思えずに、おとなしくみんなを眺めていた。

女たちは二台のマイクロバスに分乗し、それぞれを若い男が運転して、真っ暗の吹雪の中、走り去った。

「じゃ、悪いけど、こっちに乗ってくれ。さっき電話して、話は付いてるから」

再びサーブの助手席に座った。

「じゃ、行きますか」

男はそう言って、律儀にシートベルトを締め、また静かに発進させた。今度は『愛がすべて』はかけなかった。吹雪の風の中、なんだかとらえどころのない沈黙を詰め込んで、サーブはひたすら、暗い道を走った。

27

眠ったらしい。起こされて目を開けると、サーブは停まっていた。外はまだ真っ暗で、吹雪いていた。

「着きました」

男が言い、そしてさっき俺が渡した金を差し出す。

「そこに、木でできた門があるから。そこから入って、道が……まぁ、道は、雪が積もってるだろうけど、見ればわかると思うから。一本道だ。百メートルも歩かないうちに、廃車や古タイヤが積んであるところがあるから。その裏に、家がある。灯りは点いてるはずだ。そこに行ってください。で、この金は、その家のやつに渡してくれ」

「あんたは……」

「ちょっと、受け取れないな。あんなことになっちまって。桐原さんに、うまく話しといて下さい。不可抗力だった、と」

「そりゃもちろん」

「じゃ、よろしく。申し訳なかった」

俺が降りると、すぐにサーブは走り去った。

俺は、吹雪の中、立ち尽くして、その後尾灯を見送った。すぐに見えなくなった。

＊

門は確かにあった。塀がなく、ただ、吹きっさらしのところに、木で作った粗末な門だけが立っていた。粗末だが、大きい。トラックも充分にくぐり抜けることができるほどの大きさだ。その門を抜けて、俺は真っ直ぐに歩いた。時折両手で顔を庇い、叩き付ける風によろめいたりしたが、とにかく、できるだけ真っ直ぐに歩いた。視界が利かず、あたりの様子はほとんどわからないが、雪の山がいくつも両側に続いているのはわかった。

道には雪が積もっているが、それを我慢すれば、それほど歩きづらくはない。幅の広い道だ。風に四方から押され、雪にまかれながら、なんとか歩き続けた。そのうちに、灰色の丘が見えて来た。なにかを積み重ねた上を、雪が覆っているらしい。これがきっと、あの男が言っていた、廃車の山、そして向こうのがきっと、古タイヤの山だろう。その横を通ると、裏側に、ちょっと驚くほどに大きな家があった。玄関の軒灯がぼんやりと黄色く光っている。そのすぐ奥の部屋の窓から、白い明かりが漏れている。俺はゆっくりと近付いた。外壁は、いかにも現代風の、洒落たレンガ風だった。レンガ色は、雪の色によく似合う。昼間見たらかっこいいだろうな、と思った。

玄関の前に立って、じっくりと眺めたが、どこにもインターフォンだの呼び鈴だののスイッチが見当たらない。しかたがない。俺はゆっくりとドアを開けた。鍵はかかっていない。

「ごめん……」

言いかけた時、とんでもなく荒々しい、犬の吠える声が爆発した。

「うわっ！」

なにをどうする暇もなく、気付いたら俺は、雪の中に仰向けに倒れていた。俺の顔の上に、牙を剝きだした犬の顔。ハァハァと荒い息で、ヨダレを垂らしている。息が臭い。

もういい加減にしてくれ。俺は心底くたびれた。高校生ともめそうになったのは、まぁ、いい。俺の落ち度だ。それから、オバチャンの下着姿を覗き見しようとした、と言いがかりを付けられて、で、ダルマみたいなオヤジに殴られて、泊まってた宿には車が飛び込んで、刑事に深川まで連れられて、その途中、展望台のところでキナ臭い連中とすれ違って、ようやく眠ったら、ウクライナ人がなだれ込んで来て人を殺して。そして、ここでとうとう犬に押し倒された。

いったい、なんて晩だ。

もう、そろそろ朝だけど。

いい加減にしてくれ。

「こら、こら。小太郎! やめなさい、小太郎! 悪い子!」

もごもごした声が聞こえた。「悪い子」と言われて、犬はしょぼくれた。顔を上げ、キュイ～ンと寂しそうに鼻を鳴らして、ハァハァと荒い息をしながら俺から離れた。

「いやぁ、申し訳ない。驚いたしょ」

小柄なお爺さんだった。歯がない。ジャージ上下に、丹前を着ている。ニコニコして、俺の顔を見下ろしている。

「話、聞いてるよ。札幌の人だろ?」

「はぁ」

「ま、入んなさいや」

「ありがとうございます。突然お邪魔して、申し訳ありません」

「いや、いいんだ。うちはもう、そんなんばっかりだから」

俺はゆっくりと立ち上がった。転んだ時にどうにかなったのか、どうにかならなくてもそういう状態なのか、肋がとんでもなく痛い。右手で撫でようとするとなおさら芯から痛くなるので、左手で軽く撫でて、自分を慰めた。

「で、とりあえず、あのう、これを……」

おずおずと差し出した金を、あっさりと受け取り、うん、と頷いてジャージの尻ポケットに収めた。

「どうする？　まず、寝るかい？　それとも、朝飯を食うか？　そろそろ六時だからな。もう、朝飯はできてるんだ」

「はぁ……」

「毎朝、自分で作んだよ。オレ。女が来るのは、十一時からだもんだから」

「なるほど」

よくわからないが、頷いた。少し、眠りたい。

「まず、ちょっと、眠らせて下さい」

「そうだべな。いいよ。そうでないかな、と思ってさ。布団、敷いてあるんだ。かび臭いかしらんけど、我慢してや」

通された和室は、確かにちょっとかび臭かった。だが、我慢できないほどではない。湿気があって、どことなく暖かみが漂っている。

「じゃ、その布団で寝てもらえばいいから。起こさないけど、ま、適当な時に起きて来てもらえばいいから。オレがいなくても、多分、すぐそばで仕事してるから。ちょっと外を探してみてもらえばいいから」

そう言って、「じゃ、好きにしてもらえばいいから」と言い残し、老人は機嫌良さそうに出て行った。

俺は、服を脱ぎ、スーツとシャツを、壁にあったハンガーにかけ、布団にもぐり込んだ。

そのまますぐに、眠ったようだ。

＊

目を開けたら、あたりは明るかった。俺は、障子のある和室で寝ていて、障子の向こうは、明るい廊下であるようだ。障子の部屋か。寝る前は気付かなかったが、ちょっと珍しいな。そんなことをぼんやり考えながら、布団の上に座り込んだ。そして、気付いた。枕元に、バスタオルやタオル、歯ブラシなどの道具が揃えて置いてある。ありがたい。それらをまとめて手に取って、それから一応ズボンをはいて、俺は廊下に出た。廊下には窓があって、窓から、小柄な老人が、吹雪の中で足を踏ん張って、除雪機で雪を吹っ飛ばしているのが見えた。その周りで、黒い犬が、積もった雪の中を泳ぐような感じで、元気に駆け回っている。俺は、窓を開けた。老人はこっちに気付いて、一度機械を止め、ゆっくりとやって来た。

「お早うございます」

「起きたかい。枕元に……ああ、タオル、見付けたかい」

「ええ」

「風呂、入ってもらえばいいから」

「ありがとうございます……あのう、今、何時ですか？」

「ほう。あんた、時計持ってないのかい」

老人は面白そうに言って、ジャンパーのポケットから携帯電話を取り出した。なるほど。

携帯で時間がわかるわけだ。

「そろそろ十時だ。九時五十二分。四時間くらい、寝たかな。ゆっくり、できたかい?」

「ええ、おかげさまで」

「風呂、勝手に入ってもらえばいいから。そっちさ行って、廊下の突き当たりだ。大した風呂でないけど、ま、ゆっくりしてもらえばいいから」

＊

風呂から上がって、Tシャツとワイシャツを着る時、ちょっと躊躇した。いかにも疲れたような、嫌なニオイがする。だが、しかたがない。我慢して着て、半分さっぱりとした気分で、適当に廊下を進んだ。玄関の方に向かうと、板張りの、居間、という感じの広い部屋があった。その前に立って、中を眺めた。四十二インチの大きなテレビがある。ビデオやLD、DVDのデッキもあった。テーブルや椅子は、どうやら手作りであるらしい。壁はベニヤ板で、これもどうやら自分で作ったもののようだった。

不思議だったのが、神棚だ。ちょっと見たことのない様式だった。まぁ別に、俺は神棚とは全く無縁の暮らしだし、今までじっくりと見たことはないが、なにか、どこがどう、と具体的には説明できないが、今まで見たことのある神棚とは全然違うような感じがした。

そこに、向こう側のドアが開いて、さっきの老人が入って来た。

「おう、風呂、どうだった」

「素敵でした。御主人の、手造りですか」

「御主人ってあんた。……まぁ、あの風呂は、そうだ、俺がまぁ、時間かけて造ったもんだけど」

浴槽は桧で、浴室全体はタイル張りで、そのタイルが作る模様が、どこかの森の絵になっている。窓が大きく、今は吹雪しか見えないが、晴れたら相当雄大な景色が見えるのだろうな、と思わせた。

「ま、座りなさいや。お茶でも飲んでもらえばいいから」

「はぁ」

ソファに座りながら、尋ねた。

「あの窓からは、なにが見えるんですか？」

「あ？　ああ、そうだな。今は、こんな吹雪だもな。晴れたらな、山が見える。ピッシリの山だ。でっかいど。気分、いいど」

「そうですか」

お茶を出してくれた。

「こんなジジイがいれた茶なんかでよかったら、飲んでもらえばいいから」

「ありがとうございます」

「して……あんたはあれだべ。札幌から来た人だべ。昨日、街の方の民宿にいた」

まぁ、知っていて当然だろう。ここにいることも、街の方に筒抜けになるのだろうか。いや……桐原が紹介してくれた男が紹介してくれた人だ。俺がここにいることは、今のところ、誰にも知られていない、と考えていいだろう。

「ええ」

「あの〈山の中〉にな」

「はい」

「あの天ぷら学生！　はははは！」

「はぁ……」

「どうしようもねぇ半端もんだ、あいつは。いくつんなっても、学生面でよ！」

この街では、みんながみんなの陰口を言い合っているらしい。

「して？　あんたこれからどうするんだ？　奥寺のことで、来たんだべ？」

「ええ」

「あんたが来たんで、みんな、目の色が変わってるぞ」

「なぜでしょう」

「知らん！　そんなこと、オレは！」

「はぁ……」

「で、あんたはどうすんだ？」

「まず……どこか、斗己誕の街の近くまで、行きたいんです。そこでタクシーを呼んで、街に戻ります」

「オレが送ってってやるぞ」

「でも、私がこちらにいる、ということはまだ知られたくないんです。私のことを気にしてる連中は、私がまだ深川にいる、と思ってますから」

「そうか……なるほど。したらあれだ、街の近くまでは、オレが送ってっちゃる。そこで、電話してタクシーば呼べばいいべさ」

「そうですね。そうしようと思います」

その前に、いろいろとすることがある。

「で、その前に、ちょっといろんなところに電話します」

「そうか。なるほどな。わかった。じゃ、オレはまた、雪かきしてっから、用事が済んだら、声かけてくれ。して、街の近くまで、行くべ」

「お願いします」

「お茶、好きに飲んでもらえばいいから。あと、こっちに、漬物、あるし」

そう言い残して、老人は身軽に立ち上がり、出て行った。

まず、池谷の病院に電話した。代表電話だ。きっと池谷は今ごろ仕事中だろう。交換の女性に名前を名乗り、携帯の番号を伝えて、時間ができたら、なるべく早く電話してくれ、と伝言を頼んだ。それから、桐原の携帯を呼び出した。簡単に状況を説明して、とりあえず礼を言った。

「おう。いやぁしかし、あの店が襲われたのは驚いた。いや、ホント、驚いた」

「サーブの男は、相手はウクライナ人だ、と言ってたぞ」

「まぁ、そこらへんの見当だろうな。あっさり弾けるんで、なかなか付き合いづらいんだとよ。じゃ、とにかく、今はセンザキのところにいるんだな」

「センザキ？」

「そうだ。今、お前が世話んなってるウチだ。名前、聞かなかったか？」

そうだな。忘れていた。眠たくて、ぼんやりしていたらしい。だが、老人も、俺の名前を聞こうとしなかった。

「廃品回収業者だ。その業界じゃ、道北の、ちょっとした顔でよ。あいつらにはあいつらで、それなりの人脈があるからな。俺らもちょっと、触れない部分があるのよ」

「へぇ」

「でも、ま、いいやつだ。食えないジジイらしいがな。独り暮らしで、一日おきに旭川の大学助教授の女房が、身の回りの世話をしに来るんだと。気楽な暮らしをしてるらしい」

「その女ってのは、親戚か？」

「そうじゃねぇだろう。バシタだろ」

「へぇ……」

「……」

「歳の割には、結構モテるんだとよ」

「金があるしな」

「なるほど」

「いいヤツだが、怒らせると、怖いぞ。いろいろと、バックがあるからな」

「なるほど。気を付ける」

「で。なにをするつもりなんだ？」

「自分でも、まだわからないけど」

「いい加減にして、帰って来いよ」

「残金は、札幌に戻ってからでいいか？　ちょっと銀行に、すぐには行けないようなんだ」

「まぁ、急がないけどな。ま、なるべく早く帰って来い。なんとなく、イヤな予感がする」

「予感？　なにかヘンな話があるか？」

「いや。別にないよ。……ってぇか、斗己誕は、いろいろとイワクがある街だけどな。……まぁ、別にこれと言って変なネタを聞いたわけじゃないけどよ。なにか、嫌じゃねぇか。偶然にせよ、ロシア人が飛び出したりよ」

「まぁな。……あと、犬も飛び出したよ」

「犬？　ああ、センザキのか。そんなようなことを聞いたこともあるな。……ま、とにかく、適当に切り上げてこい」

そう言って、桐原は一方的に電話を切った。で、俺が携帯を切ると、すぐにまた「あ～、だから今夜だけは～」と電子音が鳴り出した。着信だ。

「もしもし」

俺が言うと、慌てたような声が言った。

「池谷だ」

「よぉ」

「伝言もらったもんだから」

声が尋常じゃない。怯えているような、驚いているような感じだ。

「どうした？　なんかあったか？」

「いやおい、ちょっとヘンだ」

「え？」

「あんた、新聞、読んでないか？」

そう言えば、昨日は新聞を読まなかった。

「昨日の午前中、豊平で、女性がひとり、連れ去られた、という事件があったの、知らないか？」

知らない。みぞおちのあたりが、どんよりと重たくなった。

「知らない……新聞、読んでないんだ」

「その連れ去られたのが、どうやら、ウチで働いていた、付添婦さんらしいんだ」

「……」

「一応、ここに切り抜きがある。場所は、地下鉄東豊線豊平公園駅の近くだ。ホンジョウジュンコさん、文庫本の本、庄屋の庄、純粋の純、子供の子、本庄純子さん、六十一歳が、通りかかった車に引きずり込まれるのを、通勤途中の人々が目撃した。本庄さんは、相当激しく抵抗していた、と。で、何人かが、一一〇番に通報したが、今のところ、なにもわかっていない、と。警察は、事件の可能性もあると見て、慎重に捜査している、と。そういうようなことが書いてある。車は、黒っぽいセダンで、ナンバーの一部も出てるぞ。最後の二つがわからないらしいがな。いいか。札幌五〇〇む……」

池谷はナンバーの一部を二度繰り返した。俺は聞きながら頭に叩き込んだ。

「警察は、熱心に情報の提供を求めてるようだ」

「……で、それが、例の女性なのか」

「そのようだな。派遣センターの方から、無断欠勤してる、と連絡があった。あんたが言ってたように、この人が担当してたのは、七十四歳の心臓病の老人だ。名前も純子だし。違うか？　この人じゃないのか、あんたが気にしてたのは」

「どうやら、そうらしいな」

名前が本名だったとは知らなかった。字まで同じか。俺にだけ、本名だったのか。それとも、客はみんな、彼女のことを「純子」と知っていたのか。いや、そんなこと、今はどうでもいい。

「じゃ、どういうことになる？」

「わからない。ちょっと、考えをまとめる必要がある」

「どうする？」

「だから、ちょっと待ってくれよ」

「とにかく、なにかわかったら、またこっちから電話しようか？」

「頼む」

「じゃぁな。忙しいんで、これで切るぞ。なんだかよくわからないけど、いろいろと、気を付けろよ。薬は服んでるか？」

忘れていた。

「ああ」

「ちゃんと、服み切るんだぞ」

「わかったって」

「じゃぁな」

電話を切って、すぐに松尾の番号をプッシュした。

「どうした？」

松尾の声は落ち着いている。きっともう、この携帯の番号を登録したんだろう。

「教えてほしいことがあるんだ」

「なんだ？」

「昨日の朝の、豊平での拉致事件……」

「ああ、オバアチャンのな」

「……六十じゃ、まだオバアチャンじゃないだろう」

「……まぁ、いいよ、別に。オバサンでも」

「ま、それで、その件について、なにか詳しいこと、わかるか？」

「なんで？」

「さらわれたの、知り合いなんだ。たぶん」

「ほう……」

「警察は、どう考えてる？」

「……なんか、声が真剣だな」

「俺はいつだって真剣だ」

「……まぁ、ちょっと待て。じゃぁな、俺がちょっと問い合わせてやるよ。十分後に電話しろ」

「頼む」

「ただの好意じゃないからな」

「わかってるよ。情報は、バーターだろ？」

「そうだ。とっても、大切なことだからな」

「わかってるよ」

電話を切って、落ち着け、と自分に言い聞かせた。まず、考えよう。

純子が、車で拉致された。なぜだ？　俺がこうして斗己誕にいることと、なにか関係があるか。あるだろう、当然。それは、どんな関係だ？

純子は、なぜあんな白紙を奥寺に届けさせた？

今、彼女はどこにいる？

だめだ。まったく考えがまとまらない。

とにかく、純子はなにかを知っている。斗己誕に関して、奥寺に関して。そして、俺を使って、それを知っている人間がいる、ということを伝えようとしたのだろう。別に、奥寺のためじゃない。奥寺を、困らせる……あるいは、嫌な思いにさせるためだ。で、奥寺が、純子を拉致させた……。全然なにもわからないじゃないか。

純子は今、その「なにか」をどうやって知った？　純子と斗己誕の関係は、なんだ。

純子は今、どこにいる。どこで、どうしているんだ。

ありとあらゆる不吉な場面が頭の中に浮かんでくる。こりゃまずいな、と俺は必死になって自分を宥めた。こっちの方向に向かうと、ちょっとどうしようもないことになるぞ。まず、落ち着くんだ。と、冷静に自分を抑えようとする一方で、居ても立ってもいられない、すぐにでも走り出したい、という気分を抑えられない。

落ち着け。一昨日まで、ずっと、死んだ、もうこの世にはいない、と思っていたんじゃないか。

本気か？　一昨日、会った。生きていた。ほんの少ししか言葉を交わせなかったけれども、話をした。生きていたんだ。ずっと、もう二度と会えない、と思っていたのに。そして、ほんの少ししか話をしなかった。手を握りもしなかった。

そのつもりだったろう。もう、二度と会わない、とあの時ふたりは決めただろう。

だが、全然違う。生きている、ということを知った後では、世界は全然違うものになった。

例え、もう二度と会わないにしても、純子が生きている世界と、いない世界とは違う。

手を握ればよかった。人目など気にせずに、抱き締めればよかった。

いや、また会える。俺が探し出す。

携帯が鳴った。

「もしもし」

「松尾。どうやら、そのオバチャンを連れ去った車は、そっちに向かってるらしいな」

「なに？」

「高速は通っていない、と言ってる。国道四〇号線を北上して、昨日の夕方には、旭川に入った、というところまでは、道警は把握してるらしい」

「それは……」

「設置場所は秘密だがな。例の監視システムだ。車の持ち主もわかってるらしい」

「誰だ」

「そこまではちょっと……なにしろ急な話だったからな。これからお話し合いで、少しは口を緩めてやろう、と思ってる」

「……」

「どうだ。お返しに、なにか渡せるネタはあるか？」

俺は、斗己誕警察署のミドリサワという刑事のことをかいつまんで話した。

「なるほど。まぁ、弱いな。おそらくは把握してるんだろうけどな。ま、そういう経験をした人間が、俺の周りにいる、ということは伝えておくよ。駆け引きの材料にはなる。で、お前はどうするんだ？」

「まず、森という地方ボスのところに行ってみる」

「それで？」

「暴れる」

「……どうにもならないよ。その前に、ミドリサワという刑事のスタンスを調べた方がいい」

「そんな暇は、ない」

「焦るな。ウチの旭川支局に照会するよ。斗己誕署のミドリサワな。おそらくは、上司も絡んで、なにかやってるんだろう」

「そんな悠長な暇はない」

「焦るなって」

「お前には他人事かもしれないが……」

「そんなことないよ。落ち着け」

「ま、いい。なにかあったら、すぐに教えてくれ。俺はこれから、森のところに行く」

「おい……ちょっと待て。そのミドリサワの話が事実だとすると……」

「俺がウソをついてるってのか？」

「そうじゃないよ。ひねくれるな」

「……」

「最悪のケースだと、斗己誕署が、その頭から腐ってる、という可能性もあるわけだ。小さな田舎の警察だからな」

「そこまでは考えていない」

「いや、考えた方がいいかもしれないぞ。お前、明日まで待ったらどうだ。明日には、SBCのクルーがその町に着くはずだ。味方ができる。メディアの前では、警察もそう無茶はできないから」

「なんの関係があるよ、それとこれと」

「いや……」

「そんな時間はないんだよ。今、その女性がどうなってるか、それを考えると……」

「……いいか。とにかく落ち着けよ。そして、なにかあったら連絡しろ。俺も、状況がわかり次第、知らせるから」

これ以上、だらだら話していても仕方がない。「わかったよ」と答えて、電話を切った。

すぐにまた鳴る。

「もしもし」

相手は答えない。なにか、ホワイトノイズのような音が耳に入ってくるだけだ。

「もしもし。誰だ?」

溜息が聞こえた。繰り返している。ゆっくりゆっくりと呼吸をしている。

「もしもし!」

「やっと繋がったわ……」

女の声だ。

純子?

「もしもし! 純子!?」

「……あたし……もう、だめだわ……」

苦しそうな、力のない声で言う。

「純子! どこにいる!?」

しばらく、はぁはぁ、という息が続いた。

「純子! 場所は、わかるの!?」

「ねぇ……」

「ん?」

「斗己誕歌舞伎って、知ってる?」

知らない。だが、場所はわかるだろう。

「わかるよ」

「そこに、来て……」

「そこにいるのか⁉」

電話は切れていた。

俺は、いつの間にか立ち上がっていた。そのまま大声で怒鳴った。

「センザキさん！」

太ったオバサンが、驚いたような顔をして、奥の方から飛び出して来た。

28

「じゃ、これを着てもらっていいから。ちょっと小さいかもしらんが、ないよりはマシだべさ」

老人がそう言って、ダウンの温かそうな上下を放って寄越した。

「それから、これ、履いてもらっていいから」

ごついゴム長を差し出す。それを履いて、ズボンの裾を突っ込み、スーツの上からダウン上下をもこもこと着込む。肋が痛い。まるまると太ったオバサンが、あれこれと手伝ってくれた。優しい人に思えた。

「あんた、あのな、紹介しとくわ」

「ああ、旭川の助教授の奥さん……」

俺は、老人の言うことなど、ほとんど聞いていなかった。とにかく身支度に夢中だった。さっき桐原が話していた、この老人の愛人なのだろう、と思ったので、上の空でそう言ったのだ。

「やだ！」

太ったオバサンが、顔を赤らめて、しなを作るような仕種で、老人をぴしゃりと叩いた。

「また、そんな、センザキさん、嘘ついて」

「いや、オレが言ったんでない。もう、あったらバカなホラ、吹くのやめたさ、オレ」

「どういうことですか？」

俺は、ファスナーを閉じながら、尋ねた。まぁ、基本的にどうでもいいことだが。

「これはあれだ、タケモトのサユリだ。知ってっかな。知らんかな。おでん屋だ。ちょっと街の方さ行ったとこの。聞いたか、なにか」

「ああ……」

なるほど。昨夜、〈山の中〉で話題になった〈女郎屋〉か。

「聞いたか。まぁ、そんなわけだ。連中も薄情だ、ずっと世話んなってんのに、昼間は知らんふりだ。街さ歩くと、後ろ指差すしな」

「いいよ、別に。あたしは」

タケモトおばさんは、さほど気にしていない表情で言う。

「したけど、サユリ、そんなもんでもないべや。連中は、ホント、薄情だ」

「そんなもんだよ」

「いい女だ。こうやってな、身の回りのこと、あれこれ手伝ってくれるんだ」

「あたしは金目当てだから」

そう言って、肉付きのいい頬に、妙に愛嬌のあるえくぼを浮かべて、笑う。善良な、いい笑顔だった。

「若い頃は、もんのすごい美人だったたっちゅって、自慢すんだけど、なんも、今でも美人だっちゅってんの、オレは」

老人は、機嫌が良さそうだ。サユリもクスクス笑っている。いい関係だな、と思った。

「して、あんた、あれだな。手袋もしてないべ」

「はぁ」

「困ったもんだな、都会のやつは」

「ほれ、あんた、これはきなさい」

北海道では、手袋は「はく」と言うのだ。ありがたく受け取った。ゴムの滑り止めのボツボツがある、軍手だ。

「それだと、風、通して、冷たいから、この……」

と台所用の薄手のビニール手袋を突きつける。

「こっちを先にはいて、その上に、軍手をはきなさい」

オバサンの口調は、あくまで優しい。

「したら、用意できたか？」

　センザキ老人がシャキッと背筋を伸ばして、真正面から俺を見る。

「ええ。お願いします」

「したら、乗ってもらっていいから。俺の腰ば、しっかりつかまえるんだぞ。手、緩めたらダメだぞ。なにがあっても、俺にしがみついてれよ」

「わかりました」

　いささか、自信がない。俺は、今までに一度もスノー・モビルに乗ったことがない。しかも、猛吹雪の中だ。道のない、雪原を突破するんだそうだ。

　大丈夫だ。行ける。そして、純子に会う。

「お願いします」

　俺は、大きな音を立てて震えているスノー・モビルにまたがり、前に座った老人の腰にしっかりとしがみついた。犬が、俺たちの周りで嬉しそうに跳ね回っている。

「センザキさん、気を付けてね」

「おう。天気予報、なんちゅってた？」

「午後から、晴れるって」

「そうか。よし、行くべ」

　エンジンの回転が上がった。

「行くど」

グン、と後ろに引っ張られた。俺はなお一層力を込めて、老人の腰にしがみついた。世界が後ろに滑って行く。

＊

「オレも！　物好きだ！」

老人が、吹雪に向かって怒鳴った。

「はぁ!?」

「物好きだ、オレも！　こったら吹雪ん中、なにが悲しくて、あんたみたいなデブば後ろさ乗っけて、走ってんだべな！」

「感謝してます！」

「大事な人なんだべ!?」

「……」

「言うな。言わなくて、いい」

俺たちは、一度、空に跳ね上がった。

＊

「顔！　伏せれ！」

大声で怒鳴る。俺は慌てて顔を伏せた。ピシピシと音を立てて、小枝の先が、俺の頬や頭、腕をかすめる。

「あのな!」

「はい!?」

「山の麓さ回って行きたいんだけど、そうしたら、横風喰らって、ひっくり返るかも知らん」

「はぁ」

「したから、ちょっときついけど、正面から突っ切るから!」

「はい!」

「わかってんのか?」

「はぁ!?」

「跳ねるど。下手すると、吹っ飛ばされっど!」

「はい!」

「思いっ切り、しがみつけ!」

「はい!」

「……少し、力ゆるめれ。死ぬ」

「はい!」

*

「あんた！」

「はい！」

「いいか、俺に合わせて、立ったり座ったりすれ！」

「わかりました！」

俺たちは、バウン、バウン、と何度も跳ねた。

「うまいど！」

＊

「目、つぶれ！」

言われた通りにした。モビルが大きくカーブを描き、そして風上に向かって真っ直ぐに突進する。顔中に、細かな固い雪片が叩き付ける。息ができない。

「あんた！」

俺は、答えようとして、息ができず、えっえっと声を漏らした。

「だべ⁉　息できないべ⁉」

「えっえっ」

「息できんべさ！」

「えっえっ」

「やっぱりなぁ。はははは！」

なんなんだ。

＊

「歯、噛め！」

「は？」

いきなり上下にバウン、と跳ねて、俺は思いきり舌の先を噛んだ。奥歯が、ガチンと鳴った。

「いってぇ！」

「したから！　噛めっちゅわれたら、すぐ噛め！」

「はい！」

「歯、噛め！」

俺は思いきり歯を噛みしめた。

「ははは！　冗談だ！　はははは！」

＊

スノー・モビルが停まった。アイドリングの音が、吹雪の底に続いている。

「見れ」

老人が言う。俺は、両足で腰を浮かせ、顔を上げた。小山に囲まれた平らな雪原。その真ん中あたりに、傾斜が緩やかに盛り上がった台地がある。

「あの、丘みたいなとこ、あるべ？」

「台地みたいになっている？」

「そんだ。てっぺんさ、けずったみたいになってるべさ」

「ええ」

「あそこの上に、今は吹雪だからちょっと見えづらいかも知らんけど、雪、ふくらまさってるみたいなとこ、みっつ、あるべ？」

「ええと……」

言われるとそのようにも見えるが、はっきりとはわからない。

「あるんだ。ひとつは、祠っちゅうか、ちっちゃい神社みたいなもんの跡だ。もうひとつは、土俵の跡だ。このふたつは、もう、壊れちまって、ただ廃材が積み重なってるだけだんだ」

「なるほど」

「して、真ん中辺さ、ちょっと大きく盛り上がってるべ？」

「はぁ……言われてみると……」

「そこが、斗己誕歌舞伎だ。あんなもん、ただのボロ小屋だけどよ。まぁ、鉱山があった時は、春や秋には賑わったんだ。盆祭りの頃もな」

「なるほど……」

「なかなかしっかりした建物でな。まだくずれないで残ってる。……もう、ここらにゃ誰も住まなくなって、三十年にゃぁなるから、荒れ果ててるけど、ま、建物自体はしっかり残ってるんだ。……今は、雪ん中だけどな」

俺は頷いた。あそこに、純子がいるのか。

「したら、行くど。つかまれ」

俺は尻を落ち着け、両腕に力を込めた。

＊

老人は、台地の麓を二周した。

「誰もいないど」

「え？」

「誰も、上さ上った跡がない。ここんとこが、一応、道さなってるんだ。この、筋。わかったか？」

確かに、灌木が生えていない筋がある。台地の麓から、上の方に続いている。

「上さ行くのは、この道さ通るんだ。したけど、誰も上さ行った跡がない。な？　したから、少なくとも、雪が積もってからは、誰もこの上さ上ってないど」

「根雪になったのは、このあたりは、いつ頃ですか？」

「十二月の頭には、もう、ここらは根雪だったべな」

「……」

「少なくとも、まぁ……この吹雪になってからは、誰もここに来てないな。……たぶん、その前からな」

おかしい。

「どうする？　上ってみっか？」

「ええ」

「よし。つかまってれ」

モビルは、バウン、と発進し、急な上りをいとも簡単に上る。灌木の枝をピシピシと乗り越え、すぐに上に到着した。

「な。ここが、社の跡だ」

老人が、モビルのわきに装着していた小さなスコップで、ちょっと雪を掘った。すぐに、ボロボロの材木が頭を出す。

「して、そっちが土俵だ。俺はあんた、二十代の頃は大関だったんだよ」

「はぁ……」

「うそだ」

気持ちよさそうに笑う。

俺は、そんな冗談を聞き流しながら、こんもりと盛り上がった雪の周りを歩いた。これが、雪に埋まった斗己誕歌舞伎らしい。確かに、雪の間に木造の壁が見えている。その周囲には、足跡の類は全くなかった。老人の言っていることは正しい。根雪になってから……少なくとも、昨夜、吹雪が始まってからこっち、誰もこの台地に来た者はなく、この建物の中に入った者はいないようだ。

「お！　おい、あんた」

「はい」

「見てみれ、ほれ、あっちの空」

指差す方を見ると、黒い空の地平線あたりが、ほんのり明るくなっている。

「雲が、薄くなって来た。な、わかるか？」

「ええ」

「いかったな。もう、吹雪も終いだべ」

それはまぁ、今はどうでもいい。

「純子！」

俺は、怒鳴った。答えはない。風の音だけだ。

「純子！」

そこで、俺は思いだした。携帯電話には、確か着信履歴というのがあったのではなかったか。希望に胸を膨らませて、もこもこと苦労して胸ポケットから取り出したが、圏外の表示が出ていた。

「純子！」

再び怒鳴って、耳を澄ませた。世界からは、なにも返って来ない。

「こん中に、探してる人がいる、と思ったのか？」

「ええ……」

「したら、入ってみるべ。もしかしたら、吹雪の前に入って、中で凍えてるかも知らん。したら、すぐ助けないばだめだ」

老人は、きっとした顔で、スコップを構えた。

「スコップ、ほかに……」

「右側にも、組立のシャベルがある！」

そう言って、入り口とおぼしきあたりを掘り始めた。俺も急いでモビルに戻り、組立シャベルを車体から外して、老人の隣に戻った。

「ここ、右さ掘れ。なに、そんな苦労しないでも、すぐ掘れる」

しばらくの間、ふたりで黙々と掘り続けた。

そのうちに、木戸が姿を現した。普通の、木造住宅の木戸だ。

「たいしたもんでないけどな。物好きなもんだ、旭川の奥さんちゅのは。こんな建物を保存するべってよ。わいわい言ってるんだとよ。そんな金、この町にはねぇのにな」

そんなことはどうでもいい。

「純子！」

俺は怒鳴って、木戸を開けようとした。鎖がかかっていて、開かない。錆びた南京錠がぶら下がっている。俺はガタガタと揺すりながら、「誰かいるか！」と怒鳴った。

「いい、いい。そんなんで、開かねぇ！」

老人が面倒臭そうに言って、いきなりスコップでガスガスと木戸を壊し始めた。一瞬俺も躊躇したが、一緒になって木戸を壊した。蝶番のところに思い切りシャベルをぶち当てたら、脆くも壊れて、木戸はぶらん、と傾いた。俺はそれを蹴破って、中に入った。

中は、荒れ果てていた。無理もない。それでも、五十人くらいは座れそうな桟敷と、その前の、二十坪ほどの舞台は、見てわかった。舞台に向かって右手の壁沿いに、高くなって伸びているのは、花道のようなものだろうか。中はほとんど真っ暗なのだが、やや高い天井のあちこちから、細い光が差している。

「ああ、そうだった。そうだんだ。上の方に、ぐるりと小さい窓があってな。それを開けたり、細くしたり、閉めたりして、光の具合ば調節したんだ」

「純子！」

俺は再び思わず怒鳴った。だが、ここに彼女がいないのは明らかだった。その時。

「おい！」

老人が、俺の腕を摑んだ。

「え？」

「舞台、見てみれ」

「は？」

興奮して、指差している。

「あの、舞台の真ん中の、奥の、あそこに、蓋があるんだ。わかっか?」

「ええ……」

暗くてよく見えないが、なにか青いものが見える。

「な? 青いもの、あるべ?」

「ええ」

老人は、すたすたとそっちに歩いて行く。

「前、あんなもの、なかったんだ」

すっと身軽に舞台に上った。俺も後に続いた。確かに舞台の正面奥に、四角く切れ目がある。そしてその切れ目から、青いビニール・シートがはみ出している。よく見る、工事現場などで使っているシートだ。

老人が考えていることが、理解できた。

「あんた、そっちの隅、足で踏んでくれ。強く」

言われた通りにした。反対側が、ちょっと持ち上がる。老人はそこに指をいれて、それからスコップの先をこじ入れた。俺も彼に並んで、ほんの少しの隙間にシャベルの先っぽを差し込んだ。それから、蓋を持ち上げた。

大きな蓋を、ガタンとわきにひっくり返して、俺と老人はその下を覗き込んだ。中はそんなに深くない。人間の腰くらいの深さだ。そこに、青いビニール・シートが広がっていた。その下に、人間の頭のようなものが見えた。

純子ではない、ということは瞬間的にわかった。髪が短い。周囲がこんなに冷え切っているのに、腐ったニシンのようなニオイが漂って来た。老人が、屈み込んで、頭を穴の中に入れ、手を伸ばし、ビニール・シートを引っ張った。

高校生くらいの男の死体だった。

目は、両方とも、潰れているようだった。口を大きく開けているが、歯は見えなかった。腕が、普通とは逆に曲がっていた。

29

「これは……」

老人が、呆然として呟く。

「例の……金属バットの高校生ですか」

「ナカダの息子だ……」

呟きながら、小さく頷く。

「ここにいてあったのかぁ……」

そして、両手を合わせて拝み始めた。口の中で、ナンマンダブナンマンダブと繰り返している。涙が、ゆっくりと老人の閉じた目から滑り落ちてきた。

「ひでぇ目に、遭ったなぁ……」

それから、濡れた目で俺を見つめる。

「あんた、このこと、知ってたんか。して、これば知らせるために来たんか。斗己誕に」

「いや……そうじゃない。……でも、……純子は知ってたのかも……」

「その、あんたの大事な女か？」

「ええ」

「今、どうしてる？」

「それが……」

「ここにいる、と思ったのか？」

「そうです」

顎が冷たい。濡れているようだ。俺も、気付かぬうちに泣いていた。この高校生が可哀想だった。こんな死に方。そして、純子は今、どんな目に遭っているか。

純子。

「よし。すぐ帰るべ。帰って、警察さ電話するべ」

「でも、警察は……」

「バカ、斗己誕の警察でない。士別でも、名寄でも、どこでもいい。よその警察さ電話するべ。このあたりじゃ、電波、届かないから。急ぐど」

老人はしゃんと背筋を伸ばし、舞台から飛び下りた。のしのしと出口に向かう。そして、立ち止まった。

「来たど」

「え？」

入り口から見ると、心なしか勢いが弱まった吹雪の向こう、山の斜面をゆっくりと降りて来る、数台の車の群れが見えた。まだ小さい。どうやら、トラックに積んだ、小さなクレーンのような重機もあるようだ。

「来たど」

老人は繰り返した。

「森たちですか？」

「多分な。そうか。そういうことだんだ」

「え？」

「わかんねぇか。あんたもバカだな」

「は？」

「あいつら、きっと、ナカダの息子ば、あの事件のすぐあと、つかまえたんだべ。して、殺したんだ。殺す気だったか、そこまでする気はなかったのかはわからんけどよ。……まぁ、殺す気だったんだべな。したけど、いざ殺して、死体をどうするか、困ったんだべさ。ここらの山に捨てるわけにはいかねぇんだ」

「なぜですか？」

「山菜採り、キノコ採りの連中が、いろんなところにまだ入り込んでる時期だったしな。下手なところに捨てて、キツネだの野犬だのが、手や足をくわえて出て来たら、ことだべさ。あの死体が出れば、すぐに犯人は、森たちだっちゅうことは誰でもわかるべさ。したから、そんな危ないこと、できなかったんだ」

「なるほど」

「ここだら、まず、キツネとかは入って来ないから。したから、まず、ここさ入れて、舞台の下に隠して、そしてチャンスを見計らってたんだべ、どっかにきちんと埋めるか……燃すかなにかしようとしてよ」

「……」

「したけど、あの事件のすぐあとから、この町はあんた、マスコミで一杯んなったから。したから、連中も、うかつに動けなかったんだべさ」

「そうこうするうちに、冬だ。根雪になった。土は凍るさ。もう、埋めることはできねぇ。深く埋めないばあんた、結局はまた、キツネや野犬の恐れがあるべさ。したから、春になるのをこのまま待つつもりだったんだべ」

「なるほど」

「そこにあんた、旭川のオバチャンが、テレビ局連れて、この建物ば取材に来るっちゅことになったから、慌てたんだべ」

「吹雪になるっちゅ予報は、先週から出てたからな。したから、吹雪んなる前に、なんとかするべ、と思ってたんでないか?」

「取材が来る前、吹雪になる前、ということですね」

「そんだ。したけど、そこにあんたが来たもんだも」

「……」

「なんだべっちゅことになって、連中、焦ってたんだべ。して、とにかくあんたば帰すべっちゅことだったんでないか? そうでないと、取材が来るのは明日だから。今日しかないんだ、あいつらが、あの死体、どうにかできんのは」

「……なるほど……」

「あんた、モビルば運転できないんだな」

「ええ」

「したら、あんた、残れ。俺が、モビルで人ば呼んでくる」

「え?」

「あんたは、残れ。頑張れ。オレらがふたりともここを出たら、あいつらの思う壺だ。死体ばどっかにやって、とぼけるだけとぼけるつもりだべ」

俺は立ち尽くした。

普通なら、なんとかなる、早く帰って来て下さいよ、というところだ。だが、肋が……いや、少しは体も動くようになったし、……なんとかなる。……なんとかなるかもしれない。

なるわけないだろうが！　車だけでも五台はあるぞ。何人来てるんだ。

老人は、俺の前にスコップ、シャベル、鉈、ドライバー、バールなどを並べた。不吉だ。

「武器は、これだけある。オレも、死ぬ気で急ぐ。したから、あんたも頑張れ。いいか、入り口から、ひとりずつしか入って来られない。したからあんたは、ひとりずつ、倒せばいいんだ」

そういう戦法が、講談にあったな。

「あんた……名前、なんちゅんだ？」

俺は、自分の名前を告げた。

「そうか。頑張れ。俺は、センザキだ。あ、知ってたな。頑張れ」

そう言い置いて、駆け出した。スノー・モビルにまたがり、鮮やかなスピードで疾走し、台地の斜面を降りて行く。

向こうでは、近付いて来る車の群れが、こっちの動きに気付いたようだった。先頭にいた4WDがスピードを上げた。そして雪原に踏み込んだ、と思ったら、動かなくなった。そりゃそうだろう。見た目は同じ真っ白の雪原だが、道の上と、そうじゃないところでは、全然違う。連中は今、焦りながらも、雪の下の道を探りながら進むことしかできないわけだ。

車の列は一旦停まった。何人かが車から降りて来て、スタックした4WDの周りに集まっている。どうやら、誰か殴り倒されたらしい。たぶん、先頭の4WDを運転していたやつだろう。雪に埋もれた道の幅は狭いらしい。あそこに中途半端な形で車がスタックしている限り、連中は前に進めないようだ。

あいつらは、俺がここにいることを知っているだろうか。連中が見たのは、この建物からセンザキ老人が飛び出して、モビルで去って行ったことだけだろう。俺がここにいることは、知らないかもしれない。その油断につけ込むことができる。……いや、あと何人か残っている、という可能性は、おそらくは考えるだろう。……そうだろうか。道もない雪原に、車で踏み込もうとするバカだぞ、相手は。……いや、全員がバカじゃないかもしれない。

俺は、老人が置いて行った道具を、入り口のわきにかためた。作戦としては単純だ。スコップを構えて、身をひそめて待ち受け、油断している最初のひとりを叩きのめす。できたら、ふたり目も。そうすると、向こうは驚き、怯え、中に入って来なくなる。そうこうするうちに、センザキ老人が、人を連れて戻って来る。めでたしめでたし。

……そううまく行くとは考えられない。

いろいろと細工をしようか、と考えた。罠の類を、この建物の中にしかける。……しかし、『レオン』や『ホームアローン』とは違う。現実は、映画じゃない。下手するとこっちが殺される、という時に、あんなような細工はできるもんじゃない。……しかも、こっちは肋が痛いときてる。

逃げようか、と思った。

これは、なかなかいい考えだ。

連中は、道から逸れてスタックすると、前進できなくなる。俺は、ズボズボと雪に埋まりながらも、前に進むことができる。……だが、ズボズボと埋まりながら前に進むことができるのは、連中も同じだ。車から降りればいいわけだ。今のところ、距離は相当離れているが、俺は足は速くない。いや、走って逃げるわけではないから、足の速さは関係ないかもしれないが、スタミナがそうそうは続かないだろう。この見晴らしのいい雪原で、結局は追いつかれてしまうだろう。

いや、おい、そもそもなんてことだ。逃げるなんて、そんなの許せないだろう、自分が。それにもちろん、純子が今どうしているか、それを聞き出さなくてはならない。どんなに手荒な方法を使っても。

ここで、待ち構えるのが一番だ。

俺は、この三十年近く、身近に酒を切らしたことがない。だが、今、こんな大事な時に、酒が一滴も飲めない、というのは辛い。酒に逃げたいわけじゃないが、祭りの時は酒が付き物だろうが。

先頭の車は、結局放棄されることになったらしい。殴り倒されたやつが、のろのろと運転席に戻り、ジワジワとバックして道に戻ろうとしたが、どうしても無理だ、ということになったようだ。それまで前を押していた連中が、後ろに回って手荒に持ち上げ、揺すりながら押して、道からよけた。各々がまた車に戻って、再び列は前進を始めた。

どれくらいが経過したろう。

センザキ老人は、今ごろどこにいる。

あの老人の家からここまで、どれくらい時間がかかっただろうか。小一時間、というところか。往復約二時間。

……間に合わないじゃないか。

いや、老人は、「死ぬ気で急ぐ」といっていたな。だから、……死ぬ気で急いで、無理をして、モビルがひっくり返って、今この瞬間、どこかで死んでいたらどうなる。

携帯を取り出した。圏外の表示。公衆電話くらい、用意しておけ、バカモノ。ここは歌舞伎座だぞ。

車の列は、ゆっくりとだが、着実に迫ってくる。一旦移動を再開すると、思いがけず、早い。俺は、スコップやシャベル、バールなどを手に持ってみて、振ったり打ち下ろしたりしてみた。スコップが一番扱いやすい。子供の頃、雪かきは俺の仕事だった。それから、バールを腰の後ろ、ベルトに挟んだ。ついでにドライバーも挟んだ。しかし、これを使うようになった時は、すでに死ぬ時だな、と覚悟した。多勢に無勢は仕方がない。あまり痛くなきゃ、それもまぁいいさ。俺は、できるかぎり、頑張ったんだ。春子は、まぁ、悲しんでくれるだろう。息子になんと話をするかな。

……しんみりしている場合じゃねぇだろう。

一目……あと一目でいいから、純子に会いたかった。手も握っていないのだ、俺は。純子はどうしている。

車の列が、一台、また一台と見えなくなる。この台地の麓に辿り着いたわけだ。外に出て見下ろせば状況はわかる。だが、連中に姿を見られるのは面白くない。俺は、スコップを構えて、入り口のわきに立った。

よし。いつでも来い。

……でも、できれば、来るな。

複数のエンジンの音が聞こえて来た。今、初めて気付いた。吹雪は、やんでいる。

30

「やっぱ、見られたんでないか?」

建物の前に、数人の男がいる。ちょっと興奮した口調で言葉を交わしているのが聞こえて来る。

「そうだべ、たぶん」

「誰だった?」

「遠くて、ちょっとわかんなかったって、言ってるべや」

「モビル持ってんのは、誰だ?」

「いくらでもいるべや」

「どうすんのよ！」

「まず、いい。まず、アレば運び出せ」

この声は、あのダルマの森のようだった。

「ひとりぐらい、見られたって、どうにでもなるべ」

別な声が言った。ちょっと若い。

「とにかく、アレば出してよ。して、建物ば壊せ。歌舞伎保存のいやがらせっちゅことにするんだ」

「おおい！　重機ば降ろせ！」

忙しく行ったり来たり、ドアを開け閉めする音が続く。

「おら！　アキ！　ケン！　アレば出せ！」

「はぁ……」

「おら！　はやくすれ、この！」

どうやら、死体搬出を命じられた若いのが、ちょっと渋っているらしい。

「お前らなぁ、誰のせいで、オレらがこんな苦労してると思ってんのよ！」

森だ。

「余計な手間ぁかけさせんなや！」

雪を踏む足音が近付いて来る。

俺は、スコップを静かに振り上げて、構えた。アドレナリンのせいだろうか。肋の痛みはさほどでもない。

ぬっと人影が入って来た。

俺は自分の間違いを悟った。

入って来た男は、俺よりも背が高い。頭にスコップを振り下ろすことができない。俺はなにを考えていたのだろう。人間の頭はたいがい俺の腹の辺りの高さだとでも？

俺はバヵだ。

咄嗟に、柄のところをそいつの右目の下にぶちこんだ。「うっ」と驚いてこっちを見る。その面をスコップで横に払った。バコン、とイヤな音がした。

「あっ」

そいつは自分の顔を手でかばいながら、横ざまに倒れた。その顔を蹴上げて、そのすぐ後ろにいた若いの首のわきに、スコップを振り下ろした。そいつはギャッと叫んで、尻餅をついた。そのまま、のたうち回る。

俺は、建物から一歩踏み出していた。それに気付いて、一歩後退した。もう一歩。

「てめぇか！」

森が、俺の正面に立った。バールを持っている。

「まだ、ここらへんでウロウロしてたのか」

「消えろ。てめぇらは、もう終わりだ」

森はニヤリと笑った。

「なにも知らねぇで。いきがるな」

「黙ってろ、クズ。田舎もんはな、喋るとボロが出るぞ。Uターンのオチコボレが」

森のニヤニヤ笑いが大きくなった。怒っているようだ。ザマァ見ろ。

「英雄気取りか。へっぴり腰でそんなもん振り回して。おかぁちゃんが見たら、泣くぞ」

うるせぇ、クズ。……俺はどうせここで死ぬのかもしれない。だとすると、せめて死ぬ前に、この森を、できるだけ嫌な気分にさせてやる。

「黙ってろ、クズ。お前はまともに喋ってるつもりだろうがな、ナマリが気に障るんだよ。東京でも、みんなは陰で笑ってたはずだ。てめぇの百姓ナマリは、死ぬまで抜けねぇんだよ」

森は黙ってニヤニヤ笑いを続けている。サングラスをかけているので、視線が読めない。右側で、雪を踏むガサッという微かな音。俺は咄嗟に一歩踏み出して、右にスコップを叩き下ろした。バン、という音。手応え。

「うっわっ」

若いのの耳をかすって、肩にぶち当たったらしい。跳ねるように逃げて、向こうの方で体を捻って痛がっている。左の脇腹に、なにかがぶち当たった。頭の上でスコップをグルン、と振り回し、俺は再び入り口に下がった。左の腰骨の上に、ひりつく鈍い痛みが残っている。

いきなり、入り口の両側から、ふたりの男が飛び込んで来た。右側の男の頭に振り下ろそうとしたが、際どいところでよけられた。スコップが空を切る。左側の男が、俺に体当たりを喰らわせた。踏み止まろうとしたが、スコップの柄を握られた。捻られた。スコップが俺の手から放れた。そのまま、両足を握られた。俺は体を滅茶苦茶に暴れさせて抵抗したが、ずるずると外に引きずり出された。

腕を背中に回し、バールを取ろうとしたが、手が届かない。森が、ずんずんと歩いて来るのが見えた。俺は、両腕で顔と喉をカバーした。胸板に、思い切り蹴りが入った。

息ができない。

これで、終わりだな、と思った。

その時、バァーンという大きな音が、鳴り響いた。キィーン、となにか固い音がすぐそばで弾けた。

「なんだ？」

森が怒鳴るのと、男たちが色めき立って下がるのが同時だった。俺は、なんとか体を動かして、上体を腕で持ち上げた。

雪原に、男がいる。スノー・モビルのわきに立って、銃を構えているようだ。

「ナカダだ！」

誰かが叫んだ。

ナカダ？　ああ、あの、あそこで悲しく寂しく死んでいる、あの高校生の父親か。

「あいつ、ライフルば……」

「そうだ、よく鹿ば獲ってくるべや」

若い連中があたふたしている。

もう一発。銃声が鳴り響き、一台のサイドウィンドウが砕けた。

「どうすんすか？」

中年の、間抜けな顔をした男が、森に尋ねた。

「慌てんな。ずっとああしてもいられないべ。走り出したら、撃てんべ」

「……で、そりゃそうですけど……」

「慌てんな。ようす見るべ」

俺はゆっくり動いて、建物の中に戻ろうとした。森が気付いた。俺に一歩踏み出した。その時、再び銃声。どこに当たったかはわからなかったが、森を怯えさせるのには充分だった。

「そっち、回れ。あそこから狙えねぇところに行け」

「あれ、何連発だ？」

「わかんねぇ！」

「おい！」

「あ！」

「もう一台、来たぞ！」

俺はばたばたっと四つん這いで建物に近付いた。入り口から中に飛び込んで、見回した。

ナカダの後ろの方から、もう一台、スノー・モビルが疾走してくる。

「誰だ、あれは？」

「遠すぎる。わからねぇ」

俺はわかった。センザキ老人だ。ぐんぐん近付いて来る。ライフルを構えていたナカダを追い越し、そのままこの台地を目指して来る。

「森さん！　どうすんすか！」

「慌てんな！」

森が慌てた口調で怒鳴り散らした。センザキ老人のモビルのエンジン音が、ぐんぐん近付いて来る。若いのがひとり、スコップを構えて前に出た。俺は、シャベルを手に、渾身の力と気力を振り絞って飛び出し、そいつの腕に叩き落とした。再び、銃声。グォン、とエンジン音が鳴り響き、センザキ老人のモビルが駆け上がって来た。再び、銃声。森たちが、向こう側にかたまった。

「間に合ったな」

老人がモビルから降り、すぐに銃を構えた。

「最初は、誰だ！」

こっちは、散弾銃らしい。名前も種類もわからないが、銃身は黒く光って、手入れはされているのがわかる。

「お前か！」

若いのに向けて、一発撃った。とんでもない音がした。そいつのすぐわき、建物の壁が飛び散った。話には聞いていたが、目の前で見ると、迫力がある。

「ウワッ！」

みんながしゃがみ込んだ。

その後ろから、もう一台、モビルが駆け上がって来た。運転しているのは太った女だ。モビルから転がるように降りると、これも銃を構えた。サユリだった。その後ろに、あの黒い犬、小太郎が足を踏ん張って立っている。低いうなり声が聞こえた。

「センザキさん、大丈夫⁉」

「おう！」

俺の後ろから、いきなりまたエンジン音が大きくなって、一台、停まった。中肉中背の、しわの多い顔の、悲しそうな表情の中年男だ。ナカダの父親だろう。ナカダは身軽にモビルから降りると、ライフルを構えたまま、センザキ老人に近付いた。老人が構えていた散弾銃と、自分のライフルを交換した。

そして、森を撃った。森の顔と胸が、瞬間的に真っ赤になった。

呆然としてみんなが見守る中、ナカダはゆっくりした足取りで自分のモビルに戻り、ボディの脇から銃をもう一丁、取り出した。そして、ゆっくりとかたまって怯えている連中に近寄り、そして、あっと言う間に、至近距離から四発、撃った。銃声が、青い空の下の雪原に響き渡り、その残響が耳に残った。四人が真っ赤になって、倒れている。

……止める暇はなかった。……いや、時間の余裕はあったかもしれない。だが、やめさせよう、という考えが浮かばなかった。俺は、あっけに取られて、ただ眺めていた。センザキ老人は、微動だにせずにライフルを構えたまま、しっかりと見ていた。サユリも、青ざめた顔ではあったが、口を一文字に結んで、しっかりと見ていた。太った体に、威厳があった。小太郎は一瞬、後ろに跳び下がったが、すぐにまた牙を剝き出し、うなりながら足を踏ん張る。

しばらく、重たい沈黙だけが、世界を支配していた。そのうちに、なにかのエンジンの音が鼓膜を叩いていることに気付いた。

「ヘリだ……」

誰かが呟いた。

空を見上げた。確かにそうだった。ヘリコプターが、こっちを目指しているらしい。ぐんぐん大きくなる。機体は、目にも鮮やかなショッキングピンクと若草色に塗装されていて、大きく〈美と健康をお届けする　皆様の愛愛ネットワーク〉と描いてある。

「北海道日報だ」

センザキ老人が、俺の耳元で囁いた。

「旭川支局には、ヘリがないんだと。だから、アイアイの観光ヘリを借りたらしい」

「お知り合いがいるんですか？」

「飛島っちゅうのがな。あの事件をしつこく取材してたんだ。今、オランダだかどこだかに出張してるって言われてよ。すぐ電話したさ。飛島さんは、本気だったから」

「……」

「最初は、家さ戻るべ、と思ったんだ。そこで思い出した。ナカダの家の方が近い。あいつは、ハンターだから、銃も持ってる。オレんチにもあるけど、やっぱり、遠い。ナカダの家からだら、どこでも電話さできる。したから、ナカダの家さ行ったんだ。して、ナカダに事情ば説明した。あいつは、すぐ銃を持って、出てった。してオレは、まず北海道日報さ電話して、それから家さ電話して、サユリに話して、して、戻って来たんだ」

ヘリコプターは、台地の麓、ちょっと広いところに着陸した。ふたりの男が飛び出した。雪に埋まりながら、必死になって駆けて来る。

「終わったな……」

センザキ老人が呟いた。

静かな嗚咽が聞こえた。はっとしてそっちを見ると、ナカダが、自分のスノー・モビルのところにしゃがみ込んでいた。その前に、さっき見た、あの可哀想な遺体があった。ひとりであの底から抱き上げ、モビルのところまで運んで来たらしい。左手で、自分の口許をおさえ、右手で、ゆっくりゆっくり、静かに遺体の頬や、頭や、唇を撫でている。ゆっくり、静かに、何度も。

俺はふと我に返った。

かたまって怯えている連中が、今は四人に減っていた。あとは死んだか、そこらで倒れて呻いている。無傷の連中の中で、一番年を食ってるやつに近付いた。少しずつ、後ろに下がる。

「札幌の豊平で、女が連れ去られた。知ってるか？」

答えず、目を伏せる。知っているな、と俺は感じた。で、キンタマを蹴上げた。肋が痛んだ。

「ぐっ……」

苦しそうに膝をつく。その髪の毛を鷲摑みにして、俺の顔がよく見えるように、そいつの顔を空に向けてやった。

「てめぇ、知ってるな？」

「……」

「どこにいる？」

「……」

目を逸らす。首の脇に手刀をぶち込んでやった。

「もういっぺんだけ、聞くぞ。どこにいる？」

「よく知らねぇ……森さんは、逃げられた、と言ってた……」

「どこで？」

「……わからねぇ」

もう一発、ぶちこんだら、ちゃんと喋るだろうか。どうしようか、と悩んでいるところに、ザクザク、ハァハァ、とふたりの男が駆け上って来た。

「どうも！　北海道日報です！」

そして、血まみれの死体を五つ見て、「うわっ」と軽く悲鳴を上げてから、しかしすぐに立ち直って、カメラマンに指で示し、なにか指示を出してから、元気な声で言う。

「もうすぐ、警察も来るそうです。僕ら、一足早く……。センザキさん、というのは、どなたですか？」

「オレだ」

依然として銃を構えながら、センザキが短く答えた。

「そうですか。では……ええと……お取り込み中だと思いますので、ええと、……警察が来たら、ちょっとお話を……うわぁっ！」

いきなり叫んでから、興奮した口調で続ける。

「あ！　あのう！　ナカダさんでいらっしゃいますか、私、北海道日報旭川支社社会部……」

自己紹介を始めた。

俺は、センザキ老人の耳元で囁いた。

「消えます」

「そうか。いろいろ、お互い、頑張ったな」

「で、タクシーが呼べるところまで、連れて行っていただけませんか」

「そうだな。サユリに送らせるか」

「そうして頂けたら、助かります」

センザキ老人は銃を下ろし、サユリに手招きした。森の手下たちは、もうすでに戦意を喪失していて、ジンギスカン庭園の羊の群のようにおとなしかった。

「この人ば、送ってやってくれ。タクシーが呼べるとこまで」

「わかった。じゃ、あんた、乗んなさい」

「ありがとう」

31

俺は、一目散にススキノに戻った。サユリがスノー・モビルで斗己誕の街外れの、使われなくなった製材所まで送ってくれた。そこから携帯電話で斗己誕タクシーを呼んだ。来てくれたのは、また坪内翁だった。ちょっとなにか意識したような硬い表情だったので、なにかが起こっていることは感じたが、もう、俺にはどうでもいい。俺はとにかく早く札幌に戻って、純子の足取りを探りたかった。

坪内翁のタクシーで、まず深川まで行き、銀行で金を少し下ろした。それから文房具屋で分厚い封筒を買い、郵便局から山中の携帯電話を発送した。そしてホテルに行き、「鍵を中に置いたまま出て来てしまった」と謝り、急いで着替えてから、手早く荷物をまとめてチェック・アウトした。放っておこうかとも思ったが、金を払わないのは気が引けるし、スキを作ってはいけない、と思った。料金踏み倒しを口実に、警察に引っ張られても困る。なにしろ、俺の住所電話番号名前を宿帳に書いてしまったのだ。

で、支払いをして、待っていてもらった坪内翁のタクシーで、そのまま旭川まで突っ走った。旭川からなら、札幌行きの特急が頻繁に出ている。坪内翁に礼を言って、札幌行きに飛び乗って、札幌に着いたのはまだ日が落ちる前だった。

＊

それから、俺は純子の足取りを探し回った。豊平での目撃者にも何人か話を聞いた。桐原にも、情報の収集を頼んだ。松尾にもいろいろと手伝ってもらった。池谷にも、病院での彼女のようすをいろいろと聞いたりした。だが、なにもわからなかった。

その間、斗己誕やその関連で、いくつか事件があった。

金属バットの加害少年の、凄惨な遺体発見、それと同時に起こった、父親による復讐殺人は、ワイドショーの格好のネタだった。毎日毎日、この報道が続いた。その最中、斗己誕警察署の署長室で、碧沢という刑事が、ピストルで自殺した。仕事の上で行き詰まり、悩んでいた、と報じられたが、少なくとも俺は信じない。松尾は、複雑な表情でなにも語らなかった。署長が自分で射殺したのだとしても、俺は驚かない。一方、旭川の市民グループが、旭川の某金融機関の不正融資を摘発した。その融資先が、斗己誕の森の一族が支配する企業グループだったこと、保証人が前町長の奥寺や、現町長の親戚、町役場の幹部などだったので、問題の規模はどんどん膨らんでいった。

ちょうどそんな時、東京大手町のホテルで奥寺が倒れ、そのまま埼玉医科大学病院に入院し、面会謝絶となった。その前夜、首都高速で、複数の車に轢かれたとおぼしい無惨な死体が発見され、それが奥寺の秘書だったものだから、賢明な日本国民の多くは、はっきりとはわからないが、また、なにか嫌なことがらが進行しているのだろうな、とぼんやり想像した。そのうちに、奥寺が、関東の産業廃棄物処理企業群を実質的に経営しているらしい、ということが明らかになり、そこに通産省の元役人たちが数十人、という規模で天下りしていることが明らかになったりした。奥寺は、面会謝絶の病室から、秘書を通じて、産廃処理の件は、名前を貸しただけで、実務にはなにもタッチしていないし、報酬も得ていない、と声明を出した。私は引退した身であり、静かに老後を過ごすことだけが望みなのだ、と秘書は文書を読み上げた。記者たちは、ゲラゲラ笑った。

そんなようなことは、俺にはどうでもいい。

純子がどうなったのか、まったくわからなかった。

32

二月の末で、寒さが少しは緩んできたかな、というような感じがする昼下がりだった。電話のベルが鳴った。俺は二日酔いで、ベッドの上でくたばっていたが、眠ってはいなかった。

立ち上がり、ちょっとよろめきながら、部屋の中をあちこち探した。電話にはコードがついているので、あまり遠くには行かない。この時も、ベッドの下でリリリ、リリリリ、と懸命に存在を訴えていた。

「もしもし」

「お元気？」

女の声だ。一瞬、純子だ、と胸が躍ったが、どうも違う声のようだ。だが、聞き覚えはある。

「どちらさまでしょうか？」

「サユリです、斗己誕の。……タケモトの」

「ああ、ああ。どうも。しばらくです。センザキさんは、お元気ですか？」

「ええ。あの人は元気。機嫌がいいわ。もう、奥寺一派はおしまいだから、上機嫌よ」

「そうですか。で……」

「ええ。実はね、私、札幌にいるの。ススキノ」

「え？」

サユリはふふふ、と笑った。

「ちょっと、札幌に用事があったの。それで、ついでに、ちょっと会えるかな、と思って」

「この番号は？」

「深川のホテルで教えてもらったのよ」

「あ、なるほど」

「ちょっと手間がかかったけどね。でも、忘れ物届けるんだ、ということで、教えてもらえたわ。住所は、中央区南七西三としかわからなかったから、やっぱり、電話で、と思って」

「そうですか」

「すぐそばにいるのよ。今、お忙しい？」

「いえ、暇です」

「暇」

そう言って、サユリはくすくす笑った。

「じゃ、南七条西三丁目の交差点のビルの一階に、〈モンデ〉という喫茶店があります。そこで三十分後、というのはどうですか？」

「わかりました」

俺は大急ぎでシャワーを浴びて、チャコールグレイの霜降りのダブルのスーツ、ミッドナイトブルーのシャツ、モスグリーンのネクタイを着て、下に降りた。

＊

「しばらく。お元気そうね。大変な目に遭ったわよね」

二カ月ぶりに会うサユリは、ちょっと垢抜けて見えた。まるまると太った六十オバサンだが、きちんと化粧をして、よそ行きのスーツを着ると、上品な奥様に見える。確か山中が、昔はきれいだったんだ、と言っていた。俺もそうだろうな、と思う。

「何を飲んでるんですか？」

「ココア」

「なるほど。僕は、スーパー・ニッカのストレートを飲みますが、いいですか？」

「ええ。もちろん」

サユリは笑顔で頷いた。その時、俺の中でなにかが動いた。

「相変わらずね。昼間から飲むのね？」

「え？」

「思い出したでしょ？」

そうだ。言われてみると、俺は今、なにかを思い出した。なんだ？

「あの頃、私とよくこうして、喫茶店でおしゃべり、したじゃない。純子ねぇさんと、三人で」

33

そうだ。この人は、小百合だ。純子の仲良し、俺が初めて純子と会って、思わず見とれた時、一緒に歩いていた、あの女。

「私、素敵だな、と思ってたわ。あなたと、そして純子ねぇさんのこと」

「……」

「あなたは、純子ねぇさんに、夢中だった。純愛って、ああいうのを言うのかしら……まぁ、もちろん、プラトニックなだけじゃなかったけど。でも、羨ましかった……」

「今、純子はどうしてるの？　知ってるの？」

小百合は、小さく笑った。

「大丈夫よ。元気。心機一転して、元気で暮らしてるわ」

「……なにがあったんだろう？　あの手紙……純子が僕に渡したもののことは知ってる？」

「ええ」

「純子は、なにを考えてたんだろう」

「ええとね。……長い話だから、かいつまんで言うと、まず、私と、純子ねぇさんと、そして奥寺とは、結構古い付き合いなの」

「……」

「奥寺が……そうね、五十台の頃かな。あの男は、毎晩ススキノに来てたのね。あとは銀座か。斗己誕にいるのなんて、毎月、ほんの少し、という感じだったの。ほとんど毎日、斗己誕札幌事務所とか、斗己誕東京事務所なんてので、いろんな陰謀をやってたわけ。で、夜はススキノ。銀座。そんな感じ。で、私たちの、いい客だったの」

「なるほど」

俺は、こういう話を聞いても、びくともしないつもりだ。しかし、好きな女の話となると、ちょっときつい。

「その頃からの付き合いで……でも、いろいろと、内部で反感を持たれたのね。あまりにも町をおろそかにしすぎる、という感じで。いくら鉄道を引っ張ってきたり、公共事業の予算を分捕ってきたりしても、やっぱり、ずっと町をあけてると、いろいろあるのね。で、町になるべくいるようにする、ということで反対派……どっちにしても身内らしいんだけど、それを宥めることにしたの。その時に、私と純子ねぇさんに、斗己誕に来ないか、ともちかけたわけ。まぁ、馴染んだ女を、身近なところに置いておきたくなったんでしょうね」

「なるほど」

「でも、純子ねぇさんは、断ったの。その断り方が、奥寺を怒らせたらしくて、ちょっといろいろと、危ないことになりそうだったんだけど、ねぇさん、昔知ってた男に頼んで、死んだことにしたのね。遺書を書いて、車を海に落として」

「……」

「別に、戸籍をどうこうした、ということじゃないのよ。純子ねぇさんは、純子って名前は本名を使ってたけど、名字は別なのを使ってたし、……普通は名字は言わなかったし、車は他人の名義にしてたし、カードは使わないで、全部現金で買ってたし」

「……」

「で、それからのことは私も知らないけど、東京の方に行ってたみたいね」

「……」

「で、私は、奥寺の話に乗って、斗己誕に行ったの。純子ねぇさんみたいにエネルギーはなかったしね。ちょうどいい、落ち着き先みたいな感じだったから。私、結構、ススキノとか札幌とか、東京もそうだけど、落ち着けないのよ。田舎で、おでん屋を持って、夜にはダンナの相手をして、っていう暮らしも、満更悪くないな、と思ったんだけどね」

「で、どうだった？」

「そうね……やっぱり、太ると、ダメね。奥寺も、しばらくの間は地元でおとなしくしてたんだけど、やっぱり、結局はススキノだ、銀座だ、ということになって。……つまり、私は捨てられたわけ」

「……」

「で、いろいろあって……まぁ、結局、そういう性分なんだ、と言われればそれまでだけど、なんとなくズルズルと、ま、元の商売みたいな感じになってね」

俺は頷いた。

「自分が、みじめかな、と思う時もあったけど、気にしなけりゃね。それでいいし。そんな感じでね。それに、センザキさんみたいな友だちもできたし。……友だちってもねぇ……まぁ、いろんなお付き合いがあるけど」

「それで？」

「で、純子ねぇさんから、ひょっこり電話があったのが、あれは……三年くらい前かな。今、札幌に戻って来たのよって。病院で付添婦をしているって言うから、私、驚いたんだけど、でも、本人は元気そうだったし、いろいろと充実してたみたいだった。それで、その電話からちょっとして、私、札幌に会いに来たの。それから、電話や手紙のやり取りをしてたのよ。純子ねぇさん、相変わらずきれいだった。……ね、きれいだよね」

俺は頷いた。

「でね……で、この前の出来事なんだけど、……あの、森って、いたでしょう？　中田さんに撃たれて死んだ男」

「ああ」

一瞬で、真っ赤になった森の顔と胸。今でも思い出す。

「あの人、私のお客さんのひとりなの。……って言うか、斗己誕の男は、たいてい、私の客なんだけど」

俺は頷いた。

「で、……あの夜……っていうのは、中田さんの息子さんが、行方不明になった夜ね。森は、私の店の二階にいたの。ちょっと機嫌が悪くてね。酔っ払ってて。あの森は、あのう……金属バットで殴られた、森の……おじさんにあたるのかな。親戚で、そして、その殴られた高校生を、嫌ってたのよ。どうしようもない、バカなチンピラだって。とてもいやだったのね。で、あんな目に遭うのも自分が悪いんだって、酔っ払って大声で話してたのよ」

小百合はココアを一口飲んだ。そして、ちょっと考えて、言葉を続けた。

「その時にね、……森の携帯電話が鳴ったの。で、……最初に、『バカヤロウ！』って怒鳴ったのよ。それからちょっと話を聞いていて、『船なんか、出さん！』って怒鳴ったの」

「……どういうことだろう」

「そうね。……私が思ったのは、森は、小さな船を持ってるのよ。釣りとかするから。クルーザー？　なんかそんな名前の。すごい高いもんだ、ってよく自慢してたのね。それで、私が思ったのは、ああ、中田さんの息子さんがつかまったんだなって。そして、船に乗せて、沈めるんだなって」

「……そう考えて、どう思った？」

「怖かったわ。もちろん。だから、どうなるんだろう、と思ったの。すぐに一一〇番して、とも思って、でも、もしかすると、斗己誕のことだから、警察もグルかな、と思って……いろんな事件があるのよ。本州からのミツバチ族……バイクに乗った旅人よ」

「知ってる」

「それを、トラックがひき殺した事件で、そのトラックは森の会社のものだったの。だから、警察が、ミツバチ族が、居眠り運転して、トラックに正面衝突したんだ、ということにしたんだけど、実際には事故はバイクの方の車線だったの。そして、トラックの運転手が、『目障りなライダーを潰す』みたいなことを無線で話してたって噂もあるの」

「……」

「そんなことを思い出したから、私、どうしよう、と思いながら、俯いてたのよ」

「で？」

「それで、森は、船は出さない、と言ったの。そして、家に帰せ、と言ったわけ」

「帰せって？」

「そう。そしたら、相手がなにか言ったのね。そして、森が『バカヤロウ！』と怒鳴ったの。『帰せねぇようなこと、なんでやったんだ！』って」

「つまり……」

「もう、滅茶苦茶にしたから、家には帰せない、生かしておけない、殺すしかない、ということだ、と私は思った」

「……」

「恐ろしくて、恐ろしくて、どうしていいかわからなかったわ。森はすぐに、怒って出て行くし。私、朝まで眠れなかったの」

「……あの歌舞伎座にいるってのは、どうしてわかった？」

「死体を隠すとしたら、といろいろ考えたのよ。あの時期、キノコ採りや山菜採りが山奥に入っているから、めったなところには捨てられないし、埋めるのも、深く穴を掘るのは時間がかかるし。そのうちに気付いたのは、どうも警察は、あの歌舞伎座のまわりは捜索しないみたいだ、ということ。……偶然かもしれないけど、あそこを避けてるようだったから、一度、車で行ってみたのよ。そしたら、足跡はあったし、前はなかった鎖と鍵があったし、車が何台かあの道を上った跡もあったし。だから、もしかしたら、とは思ったの。中に入ってみたいな、と思ってるうちに、雪が降って……」

「そのあたりのことは、純子は知ってたのか」

「電話で話したのよ。何度か。どうすればいいと思う？って」

「純子はなんて言った？」

「誰かには知らせた方がいいけど、充分気を付けなきゃねって」

「……まぁ、そうだな」

「こっちの命が……」

「そうだな。確かに」

「それで、どうしよう、どうしよう、とずっと思ってたのよ。そしたら、純子ねぇさんから電話があって、……あなたが、斗己誕に行く、って」

「……」

「詳しい話は聞かなかったけど、例のボクが行くから、きっと騒ぎが起きるから、例の件……あの高校生の遺体のこととかも……」

サユリは柔らかな笑顔で続けた。

「ごめんね。ふたりで、あなたを利用したわ。どうしていいかわからなかったけど、あなたが斗己誕に来たら、きっと騒ぎになる、と思ったのよ。そして、連中が勝手に騒いで、なにかボロが出るんじゃないかな、と思ったの」

「それで？　純子は今、どうしてる？　純子が襲われたのは、なぜだ？」

「あれは……私が、純子ねぇさんに相談したあと、……ふたりで、どうしよう、どうしよう、と話し合っていた頃に、純子ねぇさん、奥寺の家に無言電話したんだって」

「無言電話？」

「そう。それで、なにかがどうかなるかもしれない、と思って。五回ぐらい、……『知ってるぞ』みたいなことも、ちょっと言ったらしいの」

「……」

「それで、最初は気にしてなかったんだろうけど、きっと奥寺の方では、発信元を調べたんでしょうね。奥寺は、通産省に一番強いけど、郵政族の代議士の子分でもあるし、そんなルートで、電話番号から加入者を探り当てるのなんて、命令すれば一発らしいわ」

「なるほど」

「斗己誕の雰囲気がキナ臭くなってきたから、純子ねぇさんに話を聞こう、と思ったんだと思う。で、ねぇさんは、隙を見て、逃げ出したんだって」

「どこで？」

「旭川で。ファミレスで休憩した時、トイレに行くふりをして飛び出して、そのままタクシーに飛び乗った、って言ってたわ」

「あの電話は？」

俺が尋ねると、小百合は首を傾げた。

「純子から電話があったんだ。歌舞伎座にいる、と……」

「ああ、あれ。そうね。あの直前、ふたりで電話で話していたの。……私は、あなたがセンザキさんの所にいるって、知らなかった。で、純子ねぇさんから電話があって、さらわれそうになったけど、旭川で逃げ出したのよ、と教えてくれて、それで、どうなってる、と聞かれたから、あなたが斗己誕から出て行った、と言ったの。追い出されたって……」

「そうか。確かに、あの時はそういう状況だった」

「それで、これでもうオシマイかな、と思ったんだけど、純子ねぇさんが、もう一度、斗己誕に呼んでみるわって言って。それで、わたしが民宿に電話したのよ。もしかしたら、連絡先がわかるかもしれない、と思って。そしたら、山中さんが、あの携帯の番号を教えてくれたの。それで、それを純子ねぇさんに伝えたわけ」

「……」

「驚いたわ。純子ねぇさんが、これから電話してみるって言って、それで私は、いつも通りにセンザキさんの家に行ったの。そしたら、目の前にあなたがいたんだもの。血相変えて立ち上がって、……いきなり、『センザキさん！』って、怒鳴って。あの時は、本当に、びっくりした。一瞬、自分の目を疑ったわ」

「なるほど。事情はわかった。とにかく、純子は、無事なわけだ」

「きっと、すごく心配してるだろう、と思って、それで、そういう事情を、説明してあげてって頼まれて。それで、今日、来たの」

「……今、純子はどこにいるの？」

「北海道にはいないわ。ねぇさん、出身は秋田なの。その田舎に戻ったみたい」

「なるほど。もう、僕には会わない、というわけだ」

「そうね……」

そして、突然サユリはポロリと涙をこぼした。

「どうしたの？」

「あなたが……あなたが、必死になって叫んでたって、センザキさん、言ってた。純子って、歌舞伎座の周りで」

「……」

「あなた、あそこで蹴ったでしょう？　純子はどこだって、言いながら。殴ったでしょう？　あなた、……必死だったわ」

「……」

「だからねぇ、……よく聞いてね。あのね……」

もう一粒、涙をこぼした。それを指の先で拭って、バカみたい、という表情で笑って見せた。

「勘違いしないで、って純子ねぇさんが。そう伝えてちょうだいって」

「……勘違い？」

「そう。……別に、純子ねぇさんは、あなたのこと、そんなに好きでもないって。ただね、あの頃は、若い学生のボーヤっていうのが面白かったし、そして、この前は、役に立ちそうだったから利用したけど、でも、別に、そんなに好きでもない、そこらにいるただの男だ、と思ってるんだって。そこのところを、誤解されると、気持ち悪いから、勘違いしないでねって」

「そうか。気持ち悪い、か。なるほど。それを、言いに来たのか。純子に言われて」

俺が言うと、サユリは、うんうん、と細かく頷いた。涙が、ポロリポロリとこぼれた。

「わかった。勘違い、しないよ。そう、純子に伝えてくれ」

「でも、連絡しようがないのよ」

「じゃ、純子から電話が来たらさ。そう伝えてくれ。勘違いはしない、と」

「うん」

サユリはそう言って、立ち上がった。

「そのまま、帰ってくれ。支払いはいい」

「ごちそうさま」

「俺は、勘違いはしてない。ただ、純子が生きているから、それが嬉しいだけだ」

「うん。わかってる」

小百合はそう言って、俺から顔を背けて、足早に出て行った。太った尻のあたりが、もこもこしていた。

俺はしばらくそのまま座っていた。

ガラスの壁の向こうを、人と車が行き過ぎる。冬のススキノの昼下がり。

道の向こう側を、タクシーが行き過ぎた。

……後部座席に乗っているのは、小百合じゃないか？ その向こう側、泣いている女は、純子じゃないか？ いや、それは気のせいか。

俺は、立ち上がって、タクシーの後を追おうか、と思った。混雑したススキノでは、走れば追いつける。

だが、思い直した。

勘違いするな、と純子は言った。そして、純子が生きていることがわかった。

それで、いい。一度は、死んだと思った女だ。それが、生きていただけでも……

それに、後を追えば、純子が悲しむ。

グラスを見て、俺は驚いた。俺は、ウィスキーに触れずに、ずっと小百合の話を聞いていたのだった。信じられないことだ。

ゆっくりと、一口呑んだ。

いろいろな想いが甦る。俺は、ゆっくりと呑み続けた。

あとがき

東直己

この本を、読んで下さって、あるいは手に取って下さって、ありがとう。この場に著者が何かを書き記す、というのは余計なことだけれども、せっかく機会を与えられたので、とりとめのないことを書いてみるのも、あやしくて、物狂おしい心持ちであることだなぁ。

札幌で生まれて、ずっと札幌で育ち、そろそろ札幌で老い始めつつあり、札幌以外の土地で暮らしたことはない、東京で過ごした時間は、今までの四十七年間の累計で、おそらくは半月分もないだろう、と思われる暮らしをしていると、時折、「なぜですか」とか「どうしてそんなことに」と不思議そうに尋ねられることがある。東京の人に、「東京で暮らそう、と思ったことはないんですか？」と尋ねられるのは、まだわかるけれども、札幌の人に、「なぜずっと札幌で？」と、心底不思議そうに尋ねられると、いささか複雑な気持ちになる。

「おれ、どっか変かぁ？」

要するに、生来怠け者で、手近で全部済ます……座布団に座ったまま、物差しであれこれ用事を足す、お爺ちゃんみたいに……のが楽だったから、小学校から大学まで、ずっと家に最も近い国公立の学校に通い、大学中退後は、家に最も近い繁華街であるススキノのアパートで、あれこれバイトで食いつなぎながら暮らしていたわけです、というだけの話であるわけです。

以上、掛け値なしの事実そのままの経緯なんだけど、世間は、それでなかなか通してはくれない。

「北海道への思い入れは？」

「札幌にこだわっていらっしゃる、その理由は？」

「アヅマさんにとって、ススキノとはなんですか」

と、未だにインタビューを受けることがある。もちろん、そういう質問をするのは、ほとんどが、北海道や札幌のメディアの人々である。彼らは「北海道は私の原点です」「札幌のフロンティア精神が僕を育ててくれました」「ススキノの雑多なところが好きですね」「東京に行っていて、千歳に戻って来ると、北海道の空気を胸一杯吸い込むんです」などという ような答えを期待しているらしく、そんなようなことを喋ると、人懐っこい犬のように、仰向けになって、腹を見せて、舌をダランとさせてハァハァ言わんばかりの喜びようを見せる。若い記者や、おれと同年代の記者たちが、そういう「お約束コメント」を求めるのは、もちろん、記事がまとめやすくなるから、という理由であろうが、不思議なのは、ちょと上の団塊の世代、ゼンキョウトウ世代のオジサンオバサンたちで、彼らは本気で「北海道礼賛コメント」を求めるので、不思議かつ不気味だ。きっとこれは……

と書くと、話が思わぬ方にずれる恐れが充分にあるので、元に戻す。

別に、北海道にも、札幌にも、ススキノにも、なんの「思い入れ」も「こだわり」もない。ただ、いつも目の前にあるので書きやすいから書いているだけだ。それに、全く知らないことについて書くのは、非常に技量と勇気がいるが、少しは知っている場所・世界なら、想像が動きやすいし、創造力が働きやすいし。

ただ、わざわざ札幌まで飛行機で来てくれる版元の方々には、お疲れ様、誠に申し訳ない、という気分を禁じ得ないのは事実だ。でも、これぱっかりはおれにはどうしようもない。心を入れ替えて仕事をします。

ただ、たまに旅に出た時、東京や、そのほか日本各地で感じるのは、「日本」と「北海道」の距離感の違いだ。これは、確実にある。北海道の人間は、東京とか大阪とかに行くことを、まったく自然で日常的なこと、と思っている。……いや、そりゃ九十三歳のオバアチャンがどう思っているかはいろいろと議論があろうけれども、ま、普通のね。青年とか、就労人口と呼ばれる人たちとか、さ。とにかく、北海道の人たちは、自分たちが、そんなに日本の外れにすんでいる、とは思っていない。

しかし、東京などで、地元の人と話している時に、ふと「この人にとって北海道は、なんとなくハワイよりも遠いところ、もしかすると、存在があやふやな、ファンタジーの世界に近い場所であるらしいな」と感じることがある。それくらいの、「距離感」のギャップに気付くことがあるわけです。だからどうだ、ということではないけれども、面白い。

そして、「北海道」へのイメージで、これはもう、全く大間違いだ、と思うのが、「大陸的景色・気質」「フロンティア精神」「開拓魂」「進取の気質」などという言葉で、これらはむしろ、「北海道にないものベスト10」の上位に軽くランクインするのは間違いない。

北海道の景色は、全く「大陸的」じゃない。我々が、「大陸」の景観を知らないから、比較の結果、相対的に「大陸的な雄大な景色」と思い込んでいるだけで、それはちょうど、スケベで有名な横山ノック氏が、有田芳生氏に「君は……髪がフサフサやねぇ……」と嘆声を上げるようなものだ。北海道は、たとえば青森県よりは面積は遥かに広いが、実際には、小さな島である。銀座のクラブで、佐竹が「おれは強いんだ」と自慢しているようなもんである。そこに、たとえばホーストが来て「誰が強いって？」とニヤリとすれば、「ゴメンナサイ」と縮こまるしかない。北海道も、「大陸的な景観なんだよ、おれは」と威張ってみても、そこにオーストラリアや中国やアフリカが来て、「誰が大陸だって？」とニヤリとすれば、ガクッと寝たふりをするしかないのだ。

「フロンティア精神」だの「開拓魂」だのに至っては、これはまったく噴飯もので、要するに北海道に来た、おれの、そしてここらへんの道民の先祖は（おれの場合は曾祖父母の代から、札幌の住人であるらしいが）、日本各地で食い詰めて、生活が立ち行かなくなって、どうしようもなくて、いやいや、泣く泣く、「蝦夷」に渡って来た人々だ。彼らのほとんどは、前向きに土地を開拓したのではなく、後ろ向きに、「官」の保護、補助、扶助、庇護に頼って、「お願げえします、お役人様」で、なんとか生き延びてきた人々であり、官依存根性が骨身にしみているのが、北海道人だ。北海道の地場産業は公共事業であり、人口減少が続く北海道の人々は、東京のサラリーマン諸氏が納めている税金を国から恵んでもらって生きているのだ。役場の人々は、給料に見合うだけの仕事がなく、呆然と暇潰しをしており、住民は、各種の申請書類の記入法にやけに詳しい、世故に長けた計算高い人々だ。

少数の例外を除き、それが北海道の景観であり、住人だ。
わりと、希望のない世界である。

でもまぁ、それはそれでよし、ということになっているらしい。ある町の首長と話していたら、「別に若者の流出を防ごうとか、若者を呼び寄せよう、都会の人を呼び込もう、などとは考えてないんだわ。実際のところ、老人がひとりいれば、年間で三百万からの補助が国からあっからね。三百人いたら、なんだかんだで十億だよ、アヅマさん。こりゃでかいべさ」と嬉しそうに話していたが、まぁ、そんな世界である。なんとなく、ちょっとイライラするけどね。

手篤く保護されて、腐る人々は多い。また、手篤い保護に群がるゴミもまた多い。

そして、そんな中でも、自分の居場所を求めて、自分の生き方を求めて、それなりに誠実にもがいている人も皆無ではない。

そんな世界のことを、書き留めておきたいな、と思って書き始めたのがこの物語ですが、うまくかけたかな。どうかなぁ。

あと、人を好きになる、ということはどういうことか、特に老い始めた男女にとっての、恋愛とはどんなものか、を書けたらいいな、と思ったわけですけど。いかがでしょうか。

本書はフィクションであり、登場する団体名、店名、個人名等はすべて虚構上のものです。

本書は、二〇〇一年十二月にハヤカワ・ミステリワールドとして
刊行された作品を文庫化したものです。

ススキノ探偵／東直己

探偵はバーにいる

札幌ススキノの便利屋探偵が巻込まれたデートクラブ殺人。北の街の軽快ハードボイルド

バーにかかってきた電話

電話の依頼者は、すでに死んでいる女の名前を名乗っていた。彼女の狙いとその正体は？

向う端にすわった男

札幌の結婚詐欺事件とその意外な顛末を描く「調子のいい奴」など五篇を収録した短篇集

消えた少年

意気投合した映画少年が行方不明となり、担任の春子に頼まれた〈俺〉は捜索に乗り出す

探偵はひとりぼっち

オカマの友人が殺された。なぜか仲間たちも口を閉ざす中、〈俺〉は一人で調査を始める

ハヤカワ文庫

原尞の作品

そして夜は甦る

高層ビル街の片隅に事務所を構える私立探偵沢崎、初登場！　記念すべき長篇デビュー作

直木賞受賞

私が殺した少女

私立探偵沢崎は不運にも誘拐事件に巻き込まれる。斯界を瞠目させた名作ハードボイルド

さらば長き眠り

ひさびさに事務所に帰ってきた沢崎を待っていたのは、元高校野球選手からの依頼だった

愚か者死すべし

事務所を閉める大晦日に、沢崎は狙撃事件に遭遇してしまう。新・沢崎シリーズ第一弾。

日本冒険小説協会賞最優秀短編賞受賞

天使たちの探偵

沢崎の短篇初登場作「少年の見た男」ほか、未成年がからむ六つの事件を描く連作短篇集

次世代型作家のリアル・フィクション

スラムオンライン　桜坂　洋
最強の格闘家になるか？　現実世界の彼女を選ぶか？　ポリゴンとテクスチャの青春小説

ブルースカイ　桜庭一樹
あたしは死んだ。この眩しい青空の下で――少女という概念をめぐる三つの箱庭の物語。

サマー／タイム／トラベラー1　新城カズマ
あの夏、彼女は未来を待っていた――時間改変も並行宇宙もない、ありきたりの青春小説

サマー／タイム／トラベラー2　新城カズマ
夏の終わり、未来は彼女を見つけた――宇宙戦争も銀河帝国もない、完璧な空想科学小説

零式　海猫沢めろん
特攻少女と堕天子の出会いが世界を揺るがせる。期待の新鋭が描く疾走と飛翔の青春小説

神林長平作品

狐と踊れ

未来社会の奇妙な人間模様を描いたSFコンテスト入選作ほか六篇を収録する第一作品集

言葉使い師

言語活動が禁止された無言世界を描く表題作ほか、神林SFの原点ともいえる六篇を収録

七胴落とし

大人になることはテレパシーの喪失を意味した――子供たちの焦燥と不安を描く青春SF

プリズム

社会のすべてを管理する浮遊都市制御体に認識されない少年が一人だけいた。連作短篇集

完璧な涙

感情のない少年と非情なる殺戮機械との時空を超えた戦い。その果てに待ち受けるのは？

谷　甲州の作品

惑星CB-8越冬隊

極寒の惑星CB-8で、思わぬ事件に遭遇した汎銀河人たちの活躍を描く冒険ハードSF

終わりなき索敵　上下

第一次外惑星動乱終結から十一年後の異変を描く、航空宇宙軍史を集大成する一大巨篇！

遙かなり神々の座

登山家の滝沢が隊長を引き受けた登山隊の正体は、武装ゲリラだった。本格山岳冒険小説

神々の座を越えて　上下

友人の窮地を知り、滝沢が目指したヒマラヤの山々には政治の罠が。迫力の山岳冒険小説

パンドラ〔全四巻〕

動物の異常行動は地球の命運を左右する凶変の前兆だった。人間の存在を問うハードSF

ハヤカワ文庫

日本ＳＦ大賞受賞作

上弦の月を喰べる獅子上下
夢枕　獏
ベストセラー作家が仏教の宇宙観をもとに進化と宇宙の謎を解き明かした空前絶後の物語。

戦争を演じた神々たち［全］
大原まり子
日本ＳＦ大賞受賞作とその続篇を再編成して贈る、今世紀、最も美しい創造と破壊の神話

傀《く》儡《ぐつ》后《こう》
牧野　修
ドラッグや奇病がもたらす意識と世界の変容を醜悪かつ美麗に描いたゴシックＳＦ大作。

マルドゥック・スクランブル（全３巻）
冲方　丁
自らの存在証明を賭けて、少女バロットとネズミ型万能兵器ウフコックの闘いが始まる！

象《かたど》られた力
飛　浩隆
Ｔ・チャンの論理とＧ・イーガンの衝撃――表題作ほか完全改稿の初期作を収めた傑作集

レイモンド・チャンドラー

長いお別れ
清水俊二訳

殺害容疑のかかった友を救う私立探偵フィリップ・マーロウの熱き闘い。MWA賞受賞作

さらば愛しき女よ
清水俊二訳

出所した男がまたも犯した殺人。偶然居合わせたマーロウは警察に取り調べられてしまう

プレイバック
清水俊二訳

女を尾行するマーロウは彼女につきまとう男に気づく。二人を追ううち第二の事件が……

湖中の女
清水俊二訳

湖面に浮かぶ灰色の塊と化した女の死体。マーロウはその謎に挑むが……巨匠の異色大作

高い窓
清水俊二訳

消えた家宝の金貨の捜索依頼を受けたマーロウ。調査の先々で発見される死体の謎とは？

著者略歴　1956年生，北海道大学文学部中退，作家　著書『探偵はバーにいる』『バーにかかってきた電話』『旧友は春に帰る』（以上早川書房刊）他多数

HM=Hayakawa Mystery
SF=Science Fiction
JA=Japanese Author
NV=Novel
NF=Nonfiction
FT=Fantasy

ススキノ探偵シリーズ

探偵《たんてい》は吹雪《ふぶき》の果《は》てに

〈JA749〉

二〇〇四年二月十五日　発行
二〇一〇年三月十五日　二刷
（定価はカバーに表示してあります）

著者　東《あずま》　直《なお》　己《み》
発行者　早川　浩
印刷者　草刈龍平
発行所　株式会社　早川書房

郵便番号　一〇一 - 〇〇四六
東京都千代田区神田多町二ノ二
電話　〇三 - 三二五二 - 三一一一（大代表）
振替　〇〇一六〇 - 三 - 四七七九九
http://www.hayakawa-online.co.jp

印刷・中央精版印刷株式会社　製本・株式会社川島製本所

ISBN978-4-15-030749-3 C0193

＊本書は活字が大きく読みやすい〈トールサイズ〉です